Caroline L. Jensen

Frau Bengtsson geht zum Teufel

Caroline L. Jensen

Frau Bengtsson *geht zum Teufel*

Roman

Aus dem Schwedischen
von Frank Zuber

Droemer

Die schwedische Originalausgabe erschien 2010
unter dem Titel »Fru Bengtssons andliga uppvaknande«
bei Ord Text Mening, Höllviken.

Besuchen Sie uns im Internet:
www.droemer.de

FSC
www.fsc.org
MIX
Papier aus verantwortungsvollen
Quellen
FSC® C013736

Redaktion: Maria Hochsieder
Umschlaggestaltung: ZERO Werbeagentur, München
Umschlagabbildung: FinePic®, München/Getty Images
Satz: Adobe InDesign im Verlag
Druck und Bindung: Kösel, Krugzell
Printed in Germany
ISBN 978-3-426-22639-1

2 4 5 3 1

Für meinen Magnus.
Den lustigsten Menschen, den ich kenne.

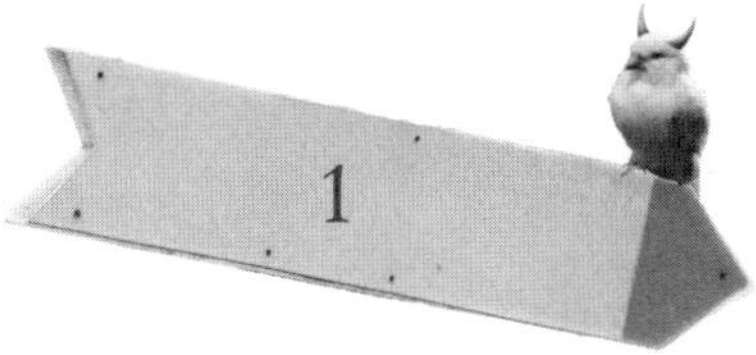

Herrgott!«
Der Allmächtige seufzte zufrieden und betrachtete die DNA-Kette, die er gerade geflochten hatte. »Das wird ihnen Rätsel aufgeben«, kicherte er und wandte sich dem Engel zu, der aufgeregt hereingestürzt kam. »Was ist los, Nr. 1?«

Den Engel überlief ein wohliger Schauer. Nr. 1. Dieser Kosename machte ihn zu etwas Besonderem.

»Es ist schon wieder diese Frau Bengtsson. Sie plant etwas höchst Gotteslästerliches. Sie …«

»Ich weiß sehr wohl«, unterbrach ihn Gott, »was die kleine Frau Bengtsson plant.« Der Engel erwartete den üblichen Sermon über die Einführung des freien Willens, wie der Herr sie bereute und wie oft er erwog, ihn wieder abzuschaffen, aber nichts dergleichen kam.

»Sei so nett und gib mir die C14-Kanüle«, sagte er nur und vertiefte sich wieder in seine neueste Schöpfung. »Ich glaube, das wird ein Fossil.«

Der Engel tat wie geheißen und begnügte sich mit dieser Antwort; sie konnte nur bedeuten, dass Gott ebenfalls einen Plan hatte.

TEIL EINS

Zwischen zwei Dienstagen

Zu ihrem großen Verdruss war der Tag, an dem Frau Bengtsson starb, ein stinknormaler Tag.

Sie hatte weder das Rauchen ganz aufgegeben noch die Welt gerettet noch irgendwelche Erfindungen gemacht, die der Menschheit das Leben erleichterten. Nicht einmal großartig gesündigt hatte sie an jenem Tag.

Ohne dass irgendetwas von Bedeutung geschehen wäre, ging Frau Bengtsson von dannen.

Ihr Mann, Herr Bengtsson, behauptete freilich noch lange danach, dass sie überhaupt nicht gestorben sei, und ob sie sich jetzt bitte abregen könne, damit er in Ruhe Zeitung lesen könne?

»Warum fällt es dir so schwer, mir aktiv zuzuhören, Liebling? Ich könnte genauso gut hier stehen und sagen, dass ich dich heute Abend verlasse, und du würdest kaum von deinen Sportseiten aufblicken, stimmt's?« Im Grunde erwartete sie keine Antwort. Sie stand im Flur, musterte ihr Spiegelbild und redete um die Ecke in Richtung Wohnzimmer. Man konnte denken, dass sie sich kaum selbst zuhörte.

Gestorben, das war sie am Dienstag.

Herr Bengtsson, der fand, dass seine Frau ungefähr seit dem Jahrtausendwechsel nichts Weltbewegendes mehr gesagt hatte, antwortete mit einem routinierten »Mhm«. Es sollte

klingen, als würde er sich mit ihr unterhalten, während er geistesabwesend in der Freitagsbeilage blätterte. Wahrscheinlich war es wieder eine ihrer fixen Ideen: Kunstmalerei, Keramik, Kalligraphie. Merkwürdig, dass sie alle mit K begannen. Sogar auf dieses Thema traf es zu.
Sie dachte an Kosmetika.
Frau Bengtsson nahm eine Pinzette und rupfte mit geübter Hand die kleinen Stoppel zwischen den Augenbrauen aus.
»Liebling?«
»Mmm?«
»Wenn ich nicht zurück zu den Lebenden gekommen wäre, hättest du dich darum gekümmert, dass der Bestattungsunternehmer mich so schminkt, wie ich es selbst tue? Sorgfältig?«
»Natürlich.«
Das Thema war ihr wichtig, und auch wenn Herr Bengtsson es nicht merkte, wusste seine Frau sehr wohl, wann er ihr zuhörte und wann nicht. Bloß spielte es meist keine Rolle. Meist reichte ihr sein Mhm und Aha, weil sie mehr mit sich selbst redete. Heute jedoch nicht!
Sie wühlte in ihrem rosa Necessaire, dann ging sie mit einer Handvoll Schminke ins Wohnzimmer und setzte sich auf seinen Schoß.
»Hör zu, Liebling, das ist wichtig für mich. Schau!« Unter ihrem Gewicht war seine Zeitung hoffnungslos zerknittert. Natürlich liebte er seine Frau noch immer, auf eine ausgeglichene und vernünftige Weise, also seufzte Herr Bengtsson tief und hörte zu.
»Hier«, sagte sie und zeigte ihm einen braunen, mit einem goldenen Ornament verzierten zylinderförmigen Gegenstand, »ist der Lippenstift, den ich immer zu Partys auftrage oder wenn du von der Arbeit kommst und ich besonders auf dich gewartet habe.«

Er lachte und legte die Arme um ihre Beine; in dem Fall wusste er, welchen sie meinte … den rosafarbenen wahrscheinlich. Den mit den glitzernden Körnchen, der ihre Lippen feucht und füllig aussehen ließ. Lebensgefährlich. Wenn sie ihn auftrug, erinnerte sie ihn an eine mystische Urlaubsliebe aus dem Osten. Leider hatte sie keine Ahnung von der poetischen Ader ihres Ehemannes. Er war gelinde gesagt nicht der Beste im Vermitteln solcher Dinge.

»Mmm, dein sexy Lippenstift«, sagte er, küsste die Hand, in der sie ihn hielt, und spürte, dass es gar nicht so dumm gewesen wäre, wenn sie ihn in diesem Moment aufgetragen hätte.

Frau Bengtsson war entsetzt.

»Bist du total verrückt? Hier sitze ich und versuche, ernsthaft über mein Begräbnis zu reden, falls ich vor dir sterbe, und du willst Sex!? Du bist unmöglich!«

Bei diesem Ton brauchte er sich keine Hoffnung zu machen. »Entschuldige«, sagte er verzagt. »Sprich weiter.«

»Ja, also: Ich würde vor Scham sterben, äh …« Sie kicherte. »Ich meine natürlich, mein *Geist* würde vor Scham in Ohnmacht fallen, wenn ich im Sarg läge und so ein Bestattungsunternehmer mir nuttiges Rot oder, Gott bewahre, Orange auftragen würde. Du sollst dafür sorgen, dass sie meine Schminke benutzen und keine Billigschmiere für Leichen. Wenn du mich überlebst. Schau hier, mein Mascara …« Seine Aufmerksamkeit ließ bereits deutlich nach.

Das war an sich nichts Neues. Neunzehn Jahre waren sie nun verheiratet, und sie musste immer noch aufschreiben, welches Parfüm er ihr schenken sollte, und das, obwohl sie sich seit ihrer Jugend immer dieselbe Marke wünschte. Eigentlich seltsam, dass er den Namen nicht behalten konnte, wo er doch immer eine Bemerkung darüber fallenließ, wie teuer das Zeug sei.

Neunzehn Jahre Ehe, und neunzehn Jahre alt bei der Hochzeit. Ja, so jung war sie gewesen, als sie durch einen Schleier auf ihren schicken Bräutigam geschaut hatte. Beim Einzug in die Kirche war sie sich wie unter einem Moskitonetz vorgekommen.
Nächstes Mal wähle ich einen feinmaschigen Schleier, damit nicht alles so kariert aussieht, dachte sie, als sie vor den Altar traten. Dann sah sie Jesus am Kreuz, und plötzlich wurde ihr klar, was sie da gedacht hatte. Was sollte das heißen, nächstes Mal?
Dann musste sie an Freud denken, und ehe sie sichs versah, entspann sich eine lange Gedankenkette von der Art, wie man sie oft kurz vorm Einschlafen hatte. Manche Kettenglieder waren straff und logisch verbunden, andere eher ausgeleiert, mit großen Zwischenräumen. Und doch hing alles zusammen. Nun aber musste sie solche Unglücksgedanken von sich schieben und klar denken!
Klar wie die glanzlackierten Jesusstatuen in der Kirche. Sie sahen ziemlich künstlich aus, ungefähr wie ihr Nagellack, um ehrlich zu sein. Zum Glück hatte sie die Zehennägel nicht lackiert, das hätte ihre Füße verunstaltet, die in den engen Satinschuhen nach Luft und Bewegungsfreiheit schrien. Ja, auch dieser verdammte Schleier aus steifem Moskitonetz war wie ein Gefängnis. Sie schwitzte.
Dann hörte sie Worte über die Liebe, die alles vergibt und nichts verlangt. Und weil sie so jung war, dass sie die schönen, aber verbrauchten Bibelverse, die auf jeder Hochzeit vorgelesen werden, noch nicht satthatte, rührten sie an ihr Herz, und sie dachte: Genau so ist es. Und sie war glücklich, den Mann zu heiraten, der dieses Gefühl möglich machte.
Und wie es sich gehörte, ignorierte sie die eingequetschten Zehen während der restlichen Zeremonie, die übrigens so schön war, dass viele Leute weinten.

»Weißt du, Liebling, ich schreibe das lieber auf. Wo sind unsere Testamente?«
»Aber … Das willst du doch nicht etwa da reinschreiben?« Er wand sich unter ihrem Gewicht.
»Doch. Ich möchte einen ausführlichen Anhang zu meinem Testament verfassen. Welche Kosmetikartikel und wie viel davon. Man will doch nicht wie ein Clown aussehen, wenn man im Sarg liegt. Oder wie eine Leiche. Wo sind sie?«
»Im Archivschrank im Büro. Obere Schublade, unter ›Privat‹«, antwortete Herr Bengtsson, der in all den Jahren gelernt hatte, dass es sinnlos war, seine liebe Ehefrau von etwas abzubringen, das sie sich vorgenommen hatte. »Aber dir ist hoffentlich klar, dass du diese Papiere nicht einfach so verändern kannst. Sie sind beglaubigt und datiert, und wenn du was Neues reinschreibst, dann gilt das nicht, Liebling. Vielleicht solltest du …«
Sie unterbrach ihn ungeduldig. »Natürlich schreib ich nichts rein. Es kommt auf ein eigenes Blatt, das lassen wir ebenfalls beglaubigen und heften es als Anlage dazu. Ganz einfach!«
In ihrem Eifer machte sie den Fehler, aufzustehen, und befreite die Zeitung von ihrem Gewicht. Schnell nahm das Blatt wieder Form an, und die Antworten ihres Mannes reduzierten sich erneut auf das übliche »Mmm«. Irgendwo im Hinterkopf registrierte er, dass die rosa Pantoffeln seiner Frau sich klappernd von seinem Sessel entfernten, dann versank er in der Welt seiner Tabellen.
Die Pantoffeln hatten mit Satin bezogene Keilabsätze und rosa Quasten, und obwohl sie wusste, wie klischeehaft dies für eine Hausfrau war, liebte Frau Bengtsson sie heiß und innig. Wenn sie mitten in der Woche nachmittags darin herumlief, fühlte sie sich schick und amerikanisch. Und in Frau Bengtssons Welt war amerikanisch dasselbe wie perfekt.

Sie waren ihr Statussymbol, und mit ihnen konnte sie ohne schlechtes Gewissen ein Glas Wein aus dem Karton zapfen, bevor sie das Abendessen zubereitete. Wer solche Pantoffeln trug, war dazu beinahe verpflichtet.

An diesem Freitagabend jedoch wurde dem Testament keine Anlage beigefügt.

Freilich hatte Frau Bengtsson ein leeres DIN-A4-Blatt geholt, einen Stift gespitzt und sich an den Küchentisch gesetzt, um die Nachwelt zu instruieren, wie man sie nach ihrem Fortgang schminken sollte, aber dann konnte sie sich nicht entscheiden, wie sie beginnen sollte. »Bekanntgabe« klang viel zu unpersönlich für eine so intime Sache, und »Hallo« war einfach nur dumm. Schließlich kreuzte sie die Füße unter dem Stuhl, kritzelte zerstreut kleine Blumen und Vierecke auf das Blatt und schrieb ihren Namen in verschiedenen kalligraphischen Schriftarten.

Kalligraphie war nur einer der unzähligen Kurse, die unsere liebe Frau Bengtsson im Lauf der Jahre besucht hatte, und wie in den meisten Dingen, mit denen sie sich beschäftigte, war sie darin sehr tüchtig geworden. Das kantige Gotisch und die zierlichen romantischen Schriften mochte sie am liebsten, und nach und nach füllte sie das ganze Blatt mit großen und kleinen Namenszügen. Sogar ein Name wie Bengtsson konnte in der richtigen Schrift stattlich aussehen, dachte sie und begann über ihren Grabstein nachzugrübeln. Vielleicht sollte sie für diesen auch ein Muster hinterlegen.

»Liebling?«

»Mmm.«

»Welche Schrift möchtest du auf unserem Grabstein? Dieselbe wie ich?«

»Ich weiß nicht, Liebling. Entscheide du, es wird sicher

schön«, sagte Herr Bengtsson und las einen Artikel über den Fußballkönig Henrik Larsson.

So war Frau Bengtssons Leben, und sie war recht zufrieden damit.
Sie kritzelte noch eine Weile planlos weiter, bis sie schließlich doch den rosa Lippenstift auftrug und sich auf den Schoß ihres Mannes setzte, der nur zu gern die Zeitung beiseitelegte, in der sowieso nur deprimierende Sachen standen, und seine Frau ins Schlafzimmer trug, wo er nach sieben Minuten intensiver Liebe einschlief.
Weder vorher am Küchentisch noch nachher im Bett verschwendete Frau Bengtsson auch nur einen Gedanken an geistige Dinge. Ihr Erlebnis im Badezimmer war nun schon einige Tage her, doch sie war noch nicht so weit. Sie dachte an Schminke.
Aber um der kleinen Frau Gerechtigkeit zu tun: Dies war nur der Anfang.
Hätte sie tieferen Gedanken nachgehangen und wäre direkt zur Sache gekommen, hätte sogar der Schöpfer erstaunt eine Augenbraue hochgezogen. Auch wenn er in diesem Moment ihr einziger Verbündeter war. Frau Bengtsson hatte noch einen weiten Weg vor sich. Gott stand ihrer Gedankenwelt alles andere als nah, obwohl er als Einziger ganz sicher wusste, dass sie die Wahrheit sagte.
Zweiundachtzig Stunden vor der Siebenminutennummer war Frau Bengtsson gestorben.

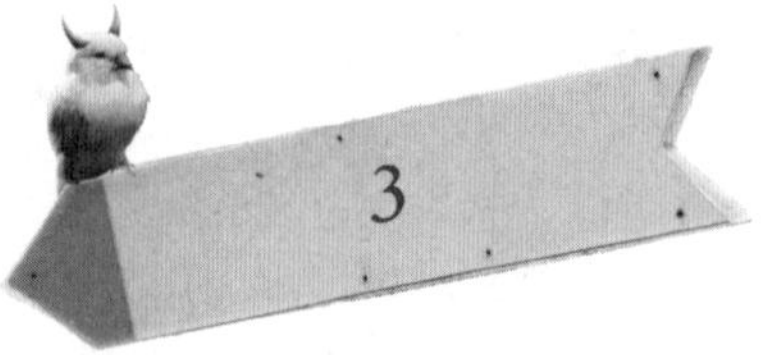

Gleichwohl dachte sie ein paar Tage später, dass es in Ordnung gewesen wäre. Nicht der Tod selbst, aber wenigstens lagen bei seinem Eintritt alle Zierkissen sauber aufgeschüttelt und mit einem Knick in der Mitte versehen auf dem Sofa. Die Spüle glänzte, besonders der Ansatz des Wasserhahns, der sie an einen Phallus erinnerte, und just an jenem Morgen hatte sie frische Schnittblumen in die Vase gestellt. Wenn es wirklich aus gewesen wäre, hätte ihr Mann die Leiche in einem tadellosen Heim vorgefunden. Ganz, wie sie es gewollt hätte.

Es hätte schlimmer kommen können. Sie hätte stolpern und mit dem Kopf gegen den Marmortisch knallen können. Dann wäre sie halb unter dem Sideboard liegen geblieben, und wenn man ihre Leiche hervorgezogen hätte, wären vielleicht ein paar Staubmäuse zum Vorschein gekommen. Dort war nämlich ihre geheime Ecke, die sie nie putzte, aus dem einfachen Grund, dass das Staubsaugerkabel nur *fast* bis dorthin reichte, ohne dass sie den Stecker wechselte. Und wenn sie ihn umsteckte, war es leichter, einfach im Büro weiterzusaugen und auf die lächerliche Ecke zu pfeifen.

Nein, dachte Frau Bengtsson, es wäre nicht angemessen gewesen, dort zu sterben.

Andererseits wäre sie sehr dankbar, wenn sie beim nächsten Mal nicht wieder ertrinken müsste.

Der Dienstag, an dem dies geschehen war, war wie gesagt ein stinknormaler Tag. Das heißt, bis dahin. Nicht einmal Beggo, dem Briefträger (eigentlich hatte er einen sehr afrikanischen Namen, aber die Bewohner des pastellfarbenen Vororts von Myresjö hatten es in den drei Jahren seines treuen Dienstes nicht geschafft, ihn auszusprechen, also hatte er aufgegeben und beließ es bei den ersten zwei Silben seines Vornamens), war etwas aufgefallen.
Wie immer hatte sie ihn ganz und gar lebendig am Briefkasten erwartet, als er, mit steifem Nacken, wie ein Wilder angerast kam. Das gelbe Postauto war sein ganzer Stolz, ebenso wie die Tatsache, dass er es fuhr.
Bei seiner Ankunft in Schweden hatte Beggo nicht die geringste Ahnung vom Autofahren gehabt; sein einziges Transportmittel in Tunesien war eine alte, klapprige Vespa gewesen, die er mit seinem Onkel geteilt hatte.
Dass er nur Vespa gefahren war, noch dazu in Tunesien, im Slalom zwischen Straße und Gehweg, oft gegen die Fahrtrichtung – sofern es möglich war, diese im Gewirr aus Eseln, Touristen, Souvenirständen, qualmenden Autos und Teeverkäufern mit großen Tragen auszumachen –, erschwerte es ungemein, Verkehrsregeln zu lernen und einen schwedischen Führerschein zu erlangen. Aber er hatte es geschafft, und hier kam er! Im Dienst des schwedischen Staates, wie er sich insgeheim ausmalte.
Beggo fühlte sich wie ein Agent, der verschlüsselte Befehle und Botschaften übergab. Jeden Tag dachte er sich kleine Geschichten mit den Lieblingspersonen auf seiner Runde aus. Er schickte sie auf geheime Missionen, ließ sie von gefährlichen Einsätzen zurückkehren oder überbrachte In-

formationen über zu liquidierende Personen. Manchen gab er sogar Codenamen. Mit kreischenden Bremsen hielt er vor dem Haus, jedoch nicht allzu heftig, um die Gelbe Gefahr zu schonen, wie er das Auto nannte. Wie immer knallte es, und eine schwarze Wolke stob aus dem Auspuff, als er den Zündschlüssel herumdrehte. Ein weißes, triumphierendes Grinsen zog sich über sein schwarzes Gesicht.

Frau Bengtsson war »die Witwe«.

Beggo wusste wohl, dass es einen *Herrn* Bengtsson gab, manchmal wechselten sie sogar ein paar Worte miteinander, und eigentlich war sie auch viel zu jung für diesen Codenamen, aber genau das gefiel Beggo. Seine Version unserer Heldin hatte ihren Mann schon in jungen Jahren im Verlauf eines gemeinsamen Spionageaktes verloren. Er war auf einer Tropeninsel auf tragische Weise entlarvt und erschossen worden, und die Witwe hatte nicht einmal Abschied nehmen können. Der Geheimauftrag hatte schwerer gewogen als die Liebe, und Beggo malte sich aus, wie sie, Tag für Tag von Reue gepeinigt, die letzten Sekunden ihres Mannes neu durchlebte.

Er hatte einen Bauchschuss abbekommen und im Sterben nach ihr gerufen, während sie Hals über Kopf geflüchtet war. Nun saß die hübsche Witwe verbittert zu Hause und wartete geduldig auf den Tag der Rache.

Eines Tages würde Beggo ihr den Befehl überbringen, auf den sie wartete.

Aber an jenem Dienstag wurde nichts daraus. Alles, was er für sie hatte, waren ein Bündel Reklame und ein paar Versandkataloge, und mit denen konnte man nicht einmal phantasieren, weil sie nicht in braunen Umschlägen, sondern in dämlichen, durchsichtigen Plastiktüten steckten. Aber die Witwe gehörte zu den wenigen, die alles schätzten, was er brachte; außerdem war sie immer zu leicht bekleidet für das schwedische Wetter, oder ihre Kleider lagen dafür, dass sie nur zu Hause war, viel zu eng an. Im Großen und Ganzen war diese Adresse also ein angenehmer Halt.

Wie gewöhnlich kam sie zur Tür heraus, als sie die Gelbe Gefahr um die Ecke biegen sah, um die Post persönlich entgegenzunehmen.

Sie fragte, wie es ihm ging, und Beggo antwortete mit einem Akzent, der von Tag zu Tag geringer wurde: »Wie ein Fels im Sturm der Zeit. Du hast mein Herz berührt; ich hab es gleich gespürt ...«

Im Grunde hatte er nur Probleme mit den Vokalen, er verwechselte bisweilen lange und kurze, so dass es wie »Fe-els« klang.

Frau Bengtsson runzelte die Stirn und dachte kurz nach. »Ich geb auf.«

»Helene. Du hast mein Herz berührt«, antwortete Beggo, der seine Sprachkenntnisse hauptsächlich über Schlagertexte erwarb, weil er die kommunalen Abendkurse viel zu steif und unpoetisch fand, aber die großen Romane noch nicht lesen konnte.

Sie summte vor sich hin. »Natürlich! Das hätte ich wissen müssen. Nimm ein älteres Lied nächstes Mal. Weißt du, ich werde langsam alt und kriege die neuen Hits nicht mehr so mit.«

Während sie dies sagte, strich sie ihren seidenen Morgenrock glatt, so dass sich der Ausschnitt vergrößerte.

»Bei mir bistu shejn.« Er lachte.

»Das ist *zu* alt. Andrews Sisters«, kicherte die Witwe und nahm es doch als Kompliment.

»Ja, morgen suche ich ein anderes aus«, antwortete Beggo, überreichte ihr die Kataloge und fuhr etwas zu schnell an. Im Rückspiegel sah er eine schwarze Wolke zwischen sich und Frau Bengtsson, er grinste breit und stieg in die Eisen, weil er vor dem nächsten Haus angekommen war.

Beggo hatte völlig recht: Frau Bengtsson freute sich über fast alles, was mit der Post kam. Waren es Rechnungen oder ähnlich fades Zeug, legte sie das ungeöffnete Kuvert einfach auf die Computertastatur ihres Mannes. Er würde sich schon darum kümmern, wenn er heimkam.
Alles andere las sie bei einer Tasse Kaffee am Küchentisch. Ein paarmal im Monat freute sie sich ganz besonders, denn sie war Mitglied zweier Buchclubs und hatte außerdem drei Zeitschriften abonniert. Aber auch Reklame und Versandkataloge blätterte sie gewissenhaft durch.
Sie legte den Stapel auf den Tisch und stellte die Kaffeemaschine an. Es war kurz vor eins, und nach dem Lesen der Post musste sie nur noch staubsaugen, dann war alle Hausarbeit bis zur Zubereitung des Abendessens erledigt. Genug Zeit für ein schönes Bad.

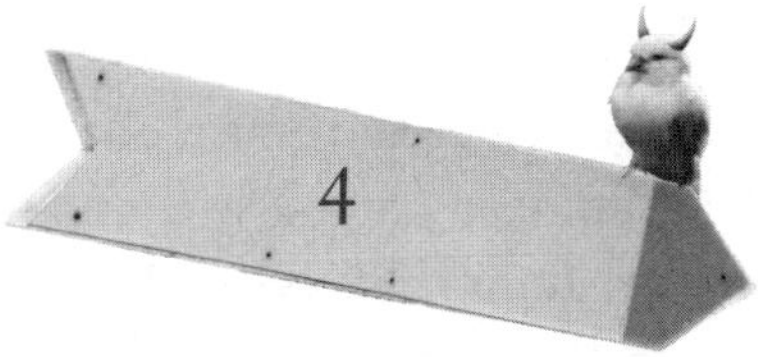

Und alles sah danach aus, dass es ein ganz gewöhnliches Dienstagsbad werden würde.

Nachdem sie eine Weile unschlüssig vor dem Bücherregal gestanden hatte und sich nicht zwischen Liza Marklunds letztem Machwerk und dem kleinen Ethikbüchlein des Dalai Lama entscheiden konnte, nahm sie der Einfachheit halber und weil sie nackt war und fror, die neueste Ausgabe der *Haus und Heim* mit ins Badezimmer.

Das Wasser war siedend heiß, als sie hineinstieg, das Ergebnis langjähriger Erfahrung. Sie liebte es, im Bad zu lesen, und bei dieser Temperatur konnte sie sich eine halbe Stunde in die Lektüre vertiefen und bewahrte sich trotzdem noch eine angenehme Temperatur zum Haarewaschen. Vielleicht sollte sie heute auch die Massagedüsen einschalten, obwohl sie so einen fürchterlichen Lärm machten.

Das Wasser duftete herrlich nach dem Badesalz, das sie vor drei Jahren in einer Hotelboutique in Kairo gekauft hatte. Eine phantastische Reise übrigens, die sie zu monatelanger intensiver Lektüre über das alte Ägypten und seine Götter, Mythen und Symbole angeregt hatte.

Frau Bengtsson planschte vergnügt und stellte zufrieden fest, dass sogar die Shampooflaschen zu den Handtüchern und dem Duschvorhang passten. Ja, selbst die Seife hatte sie

aufgrund ihrer Farbe ausgesucht, denn sie nahm ihre Rolle als Hausfrau ernst. Die Ecke unter dem Sideboard war wohl die Ausnahme, welche die Regel bestätigte.
Sie blieb zu Hause, was sie in den Augen vieler moderner Frauen zu einer Aussätzigen machte, aber sie tat es mit Bravour. Und ihr Fünfziger-Jahre-Dasein war keineswegs bedrückend oder verdummend. Nein. Neben ihrer Tätigkeit als Hausfrau beschäftigte sich Frau Bengtsson in allerlei Kursen und Studienzirkeln, und sie las alles von Jackie Collins bis Goethe. Es bereitete ihr keinerlei Stress, ein Heim in Ordnung zu halten, ihren Mann in jeder Hinsicht zu verwöhnen und trotzdem noch Zeit für geistige Tiefsinnigkeiten zu finden. Herr und Frau Bengtsson waren nämlich kinderlos.
Nicht dass sie es so gewollt hätten. Sie hatten es nur aufgeschoben. Irgendwie hatten die Umstände nie hundertprozentig gestimmt, weder ökonomisch noch was die Wohnsituation betraf, und sie beschlossen zu warten.
Als Herr Bengtsson dann endlich zum Verkaufsleiter der Automobilfirma befördert wurde und sein Verdienst das Haus in Myresjö unterhalten und seinen Berechnungen zufolge – die immer sehr genau waren – den Bedarf eines kleinen Kindes decken konnte, stellte sich heraus, dass es zu spät war.
Frau Bengtsson war sechsunddreißig, als sie anfingen, es zu versuchen, und ihr Fortpflanzungsvermögen – das noch nie das beste gewesen war, wie sie von dem netten Arzt erfuhr, den sie nach einem Jahr fruchtloser Versuche konsultierten – war verkümmert.
Aber unsere beiden Eigenheimbewohner waren nicht verrückt nach Kindern.
Herr Bengtsson nahm die Diagnose, dass die Familie auf natürlichem Wege keinen Zuwachs bekommen würde,

besonnen auf, und auch Frau Bengtsson akzeptierte ihr Schicksal auf Anhieb. Sie fanden sich damit ab, und nach außen hin taten sie, als sei es ihre eigene Entscheidung. Würdevoll und vernünftig.
Hin und wieder erwogen die Eheleute eine Adoption. Sie waren sich einig, dass es eine denkbare Alternative wäre, irgendwann in der Zukunft. Und schoben auch dies fürs Erste auf.
Frau Bengtsson hatte also Zeit.
Zeit, um in Ruhe aufzuräumen, allerlei spannende Rezepte auszuprobieren, sich für ihren Mann schön zu machen, täglich ausgiebig die Post zu lesen, an Abendkursen teilzunehmen, fernzusehen, mit Freundinnen Kaffee zu trinken und zu lesen. Sie hatte auch viel Zeit, um sich zu fragen, warum es sie so wenig bekümmerte, dass sie nicht Mutter werden konnte.
Manchmal hatte sie so viel Zeit, dass sie versuchte, sich darüber aufzuregen. Dann setzte sie sich pathetisch an den Küchentisch, fest entschlossen, ihre verschrumpelte Gebärmutter zu beweinen, aber mehr als ein bisschen Trübsal kam nie dabei heraus. Wenn die angemessene Trauerzeit verstrichen war, schenkte sie sich ein Glas kalifornischen Weißwein ein und setzte ihre Arbeit fort oder las ein Buch. Sie las viel, Herrn Bengtssons Frau. Aber sie fühlte nicht den Drang, etwas aus ihrer Belesenheit zu machen oder gar damit anzugeben. Vielleicht wusste sie gar nicht, was sie damit anfangen sollte. Sie war einfach nur zufrieden mit ihrem gesammelten Wissen, und auf Festen war sie beliebt und geschätzt, weil sie über fast alle Themen parlieren konnte. Sie war sich nicht zu fein, um das Schicksal irgendwelcher Hollywood-Schauspielerinnen zu diskutieren, und im nächsten Moment redete sie über den armen jungen Werther und seine Leiden. Es lag ihr fern, nur aus Geltungssucht über so-

genannte anspruchsvolle Dinge zu reden oder mit Fremdwörtern um sich zu werfen. Nein, sie mochte es lieber schlicht und hübsch.
Genau so war ihr Heim, schlicht, hübsch und tadellos.
Herr Bengtsson wusste es zu schätzen, wie sie den Haushalt führte und sein Essen kochte. Im Großen und Ganzen war er ein liebevoller Ehemann, der ihr in regelmäßigen Abständen seine Wertschätzung zeigte, freilich auf moderate, angemessene Weise.

Kurz nachdem nun diese einfache, aber belesene Hausfrau einen Artikel über schwedische Einrichtungstrends gelesen hatte und sich vor Grausen über das Comeback der Medaillontapete geschüttelt hatte, geschah es, dass sie starb.
Wie war das möglich?
Nun.
Sie hatte die Haare zweimal gründlich gewaschen, Balsam in die Spitzen einmassiert und sie zu einem Dutt hochgesteckt, um den Balsam einwirken zu lassen. Dann schaltete sie die Massagedüsen ein. So weit, so gut.
Genau genommen war es keine echte Massage, aber wenn man schon so viel Geld ausgegeben hatte, damit die Badewanne einem das Fleisch weich klopfte, dann musste man sich dieser Prozedur auch ab und zu aussetzen, dachte sie.
Nach ein paar Minuten wollte sie den Balsam ausspülen, und hier beging Frau Bengtsson den Fehler, der sie das Leben kostete: Sie schaltete die Massagedüsen nicht ab, bevor sie den Kopf eintauchte.
Was dann geschah, wäre sicher die aussichtsreiche Grundlage einer lukrativen Klage gegen den chinesischen Badewannenhersteller.
Das Ansaugventil, das die sechs Massagedüsen mit Badewasser speiste, saß nicht am oberen Wannenrand wie bei

den meisten Systemen. Es saß am ganz und gar falschen Ort, nämlich am Boden, noch dazu am Kopfende. Und es saugte gierig – allzu gierig, wie sie an dem Höllenlärm hätte erkennen können. Natürlich hatte sie schon tausendmal in dieser Wanne gebadet, aber nie hatte sie ihr Haar bei eingeschalteten Massagedüsen ins Wasser getaucht.
Manche ahnen vielleicht, was als Nächstes geschah.
Sie hatte tief eingeatmet und war untergetaucht.
Sie lag vollständig unter Wasser, wo der Motor noch lauter dröhnte. So musste sich ein Kleidungsstück in der Waschmaschine fühlen.
Sie fuhr sich durchs Haar und dachte sich nichts dabei, dass es nicht wie gewöhnlich an die Oberfläche schwebte. Warum hätte sie auch sollen?
Langsam ging die Luft in ihren Lungen zur Neige, und sie spannte die Bauchmuskeln an, um sich aufzusetzen, stellte aber im selben Augenblick fest, dass sie den Kopf nicht heben konnte. Er lag wie festgewachsen am Boden der Wanne, und die zwanzig Zentimeter Wasser, die sie von dem Element trennten, das sie immer dringender brauchte, hätten ebenso gut ein ganzes Meer sein können.
Panik ergriff sie, und sie zog an ihren Haaren, aber es half nichts. Sie hatten sich fest in dem kleinen Gitter verfangen; nicht nur eine Strähne, die man ausreißen konnte, sondern die gesamte mahagonifarbene Haarpracht, in voller Länge.
Der Druck in ihren Lungen stieg, und sie warf sich hin und her, bis das Wasser über den Wannenrand schwappte. Vielleicht konnte sie auf diese Weise genug Wasser aus der Wanne befördern? Rhythmisch bewegte sie Unterkörper und Beine, um so große Wellen wie möglich zu verursachen, während ihr Körper von innen heraus versuchte, den Mund zu öffnen. Zu atmen.
O Gott o Gott o Gott …

Schließlich konnte sie nicht länger die Luft anhalten.
Das Badezimmer war überschwemmt. Aber nicht genug.
Wie ein Wal blies die Hausfrau eine Fontäne in die Luft; zwischen ihr und ihrem nächsten Atemzug waren immer noch fünf Zentimeter Flüssigkeit.
Sie atmete Wasser ein.
Und weil Gott Frau Bengtsson nicht anders als andere Menschen geschaffen hatte, war es ein ziemlich dummes Unterfangen, Wasser einzuatmen. Aber so sind wir Menschen: Wenn wir im Sterben liegen, atmen wir alles Mögliche ein und hoffen, dass es funktioniert. Doch es funktionierte nicht.
Frau Bengtssons Lungen füllten sich erbarmungslos mit Wasser und Shampoo. Sie konnte nicht einmal husten. Aber sie versuchte es. Sie atmete ein weiteres Mal ein, um das Wasser herauszuhusten, was natürlich dazu führte, dass noch mehr Wasser in ihre Lungen strömte. Kleine rote Wirbel stiegen von ihrem Hinterkopf auf. Im Kampf ums Überleben zuckte Frau Bengtsson so heftig, dass sie sich einzelne Haarsträhnen ausriss und stellenweise selbst skalpierte. Es half nichts.
Ihre Hände griffen nach allem, was sie fassen konnten, und rissen den Duschvorhang von der Stange. Ihre Beine strampelten und kickten die ordentlich am Fußende aufgereihten Flaschen quer durchs Bad. Die feine Glasflasche mit dem Badesalz aus Kairo zersplitterte am Boden, wo das Wasser gierig knisternd jedes Korn aufsaugte. Frau Bengtsson spuckte und prustete Wasser, sah und hörte nur Wasser und atmete immer mehr davon ein.
Nach und nach fuchtelten ihre Arme und strampelten ihre Beine nicht mehr.
Es wurde schwarz. Alles war still.
Als die Wellen sich gelegt hatten, hatte Frau Bengtsson

neunzehn der zwanzig Zentimeter fortgekämpft. Nicht genug. Die Massagestrahlen wirbelten weiter gegen ihr totes Fleisch.
Sie schwebte nicht über ihrem Körper. Flog nicht mit Schallgeschwindigkeit durch einen Tunnel. Sah weder ihre Mutter noch den Hund, den sie als Kind besessen hatte, am Ende des Tunnels. Nein, dies war keine Nahtoderfahrung. Es war der Tod.

Wenn Menschen sterben, rufen sie fast immer Gott an. Nicht unbedingt den christlichen, aber das Wort »Gott« gehört meist zu ihren letzten. *O Gott o Gott o Gott* war also nichts Ungewöhnliches, nichts, was Unseren Herrn aufschrecken würde, obwohl es ja meist in Panik ausgerufen wurde. Angstschreie, Röcheln und Flehen gehören für ihn zum Alltag, sie sind wie Fahrstuhlmusik in seinen Ohren.
Aber manchmal geschieht es, dass Gott einen Plan hat. Oder dass er seine Aufmerksamkeit zufällig einem Menschen widmet, der gerade auf eine andere Weise zu Tode kommt, als es Unser Herr vorgesehen hat. Die Menschen neigen nun einmal dazu, alles zu vermasseln.
Er ist ihnen nicht böse deswegen. Manchmal lässt er es einfach geschehen. Er weiß ja, dass es nicht so schlimm ist.
Aber manchmal, wenn sich eines seiner Abbilder besonders dumm anstellt und stirbt, tut es auch dem Herrn leid.
Manchmal tut es ihm so leid, dass er die Ereignisse zurückspult.
Auf manche von uns ist der Herr auch richtig neugierig. Dann will er wissen, was wir aus unserem freien Willen machen. Manche von uns sind Gottes privater Krimi, und ein Krimi wäre kaum spannend, wenn er mitten im Satz aufhört.
Frau Bengtsson war so eine Geschichte für Gott. Und nicht

nur das. Sie hatte das unglaubliche Glück, dass Gott genau in diesem Moment in ihr las, um sich ein wenig zu zerstreuen.
Er schlug die Seite auf, auf der sich die Wellen gerade gelegt hatten und man nichts mehr außer den Massagedüsen und dem leise knisternden Badesalz hörte.
O nein, dachte Gott. Wie dumm!
Liebe kleine Freundin. Mein kleines, zerbrechliches Lamm … du kleines, herrliches Geschöpf, es soll noch nicht zu Ende sein. Jedenfalls nicht so.
Und Gott griff ein.

Am Boden der Wanne hob sich plötzlich wie von selbst der Stöpsel, und das Wasser lief ab. Gleichzeitig schalteten sich die Massagedüsen aus, und es wurde still im Badezimmer.
Es dauerte sechsunddreißig Sekunden, bis die Wanne leer war.
Dann, als hätte man ihm Leben eingehaucht, als bestünde es aus Muskeln, wand sich Frau Bengtssons Haar wie ein Schlangennest. Es schlang sich rückwärts aus dem Ventil heraus. Gott spulte alle Bewegungen des Haares zurück, so dass auch die Wunden an den Haarwurzeln wieder zuwuchsen.
Dies dauerte eine Sekunde.
Arme, kleine, geliebte Kreatur. Oi, oi, oi. Wie dumm!
Dann öffnete der Herr den Mund und flüsterte dem toten Körper etwas ein. Überall im Himmel konnte man es als sanften Gotteshauch vernehmen, und die Engel seufzten vor Freude, als der lebenspendende Wind sie streichelte.
In Frau Bengtssons Viertel fielen ein paar Ziegel von den Dächern, und Mülltonnen stürzten um und rollten die Straße hinab.
Zu stark und zu kurz war der Windstoß, als dass ein

menschliches Ohr das eine Wort erfasst hätte, das er mit sich trug. Das Gotteswort bahnte sich seinen Weg durch das Badfenster in ihren Mund und in jede Faser ihres Körpers.
Lebe!
Es dauerte eine Sekunde.

Die Hausfrau begann zu zittern, drehte sich auf die Seite und prustete das Wasser, das sie eingeatmet hatte, in einem einzigen Strahl heraus.
Frau Bengtsson war genau achtunddreißig Sekunden lang tot gewesen. Eine Sekunde für jedes Jahr ihres Lebens.

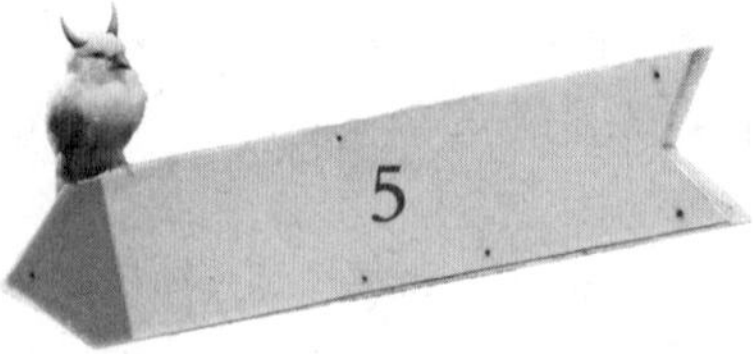

Herrgott!, dachte Frau Bengtsson.
Ja, bitte schön, dachte Gott und ließ sie allein. Schlug ein neues Buch auf.

Mit zitternden Gliedern drehte sie sich auf den Bauch und erhob sich langsam auf die Knie. Es sah aus, als würde sie beten, aber Frau Bengtsson empfand keine religiöse Dankbarkeit. Wenn sie »Herrgott« dachte, war dies keine Anrede, sondern nur eine Floskel, ein Kraftausdruck, der seine eigentliche Bedeutung verloren hatte.
Ich bin ertrunken!
Diese Feststellung dagegen hatte umso mehr Bedeutung für die zitternde Frau, die in der Wanne kniete. Dies waren keine leeren Worte, sondern die nackte, entsetzliche Wahrheit.
Sobald sie das Bewusstsein wiedererlangt hatte, war Frau Bengtsson klar, dass sie wahrhaftig gestorben war. Sie fuhr sich durch die Haare und massierte die Kopfhaut, aber es tat nicht einmal weh. Sie sah ihre Hände an und erwartete, dass sie blutverschmiert waren, aber sie waren rein und dufteten nach Balsam. Auch an dem schicksalsschweren Ventil war nicht eine Spur von Blut.
Mit gerunzelter Stirn begann sie, ihr Haar auszuspülen.

Wie war ihr geschehen?
Sie meinte nicht den Tod. Wie dieser gekommen war, würde sie wohl nie vergessen. Aber wie war ihr im *Leben* geschehen? In jenem Leben, dass sie nun offenbar behalten durfte? Sie spülte und spülte und grübelte und grübelte, bis das Wasser kalt wurde und sie fast dreihundert Liter Warmwasser fortgegrübelt hatte.
Dann sah sie die Überreste des ägyptischen Badesalzes und den abgerissenen Duschvorhang, und sofort übernahm der Hausfrauenautopilot ihre Gedanken.
Frau Bengtsson verließ das Bad; sie verließ ihren Tod, um aufzuräumen.

Als ihr Mann an diesem Abend nach Hause kam, erklärte er seiner lieben Frau, warum sie sich irren musste, denn sie war ja ganz offensichtlich nicht gestorben. Er nahm sie in die Arme und tröstete sie. Welch unheimliches Erlebnis. Aber gestorben? Nein, unmöglich. Sie lebte doch.
Vielleicht war sie kurz ohnmächtig gewesen. Allerhöchstens. Natürlich, das war fürchterlich. Er versuchte, sie zu beruhigen, versprach, das kostbare Badesalz über das Internet zu besorgen. Er streichelte und liebkoste sie und war selbstverständlich froh, dass er recht hatte.
Um auf Nummer sicher zu gehen, setzte er die Massagefunktion noch am selben Abend außer Kraft, während seine Frau ein einfaches Abendessen zubereitete, schockiert, wie sie war.
Luxus oder nicht, verrückte Frau oder nicht, auf jeden Fall bestand das Risiko, dass man sich in diesem Ansaugventil verhedderte, und das konnte er nicht hinnehmen. Er kümmerte sich um seine geliebte Frau und wusste sich zu helfen. Er rückte die Wanne von der Wand, schraubte die Kupplungsdose auf und zog den Stecker heraus. Frau Bengtsson

steckte den Kopf zur Tür hinein, sah, was er tat, und war zu Tränen gerührt. *Trotz allem,* dachte sie.

Es dauerte nur wenige Minuten, bis Herr Bengtsson die Wanne wieder an die Wand schob und zufrieden konstatierte, dass er seine Rolle als Beschützer erfüllt hatte.

Er hatte seine geliebte kleine Frau nicht verloren und würde dies auch nicht tun, jedenfalls nicht wegen einer lausigen, fehlkonstruierten Massagewanne aus China.

Die achtunddreißig Sekunden existierten für ihn nicht, es war völlig unmöglich. Er ignorierte sie, nahm ihnen den Schrecken und ließ seine Frau mit ihrer Erfahrung allein.

Der Tod begann sie zu scheiden, gewissermaßen.

Am Mittwoch fiel Frau Bengtsson auf, dass sie keine einzige Träne über ihren eigenen Tod vergossen hatte, und sie fragte sich, ob sie vielleicht gefühllos sei. Nachdem sie die Post gelesen hatte, blieb sie am Küchentisch sitzen in der Absicht, dies nachzuholen. Mit aller Kraft versuchte sie, die Tränen zu verdrücken, die sie menschlicher machen sollten. Ohne Erfolg.

Ich stehe bestimmt noch unter Schock, beschloss sie nach zwanzig Minuten, als sie bemerkte, dass ihre Gedanken abschweiften, zu so banalen Dingen wie dem Rasen des Nachbarn von schräg gegenüber. Dort wohnte ein älterer Herr namens Rubin, aber Alter hin, Alter her, konnte er nicht wenigstens einmal im Monat seinen Vorgarten mähen oder für ein paar Kronen die Nachbarskinder dazu anheuern? Das war man seinen Nachbarn doch schuldig!

Sie sah, wie der Löwenzahn von gegenüber zum Angriff blies. Ein Teil der Blüten war schon weiß und flauschig, bald würden sie ihre Abkömmlinge mit dem Wind auf ihre wohlgehütete Straßenseite schicken. Das Ehepaar Bengtsson war mächtig stolz auf seinen dichten, millimetergenau

gestutzten Rasenteppich. Vielleicht könnte ihr Mann am Wochenende ein Wörtchen mit Herrn Rubin wechseln.
Ja, es lag wohl am Schock.
Frau Bengtsson verdrängte die Furcht vor Herrn Rubins Unkraut und holte den Staubsauger. Schließlich hatte sie viel zu tun, und es blieb ihr ja der ganze Donnerstag, um die erlösenden Tränen herauszupressen.

Frau Bengtsson war eine pragmatische Frau.
Freilich zerbrach sie sich am Donnerstag lange den Kopf darüber, was geschehen war oder was hätte geschehen können, wenn sie nicht wieder aufgewacht wäre, aber die Tränen blieben weiterhin aus. Stattdessen stellte sie allerlei praktische Überlegungen an, die sie – wie erwähnt – am Freitag ihrem Mann mitteilte. Dieser war übrigens schnell über das Ereignis hinweggekommen. Seine Frau hatte offensichtlich keinen Schaden genommen. Hätte sie Tränen der Verzweiflung vergossen, er hätte eingestimmt (auf angemessene Weise, versteht sich). Aber sie war rasch zu ihrer Routine zurückgekehrt, und dabei wollte er sie nicht stören. Herr Bengtsson war froh, dass ihm weitere Aufregung erspart blieb. Sein Heim verkam nicht, seine Ehefrau auch nicht, und er hatte die Bedrohung, die von den Massagedüsen ausging, abgewendet.
Weil alles im Haushalt seinen gewohnten Lauf nahm, verschwand das Ereignis rasch aus seinem Bewusstsein.
Die Gedanken, die seine Frau am Freitag mit ihm geteilt hatte, über Leichenschminke und Grabsteinlayout, wertete er nach kurzer Bedenkzeit als Ausdruck ihres gesunden Menschenverstandes. In ihrem Alter und nach so vielen Jahren der Ehe konnte es nicht schaden, offen und abgeklärt über solche Dinge zu reden.
Allerdings nicht an einem Freitagabend. Nicht mitten in der

Lektüre der Sportbeilage. Zumal seine Frau nicht eine Träne vergossen hatte, sondern einfach mit diesen Fragen angekommen war, als wären sie eine Art Hausaufgabe aus einem ihrer Abendkurse. Und wenn das so war, konnte es auch warten.

Nachdem sie eine Weile in der Küche herumhantiert hatte, kam Frau Bengtsson zurück und setzte sich auf den Schoß ihres Mannes, mit dem sexy Lippenstift auf den Lippen.

Gut so.

Am Samstag, nach dem Abendessen im Kerzenschein (Hummerschwänze in Pernodsoße mit Kartoffelgratin) – bei dem das Ereignis des vergangenen Dienstags mit keinem Wort erwähnt wurde –, bekräftigten sie ihre Liebe ein weiteres Mal körperlich. Fast vierzig Minuten lang anstatt sieben.

Es war schließlich Samstag.

Was war das für ein Plan, den Frau Bengtsson da schmiedete? Der den Engel mit dem Kosenamen Nr. 1 so erschreckte, dass er Gott mitten in einem Schöpfungsakt störte?

Nun, als Mitglied der Himmlischen Heerscharen war Nr. 1 mit Recht empört, und in der Tat war der Plan höchst gotteslästerlich, wie er es ausdrückte.

Aber es sollte noch etwas dauern, bis er Gestalt annehmen und von Frau Bengtsson gebilligt würde. Der Weg dorthin war weit, und unsere Hausfrau ahnte noch nichts. Ihre spirituelle Erweckung begann mit allgemeinen, neutralen Überlegungen. Mit Neugier. Vielleicht sogar mit zärtlichen Gedanken.

Ihr Hass auf Gott begann in kleinen, zaghaften Schritten.

Am Sonntag.

Wie unschicklich.

Eigentlich war Rakel an allem schuld, aber das wusste sie natürlich nicht.

Fräulein Rakel tat dasselbe wie jeden Sonntag.

Sie wachte auf.

Duschte.

Fühlte sich schuldig, dass sie erst eine Stunde nach dem Aufwachen an Gott dachte. Sofort widmete sie eine Viertelstunde der Selbstkasteiung und beklagte ihre Unwürdigkeit vor Gottes Liebe.

Für eine Person wie Rakel hätte es sich gehört, mit Glanz und Gloria aufzuwachen. Oder zumindest in geistiger Ruhe, mit Dankbarkeit im Herzen. Aber das war nicht der Fall. Immer öfter war es wie an diesem Sonntag: aufwachen, duschen, Kaffee trinken und plötzlich bemerken, dass man Gott vergessen hatte. Schlechtes Gewissen.

Rakel war Theologiestudentin. Rakel wollte Pastorin werden.

Doppelt so schlechtes Gewissen.

Das zumindest beherrschte sie ausgezeichnet, was sie als Zeichen eines intakten – wenn auch unvollkommenen – Glaubens interpretierte. Eine Viertelstunde Selbsterniedrigung war demnach angemessen.

Rakel ließ sich auf der Küchenbank nieder und schlug die

Sonntagszeitung auf. Noch zwei Stunden bis zum Gottesdienst, dort würde sie eine ganze Stunde lang nur an Gottes Herrlichkeit denken. Also Schluss mit dem dummen Zeug – der Herr will ja, dass wir uns selbst lieben. Sie trank ihren Kaffee und las die Zeitung. Schluss mit dem schlechten Gewissen.

Ja, Rakel war ein seltsamer Typ.
Aber das sah man ihr nicht an. Nein, nach außen war sie ein gewöhnliches graublondes Mädchen mit blassblauen Augen und verdrießlicher Miene. Eine graue Maus.
Ihr Haar war stets von einem braunen oder weißen Haarreif zurückgehalten, die rahmenlose Brille so sauber geputzt, dass man sie auf der geraden, nichtssagenden Nase kaum bemerkte, und die Lippen waren chronisch zusammengepresst (das Fräulein schämte sich für seine Vorderzähne).
Rakels Kleider passten sich in Grau und Beige dem Farbton ihrer Haare an, sie trug immer vernünftige braune Schuhe, und wie es sich für eine zukünftige Pastorin gehörte, bestand ihr einziger Schmuck aus einem bescheidenen goldenen Kreuz an einer kaum sichtbaren Halskette. Ein schlichter Ehering mochte eines Tages dazukommen, aber das war alles.
Minutiös pflegte das Mädchen diesen anspruchslosen Stil, denn sie dachte, dass er ihren Glauben stärke. Das schlechte Gewissen nagte nämlich ununterbrochen an ihr. Sie wusste sogar, woher es kam, offenbarte sich aber niemandem.
Fräulein Rakel gehörte nicht zu den Berufenen.
Doch, sie glaubte fest an Gott, aber sie hatte kein grenzenloses Vertrauen, konnte sich nie ganz in seine Arme fallen lassen. Er hatte nie zu ihr gesprochen, und in ihrer Brust brannte nicht jene Hingabe, die sie auf die heilige Bahn gezwungen hätte.

Rakel mochte Gott und die Kirche. Sie mochte das Christentum, und sie mochte Jesus. Und Rakel wollte anders sein. Ihr Glaube sollte den Leuten Respekt einflößen, damit man sie in Ruhe ließ.

Wenn sie Medizin oder Journalistik studiert hätte (was sie als Alternativen zur Theologie erwogen hatte), wäre der Glaube zweifelsohne ein Klotz an ihrem hübschen Bein geworden. Es war nicht leicht, zwanzig zu sein und gleichzeitig so überzeugte Christin, wie sie es trotz allem war. Säkularisierte Menschen – die meistverbreitete Sorte – schienen jungen und intelligenten Frauen, die den Weg des Glaubens gingen und nach den Zehn Geboten lebten, aus irgendeinem Grund zu misstrauen. Spätestens seit ihrer Konfirmation hatte Rakel sich damit abgefunden, dass die Mitmenschen sie schräg ansahen. Seltsam, wo sie doch in allen anderen Dingen *sooo vernünftig* war.

Der Rest der Welt – einschließlich der einzigen Familienmitglieder, die sie noch hatte, eine Tante und zwei Cousinen – betrachtete sie als eine Art Einstein, der gerade bemerkt hatte, dass er das Alphabet nicht fehlerfrei aufsagen konnte. Jedenfalls kam es ihr so vor.

Noch schlimmer waren die Leute, die dachten, dass der Unfalltod ihrer Eltern die Ursache ihres Glaubens sei. Sie war damals siebzehn gewesen, und nun glaubten viele, dass die Religion der Strohhalm sei, an den sie sich klammerte. Immerhin besser als Drogen oder andere Arten der Selbstzerstörung, aber sicher würde auch das vorübergehen, sobald sie den Verlust überwunden hatte, dachten sie. Das waren die Schlimmsten. Im Gegenteil hatte der Unfall die Grundpfeiler ihres Glaubens eher erschüttert.

Ein Jahr nach dem Unglück hatte sie sich damit abgefunden, dass sie immer noch an Gott glaubte. Es war anstrengend genug, nach diesem Glauben zu leben, und damit sie sich nicht tagtäglich rechtfertigen musste, beschloss Rakel, Theologie zu studieren. So könnte sie sich in Ruhe und Frieden dem geistigen Leben widmen. Sie war auf der Suche nach ihresgleichen. Schon am ersten Tag des Studiums beschloss sie, Pastorin zu werden. Alles andere wäre eine Verschwendung ihrer intellektuellen Begabung gewesen.

Pastorin.

Das klang respekteinflößend, es war wichtig und der einzige Weg, um ihre Überzeugung frei auszuleben. Und es hatte trotz allem etwas Cooles. Es faszinierte die Leute, im Gegensatz zum ordinären, privaten Glauben.

Aber es war auch schwer, wie sie bald herausfand, denn selbst in der theologischen Fakultät fühlte sie sich ... mmh, anders, vielleicht sogar ein wenig ausgestoßen.

Es schien, als wären alle anderen Studenten von Gott dorthin berufen worden. Entweder direkt, in Form eines unmissverständlichen Kommuniqués, oder ganz selbstverständlich, von Kindesbeinen an. Nur Rakel hatte ihr Studienfach erst zwei Wochen vor Ablauf der Bewerbungsfrist ausgesucht, nur sie hatte alternative Fächer angegeben (nach langem Hin und Her hatte sie sich für Journalistik entschieden), und nur sie hatte die Religionswissenschaft gewählt, um einer Schar von Gleichgesinnten anzugehören. Aber das tat sie nicht.

Rakel war NFG.

Nicht Fromm Genug.

Aber während sie daran kaute, konnte sie wenigstens darauf achten, ausreichend graumäusig auszusehen, angemessen vernünftige und unmoderne Schuhe zu tragen und sich gehörig selbst zu kasteien, wenn sie sich wieder einmal dabei ertappte, dass sie nicht an Gott dachte. Sie würde es schon schaffen, glaubte sie.

Frau Bengtsson schaute im richtigen Moment von ihrer Sonntagszeitung auf, um Rakel zu erblicken, die neben Herrn Rubin und somit direkt gegenüber dem Ehepaar Bengtsson wohnte.
Das arme Mädchen.
Ganz einsam wohnte sie in dem Haus, das ihr bestimmt viel zu groß war. Sie hatte es von ihren Eltern geerbt. Frau Bengtsson hatte sie nicht gut gekannt, da sie und ihr Mann erst einen Monat vor dem tragischen Verkehrsunfall eingezogen waren, bei dem Rakels Eltern und der Golden Retriever der Familie in dem kleinen roten Toyota in eine Scheune gerast waren. Der Crash durch die hölzerne Wand wäre an sich nicht tödlich gewesen, und auch der Heuhaufen in der Scheune wiegte die Insassen des Toyotas für Sekundenbruchteile in falscher Sicherheit, aber dahinter standen allerlei Landmaschinen mit scharfen Metallteilen.
»Es war eine ziemliche Schweinerei«, erklärte der Bauer, der sie am nächsten Morgen gefunden hatte, gegenüber der Lokalzeitung und wischte sich die Stirn mit einem riesigen, knallroten Taschentuch. »Na ja, meine Maschinen kann ich ja waschen. Aber für das kleine Mädchen ist es bestimmt schlimm«, fuhr er fort und stopfte das Taschentuch in die Hosentasche, so dass nur ein Zipfel herausragte. »Ich habe gehört, dass sie eine Tochter haben. So ein Pech. Die Eltern *und* der Hund. Aufgespießt. Die Arme.« Er setzte seine Schirmmütze wieder auf, zog sie tief in die Stirn und spuckte auf den trockenen Boden.
»Danke. Sie haben uns sehr geholfen«, sagte der Reporter und versuchte, nicht auf den Schleimklumpen zu schauen.

Nach einem Monat hatten sie sich freundlich über den Lattenzaun hinweg zugenickt. Einmal, als Frau Bengtsson gerade eines der Schlafzimmer lavendelblau anmalte, waren die Eheleute Karlsson (so hießen Rakels Eltern) sogar mit selbstgebackenen Zimtschnecken zu Besuch gekommen, um sie im Viertel willkommen zu heißen. Es mussten also nette Leute gewesen sein. Menschen, die für ihre neuen Nachbarn Zimtschnecken buken, *waren* nett. Ohne Ausnahme.

Auch Rakel kannte Frau Bengtsson kaum, bevor sie ins Haus ihrer Eltern zurückzog. Das Mädchen war seit einem Jahr ausgeflogen gewesen, es musste also schon mit sechzehn ausgezogen sein, was Frau Bengtsson erschreckte und den guten Eindruck, den Rakels Eltern gemacht hatten, fast zunichtegemacht hätte, bis sie von Herrn Rubin erfuhr, dass Rakel seit Beginn der Oberstufe ein christliches Internat besucht hatte. Das Mädchen hatte es offenbar selbst so gewollt, was in der Nachbarschaft für Gesprächsstoff sorgte, denn die Eltern waren nicht religiöser als alle anderen in der Fröjdgata; sie feierten Weihnachten und Ostern, mehr nicht.

Mit siebzehn hatte sie das Haus ihrer Eltern geerbt und für ihr Alter große Reife bewiesen, weil sie beschloss, dort wohnen zu bleiben.

Rakel hielt Haus und Garten perfekt in Schuss, genau wie sie ihr eigenes Äußeres pflegte. Zwar fand Frau Bengtsson, dass sie ziemlich langweilig aussah, aber das gehörte wohl dazu, wenn man Pastorin werden wollte, dachte sie.

Ab und zu ging Frau Bengtsson zu Rakel hinüber – aber nie mit Zimtschnecken, um keine schmerzvollen Erinnerungen zu wecken. Sie wollte sehen, ob das Mädchen Hilfe brauchte, was jedoch nie der Fall war.

Rakel servierte Kaffee, und Frau Bengtsson inspizierte verstohlen den Haushalt ihrer jungen Nachbarin, der nichts zu wünschen übrig ließ. Sogar unter dem Sideboard war der

Boden gründlich gesaugt. Frau Bengtsson fühlte sich übertrumpft.
Es sah aus, als hätte Rakel sich mit ihrem Schicksal abgefunden. Falls sie trauerte, so tat sie es für sich und in aller Stille. Die Zeit verging, und Rakel hängte sich ein wenig an Frau Bengtsson, aber sie war nie aufdringlich.
Als sie erfuhr, dass sie zum Theologiestudium angenommen war, kam Rakel herüber und brachte ausgerechnet selbstgebackene Zimtschnecken mit, was Frau Bengtsson fast (aber auch nur fast) zu Tränen gerührt hätte. Die Schnecken besiegelten sozusagen die Mentorschaft zwischen ihr und dem jungen Mädchen. Eine moderate Mentorschaft natürlich. Frau Bengtsson wollte sich keinesfalls aufdrängen, und vor allem sollten die Nachbarn nicht denken, dass sie Rakels Ersatzmutter sei. Auch wenn es vielleicht ein bisschen so war, aber das ging niemanden etwas an.
Ungefähr einmal im Monat trafen sich die beiden Frauen zu vielen Tassen Kaffee. Jede erzählte von ihrem Monat. Nie redeten sie über den Unfall und kaum über Rakels Glauben. Frau Bengtsson hatte sie ein paarmal danach gefragt und nur knappe, reservierte Antworten bekommen, also begnügte sie sich damit, dass das Mädchen religiös war. Sicher war sie bereit, eine Herde zu leiten, so etwas studierte man ja, um Pastor zu werden. Man machte ja auch keine Kochkurse, wenn man hinterher nicht kochen wollte.
Die beiden mochten einander mehr, als die Kaffeekränzchen verrieten. Vielleicht war Frau Bengtsson doch eine Ersatzmutter für Rakel. Aber das gab sie natürlich nicht zu.

Das arme Mädchen, dachte Frau Bengtsson wie immer, wenn sie Rakel sah. Sie konnte nicht anders.
Es war halb elf, bestimmt war sie unterwegs zum Gottesdienst.

Frau Bengtsson war überzeugt, dass Rakel eine gute Seelsorgerin werden würde. Sie war ja so … so … (langweilig) reif. So vernünftig und ruhig, trotz ihrer jungen Jahre.

An diesem Sonntag trug sie einen weißen Haarreif, eine weiße Bluse, einen weißen Strickpullover, den sie über die Schultern gelegt hatte, und ein Paar beige Hosen mit Bügelfalte. Frau Bengtsson kannte keine andere Zwanzigjährige, die ihre Hosen bügelte – ja, sie würde eine gute Pastorin werden. Hinter einem so korrekten Äußeren, das nie in Eitelkeit umschlug, musste sich ein gütiges und urteilskräftiges Inneres verbergen. Jedes Wort, das Rakel bei ihren Kaffeekränzchen äußerte, bestätigte diese Theorie.

Frau Bengtsson gefiel die innere Ruhe, die Fräulein Rakel ausstrahlte. Seit dem Dienstag, an dem sie gestorben war, fehlte ihr diese Ruhe, und obwohl sie nicht hysterisch war – sie hatte ja nicht einmal geweint –, war sie innerlich aufgewühlt. Vielleicht lag es an den vielen trivialen Fragen wie die nach der kosmetischen Behandlung ihrer Leiche, aber ihr Kopf war voller Gedanken, und sie wirbelten und wirbelten darin herum; dazu gehörte auch die Trauer darüber, dass sie nicht trauern konnte.

Am Samstag hatte sie sich doch ein wenig darüber geärgert, dass ihr Ehemann den Vorfall so schnell vergessen hatte und dass auch er keine Träne über ihren Tod vergoss. Schließlich hätte er sie verlieren können, nein, er hatte sie sogar für einen Moment verloren, aber das glaubte er ihr nicht.

Andererseits hatte er den Stecker der Massagedüsen herausgezogen, das war seine Art, Fürsorge zu zeigen. Er tat alles, um ihr das Leben zu erleichtern, und kümmerte sich um ihre Sicherheit und den Unterhalt, das war seine Liebeserklärung. Herr Bengtsson war literarisch eher wenig bewandert, und sie erwartete keine poetischen Ergüsse aus seinem Mund. Sie hatte gelernt, die Worte »Ich liebe dich«

in der Reparatur eines tropfenden Wasserhahns oder in zwei Überstunden pro Woche zu hören, und so verhielt es sich auch mit dieser blöden Wanne. Somit hatte sie zusätzlich ein schlechtes Gewissen, weil sie sich über Herrn Bengtssons ausgebliebene Trauer ärgerte.

Ja, es wirbelte im Kopf unserer Hausfrau, als sie am Küchentisch saß und zusah, wie Rakel gelassen aus der Tür trat und zum Gottesdienst spazierte. Sie war die Ruhe in Person, und das seit ihrem Einzug. Trotz des schweren Verlustes.

Frau Bengtsson wusste nicht, dass Rakel manchmal in ihr Kissen weinte, mit kurzen, leisen Seufzern, die man auch ohne Kissen kaum hören konnte. Aber sie weinte nicht um ihre Eltern, sondern um Rufus. Den Hund.

Wie auch immer, an jenem Sonntag begann sich Frau Bengtsson zu fragen, was das junge Fräulein Rakel so … (langweilig) ausgeglichen machte.

Das Mädchen kam heraus, hob den Blick und das charakteristische schmale Lächeln gen Himmel, schloss die Tür, richtete ihren Haarreif (der ohnehin perfekt saß) und ging – zu Fuß! – in Richtung Kirche. Es waren drei Kilometer dorthin. Aber sie trug fürwahr vernünftiges Schuhwerk. Und sie wirkte so zufrieden. Trotz allem.

Frau Bengtsson winkte ihr zu, doch die Sonne schien direkt aufs Fenster, weshalb Rakel sie nicht sah und nicht zurückwinkte. Frau Bengtsson kam sich dumm vor, obwohl niemand sie gesehen hatte.

Fräulein Rakel wäre das bestimmt nicht peinlich, dachte Frau Bengtsson. Sie ist so (langweilig) zuversichtlich.

Im Lauf des Tages kam Frau Bengtsson zu einem Schluss, der ganz im Gegensatz zu den tatsächlichen Verhältnissen stand. Je mehr sie darüber nachdachte, desto sicherer war sie, dass Rakel nur aufgrund ihres Glaubens so zuversichtlich, zufrieden und gelassen sein konnte.
Wahrscheinlich war das Mädchen schon vorher gläubig gewesen und hatte nach dem Tod seiner Eltern umso stärkeren Trost bei Dem-Da-Oben gefunden und neue Kraft aus ihrer tiefen Überzeugung geschöpft. Ja, solche Kraft hatte der Herr ihr gegeben, und so fromm war sie, dass der Tod ihrer Eltern sogar etwas Positives mit sich gebracht hatte, nämlich den Ruf zur geistlichen Führung, um anderen Menschen aus ähnlichen Krisen zu helfen und ihnen den Weg zu weisen, mit dem Glauben als Kompass.
Weit gefehlt.
Wie bereits erwähnt, hatte der Tod der Eltern Rakels Glauben erschüttert. Ihr ruhiges und beiges Auftreten war nur Fassade, um den Mangel an Frömmigkeit zu kompensieren, der das junge Fräulein plagte. Und Pastorin wollte sie werden, weil es cool war. Und weil man damit den miserablen Zukunftsaussichten eines religiösen Journalisten entkam.
Aber all das wusste Frau Bengtsson nicht.
Sie rollte die Angelegenheit gewissermaßen von hinten auf,

was man gut verstehen kann. Sogar das junge Fräulein Karlsson versuchte sich auf diese Weise selbst zu betrügen.

Vielleicht, dachte Frau Bengtsson, kann Gott mich auch so ausgeglichen machen?
An jenem Sonntag also, während Herr Bengtsson den Rasen mähte, saß sie am Küchentisch und dachte über ihren Glauben nach.
War sie eine Christin?
Die Antwort war ein klares Jein.
Nein – denn sie ging nicht in die Kirche.
Und nein – sie hatte nie die Bibel gelesen.
Ja – weil sie *O Gott o Gott o Gott* gedacht hatte, bevor sie starb.
Und ja – denn manchmal erfüllte sie heftige Freude und Dankbarkeit, die der Liebe zu etwas Höherem nahekam, vielleicht zu einer Art Schöpfer. Zum Beispiel wenn sie im Wald spazieren ging und die Natur ringsum aufblühte.
Nein – es kümmerte sie nicht, ob sie sündigte oder fluchte (was sie allzu oft tat).
Und nein – sie betete weder am Morgen noch vor den Mahlzeiten noch vorm Schlafengehen.
Ja – sie betete, wie es die meisten tun, wenn etwas furchtbar schiefging oder sie etwas unbedingt erreichen wollte. Wenn sie etwas begehrte: »Lieber Gott, wenn du das so und so machst, verspreche ich …«
Und nein – sie hatte nie ein schlechtes Gewissen, wenn sie solche Versprechen nicht hielt.
Also ein klares Jein.
Anders gesehen stand immerhin fest, dass sie keine Atheistin war. Erstens glaubte sie wirklich an *irgendetwas* – wie die meisten modernen Schweden –, und zweitens wagte sie es nicht, Gottes Existenz zu verleugnen.

Man konnte ja nie wissen.
Und das hatte doch etwas zu bedeuten?
Jüdin war sie nicht. Auch keine Muslima, keine Hinduistin und keine Buddhistin.
In den neunziger Jahren war sie eine Weile dem Trend gefolgt und wollte New Agerin werden, aber das hatte auf Dauer nicht funktioniert. Erstens fand ihr Mann, dass sie nicht recht bei Trost war, als sie das ganze Haus mit Kristallen und Pyramiden vollstopfte, und zweitens hatte sie das Durcheinander selbst bald satt. Täglich plagten sie Kopfschmerzen, und sie folgerte, dass dies von der gesammelten Energie der angeschleppten Kristalle herrührte. Tatsächlich hörten sie auf, nachdem sie die Steine weggeworfen hatte.
Nein, nicht die New Ager.
Im Zug dieser Mode hatte sich Frau Bengtsson eine Zeitlang gefragt, ob sie vielleicht eine *wicce* war, aber als sie herausfand, dass eine »weiße Hexe« ein langweiliges Wesen ohne jede Zauberkraft und die schwarze Magie dagegen viel aufregender war, bekam sie ein schlechtes Gewissen und beendete den Flirt mit dem Übernatürlichen.
Vielleicht steckte doch eine kleine Buddhistin in ihr? Sie hatte etliche Schriften des Dalai Lama gelesen und fand, dass Herr Lama ein vernünftiger und sympathischer Mann war, wenn man einmal davon absah, dass sein Kampf für ein freies Tibet die Wiedereinführung der privilegierten Lama-Kaste beinhaltete und – wenn er erfolgreich wäre – das tibetanische Volk erneut einer theokratischen Herrschaft unterwerfen würde. Damit konnte sie leben. Dass der Dalai Lama wie jeder andere Mensch von den Gesellschaftsnormen seiner Kindheit und Jugend geprägt war, machte seine Bücher nicht weniger denkwürdig.
Eigentlich war er aus demselben Grund wie Jesus sympathisch. Dass man geduldig und nett sein und anderen nichts

Böses tun sollte, hatten beide Herren gesagt. Mit einer Aussage des Herrn Lama allerdings tat sich Frau Bengtsson schwer, nämlich dass man dankbar sein sollte, wenn jemand einem etwas antat. Weil man sich dann in Geduld üben konnte. So weit wollte Frau Bengtsson nicht gehen. Genau genommen hatte Jesus etwas sehr Ähnliches gesagt. Vielleicht war sie ein Zwischending. Chruddhist?
Nein, entschied sie. Wenn irgendeine Religion in ihr steckte, dann die christliche. Schon der Gedanke, eine Figur anzubeten, die den größten Teil ihres Lebens unter einem Bodhibaum sitzend zugebracht hatte, war wesentlich weniger verlockend als der christliche Widerspruch. Gott, und Jesus als eine Art Gott, das war viel theatralischer.
Der liebe Vater im Himmel gab mehr Sicherheit als ein erleuchteter Sonderling unter einem Baum. Der christliche Gott war väterlich, während Siddharta Gautama bestenfalls brüderlich war. Außerdem war sie selbst kulturell bedingt mit christlichen Traditionen aufgewachsen.

Aha.
Also war sie vielleicht doch Christin. Nicht der schlechteste Ausgangspunkt, falls sie ihren Glauben auf der Suche nach Rakelscher Ausgeglichenheit vertiefen wollte.
Während sie Kaffee kochte, stellte sie sich in Gedanken einem Fremden vor.
Guten Tag. Frau Bengtsson. Hausfrau. Christin.
Doch, das könnte funktionieren.
Hej, hej. Ich bin Christin.
Hallöchen! Ich heiße Frau Bengtsson, und ich glaube an Gott.
Hallo, hallo. Ich? Ja, ich bin Christin.
Aber da wurde der fiktive Fremde plötzlich indiskret und bat sie, dies näher zu erklären. Wie bitte, Christin?

Wie bitte, wie bitte?, dachte Frau Bengtsson verärgert. Christin! Punkt.

Jesus und Weihnachten und Ostern und das Kreuz und Adam und Eva und all das.

Glauben Sie etwa an Adam und Eva und die ganze Schöpfungsgeschichte?, fragte ihr Phantasiegesprächspartner.

Äh ... Jein. Oder nein, das tat sie nicht, musste sie zugeben. Teufel auch.

Konnte man Christ sein, ohne daran zu glauben?

Sie trug eine Tasse Kaffee auf die Veranda, stellte sie aufs Geländer und winkte ihrem Mann, damit er eine wohlverdiente Pause machte. Mit Schweißperlen auf der Stirn kam er zu ihr.

»Danke, Liebling. Hoffentlich ist bald Winter, damit ich nicht mehr so oft mähen muss. So eine Dreckarbeit«, sagte er und trank einen Schluck, nachdem er ihr einen verschwitzten Kuss auf die Wange gedrückt hatte.

»Ja«, antwortete sie geistesabwesend und bemerkte, dass auch Herr Rubin endlich gemäht hatte. »Liebling, glaubst du an Adam und Eva, wie es in der Bibel steht? Dass Gott die Welt so erschaffen hat?«

»Was? Nein. Ich glaube, dass ich nächstes Jahr einen Aufsitzmäher kaufen muss. Bestimmt finde ich bei eBay einen günstigen gebrauchten«, antwortete Herr Bengtsson. »Dieses Schiebeding macht mich fertig.« Er stellte seine Tasse ab. »Die letzte Bahn«, verkündete er und widmete sich wieder dem Rasenmäher. Sie hatten miteinander geredet – jeder über das, was ihn beschäftigte.

Frau Bengtsson ging in die Küche zurück und faltete die Hände um die Kaffeetasse. Der Sonntag war einer der zwei Tage pro Woche, an denen sie sich echte Zigaretten anstelle von Nikotinkaugummis gönnte (der andere war Freitag oder Samstag, je nachdem, was sie vorhatten), also

zündete sie sich eine an und nahm einen tiefen, genießerischen Zug.
Was genau steht da eigentlich drin?, fragte sie sich.
Natürlich war Frau Bengtsson getauft und konfirmiert wie die meisten Schweden. Getauft, weil sie keine Wahl hatte, und konfirmiert, weil es für eine Vierzehnjährige zur sozialen Norm gehörte. Man wurde in die Gemeinschaft aufgenommen, durfte ins Ferienlager fahren, konnte feiern und bekam jede Menge Geschenke.
Dass sich ein Teenager die Bedeutung der Konfirmation zu Herzen nahm, war wohl die Ausnahme, dachte Frau Bengtsson. Sie hatte dies jedenfalls nicht getan, und ihre Freunde auch nicht, soweit sie sich erinnerte. Die meisten hatten die Konfirmandenstunde und die Gottesdienste langweilig und nichtssagend gefunden. Ein notwendiges Übel, damit man hinterher feiern durfte. Zwar hatte sie ihre Pflichtlektüre absolviert, doch das war viele Jahre her.
Was stand eigentlich in der Bibel? Da gab es einen Gott, der zwei Figuren erschuf, und die aßen einen Apfel. Nein, nicht ganz! Daran erinnerte sie sich aus dem Konfirmandenunterricht. Der Pastor hatte ihnen erzählt, dass in der Bibel überhaupt nichts von einem Apfel stehe. Dort sei nur von einer verbotenen Frucht die Rede. Sie erinnerte sich genau, wie bestürzt sie damals gewesen war. Alle hatten ihr weismachen wollen, dass es ein Apfel war. Die ganze Welt glaubte diesen Unsinn.
Wie viele andere Lügen nahm die Menschheit selbstverständlich hin? Was hatte die Gesellschaft sonst noch über die Bibel erfunden?
Scheiß drauf. Du musst sie wohl irgendwann lesen.
Sie stellte sich die zwei feigenblattbekleideten Gestalten vor und ging in sich. Konnte sie wirklich glauben, dass es diese Typen gegeben hatte?

Sie blieb still sitzen und versuchte, den Kopf abzuschalten. Suchte im Bauch und in der Brust, wo der Glaube sich befinden musste. Es kribbelte leicht im Bauch, aber nur, weil er plötzlich im Mittelpunkt stand. Sie nahm noch einen Zug aus der Zigarette und schaute auf, suchte an der Decke weiter.
Nein. Das konnte sie nicht glauben.
Daran scheiterte wohl ihre gesamte Christlichkeit, denn die Sache stand gleich zu Beginn der tausend Seiten, und was würde sie über den Rest denken, wenn sie nicht einmal den Anfang glaubte?
Wenn sie allerdings noch einen Schritt zurückging, zu den allerersten Zeilen, dann sah die Sache anders aus. Frau Bengtsson fand heraus, dass sie an Gott als *Schöpfer* glauben konnte, im Bauch, in der Brust und sogar im Kopf.
Damit fing es von vorn an.
Konnte man glauben, dass Gott alles erschaffen hatte, und trotzdem an die Evolution glauben? Sie hatte keine Ahnung, ob dies zulässig war, aber auf jeden Fall war es ihre Art des Glaubens. Also: Ja, man konnte. *Sie* konnte. Die Frage war nur, ob es noch christlich war.
Sie war doch keine Kreationistin! Schrecklich!
Nein, dachte sie entschieden, so weit würde sie nicht gehen. Frau Bengtsson hätte nie gedacht, dass sich die Schöpfungsgeschichte mit einem schicken amerikanischen Namen wie *Intelligent Design* als Wissenschaft verkleiden ließ. Glauben wollte sie gern, aber sie wusste auch, was dieses Wort bedeutete.
Dieser Glaube war gar nicht so schlecht.
Vielleicht hatte Gott ja alles erschaffen, einschließlich der Evolution?
Wieder kam sie zu dem Schluss, dass sie die Bibel wohl lesen musste, um dieses Problem zu lösen. Sicher war nur,

dass dieses Buch offen für Interpretationen aller Art war. Wenn sie irgendwo in der Bibel Unterstützung für ihre Interpretation der Schöpfungsgeschichte fände, könnte sie in aller Ruhe die Suche nach der christlichen Gelassenheit fortsetzen. Nach dem Rakelschen.

Und damit kam die Antwort.

Natürlich! Warum war sie nicht gleich darauf gekommen? Wozu gab es Rakel! Sie wollte Pastorin werden, für sie sollte es das Natürlichste der Welt sein, Frau Bengtssons Fragen zu beantworten, und gleichzeitig wäre es eine gute Übung für die Führungsrolle, die nach dem Examen von ihr erwartet wurde.

Machten Pfarrer Examen?

Egal. Auf jeden Fall wohnte direkt gegenüber eine Quelle christlichen Wissens. Eine Quelle, die ihr den Rat bestimmt nicht verweigern würde. Das wäre doch ... unchristlich?

Aber sie wollte warten. Der Sonntag war der heiligste aller Tage, und für Leute wie Rakel war er bestimmt randvoll mit allen möglichen religiösen Aktivitäten. Da konnte man nicht einfach mit der Tür ins Haus fallen. Außerdem wollte sie nicht unvorbereitet kommen und sich blamieren. Sie wollte ernst genommen werden mit ihrer Suche, deshalb beschloss Frau Bengtsson, sich zuerst in ihrer Konfirmandenbibel schlauzumachen.

Während Frau Bengtsson suchte, war Rakel schon auf dem Heimweg vom Gottesdienst, wie immer zerrüttet von ihrer mangelnden Frömmigkeit.

Die Predigt des Tages hatte von Vergebung gehandelt.

Sie hatte ihren Eltern noch immer nicht vergeben, dass sie Rufus an jenem Tag mitgenommen hatten, an dem sie alle zu Grillspießrohmaterial wurden. Sie wollten nur schnell etwas besorgen, Rufus hätte nicht einmal ins Geschäft mitkommen dürfen, sondern hätte im Auto warten müssen. Die ein oder zwei Stunden hätte er ohne weiteres allein zu Hause bleiben können! Und dann wäre er heute hier, bei ihr. Jahrelang hatte das Tier ihr Rückhalt gegeben und war ihr treu ergeben gewesen, und dann hatten die Eltern es mit sich genommen, ihr fortgenommen.

Obendrein konnte Rakel sich selbst nicht vergeben, dass sie ihnen nicht vergab. Sie zweifelte gar an ihrer Fähigkeit zu verzeihen. Und dieser Zweifel war unverzeihlich.

Beim Vaterunser bat sie wie alle anderen um die Vergebung ihrer Schuld, *wie auch wir vergeben unseren Schuldigern,* aber diese Zeile wollte sie immer überspringen. Sie hatte ihnen nicht vergeben.

Folglich war es Heuchelei, Gott um Vergebung zu bitten, solange man selbst nicht vergab. Wenn Gott ihr auf dieselbe Weise vergab wie sie ihnen, hieß dies automatisch, dass er ihr nicht vergab. Und darum wollte sie nicht bitten.

Sie wollte beten: »Vergib mir meine Schuld, obwohl ich meinen Schuldigern noch nicht vergeben habe.« Aber das durfte sie natürlich nicht.

Die Pfarrer der Schwedischen Kirche zeigten viel Verständnis, wenn sie mit ihnen über dieses Problem sprach. Sie begriffen ihre Schwierigkeiten und meinten, dass die Fähigkeit zur Vergebung zu einem großen Teil darauf beruhe, dass der andere um Vergebung bat. Dazu waren die Toten kaum fähig, und deshalb konnten sie ihr Dilemma nachvollziehen.

Gleichzeitig, so betonten sie, sei es etwas ganz anderes, nicht vergeben zu können, als nicht vergeben zu wollen. Ihre Schuldgefühle seien ein klarer Beweis dafür, dass sie tief im Herzen gewillt sei zu vergeben.

Sie versicherten Rakel, dass ihre Gottesfurcht wohlbehalten sei, und wenn sie sich nur auf Gott und seine grenzenlose

Güte verließe, so würde sie am Ende zu ihrer unbeschadeten Christlichkeit finden.
Keiner von ihnen fragte sich je, warum in aller Welt jemand um Vergebung dafür bitten sollte, dass er seinen Hund zum Einkaufen mitgenommen hatte. Das konnte nur Rakel verstehen.
Heute hatte sie das Vaterunser mit den anderen gebetet, aber die problematische Zeile hatte sie nur gemimt.
Vergib mir, dachte sie, als sie nach Hause ging.

Beim ersten Mal war es ziemlich schwierig gewesen, aus der Hölle auszubrechen.

Nachdem er sich in seinem Palast, dem Pandämonium, mit Moloch und Belial, zwei gefallenen Helden des Himmels, beratschlagt hatte, begab er sich auf eine Reise, deren Ziel es war, Gottes neueste Schöpfung zu vergiften und zu verderben: die Erde und die Menschen. Es sollte die Rache werden für die Vertreibung und den Verlust und die Niederlage umkehren, die er und seine Anhänger im Kampf um den Himmel erlitten hatten.

Damals war er mit Hilfe seiner Tochter und Buhle, der Sünde, aus der Hölle herausgeschlüpft. Buhle allein hatte den Schlüssel für die letzte der neun Pforten, und sie plagte sich sehr, weil sie den Höllenhund Cerberus stündlich neu gebären musste. Jedes Mal wenn er aus ihrem Schoß gekommen war, kroch er sofort wieder hinein und fraß sie von innen auf, wieder und wieder. Die Sünde hatte diese Prozedur gründlich satt, und als plötzlich einer ankam und ihr versprach, dem ewigen Gebären ein Ende zu machen, wenn sie nur die Pforte öffnete, ließ sie sich erweichen und steckte den Schlüssel ins Schloss.

Anfangs hatte sogar der Tod, sein Abkömmling mit der Sünde, versucht, ihn am Öffnen der Pforten zu hindern, aber dann gab er den listigen Worten seines Vaters nach. Zu verlockend war das Versprechen, dass er die Herrschaft über diesen neuen, merkwürdigen Ort namens Erde übernehmen könne.

Als endlich alle neun Pforten überwunden waren, flog er durch das Reich Chaos. Der gleichnamige Herrscher des Reiches und seine Gattin, die Nacht, hatten die Reise sanktioniert, denn sie hatten noch eine Rechnung mit Gott offen. Dieser hatte nämlich Hölle und Erde aus Teilen des Chaos erschaffen und ihr Reich damit verkleinert. Er versprach, den jüngst gestohlenen Teil zurück ins Chaos zu stürzen, und bekam freies Geleit.

Aus der Spur des Reisenden bildete sich eine brennende Brücke, die die Kluft zwischen Hölle und Erde überspannte.

Er erreichte die Außenbezirke des Himmels, wo Gott das neue Paradies erschaffen hatte, und im Schein der Morgendämmerung nistete er sich in Gestalt einer Schlange in der Schöpfung ein.

Sein Plan, die Menschen zu verführen, funktionierte über eine kleine, belanglose Frucht. Aber bis es so weit war, hatte er einen so langen Weg zurückgelegt, dass er in der Hölle »Der Wanderer« genannt wurde. Bei den Menschen ist er besser bekannt unter seinen vielen anderen Namen.

Der seine Fesseln in einem Meer aus Flammen sprengte, zum Dach der Hölle auffuhr, den neun Pforten trotzte und quer durchs Chaos reiste, nur um sich an Gott zu rächen und dessen Geschöpfe ins Verderben zu reißen, ist den Menschen am besten als Satan bekannt – der Anführer jenes himmlischen Aufstandes, bei dem ein Drittel aller Engel vertrieben wurde.

Und während Rakel nach Hause ging und an ihrer Frömmigkeit zweifelte, während Herr Bengtsson den Rasen mähte, da nahm Satan ein Zittern in seiner Brust wahr. Das Engelsherz, das – lästigerweise – noch in seiner Brust schlug, hüpfte genau wie die Herzen der Engel im Himmel, wann immer eines von Gottes Geschöpfen zum ersten Mal seinen Glauben fühlte und erkannte. Es war jedes Mal ein orgiastisches Erlebnis, das alle Bewohner des Himmelreiches mitriss und ihre drei Flügelpaare zittern ließ. Durch ihre Engelsherzen wurde dieses Erlebnis zum kollektiven Rausch. Freilich war Satans Engelsherz stark geschrumpft, aber trotzdem spürte er auch diesmal die Schwingungen im Inneren. Er verzog das Gesicht vor Ekel.

Gott war gerade sehr beschäftigt.

Er buk ein paar seltsame Zimtkringel, die in fertigem Zustand der heiligen Teresa von Ávila ähneln sollten. Die meisten von ihnen würden in Südamerika oder Südeuropa landen und dort für Massengebete und Schlagzeilen sorgen. Es war eine kleine Hommage an eine seiner treuesten Dienerinnen. Teresas merkwürdige Besessenheit vom Leid als dem einzigen Weg zu Gott hatte er ihr ausgeredet, sobald sie sich zu den himmlischen Scharen gesellt hatte.

Der Gedanke an Teresa stimmte ihn froh, und ein Lächeln trat auf Gottes Lippen, während er den Teig knetete. Er war so vertieft, dass er Satans plötzliche Anspannung nicht bemerkte. Oder er ignorierte sie, weil sie zu seinem Plan für die kleine Hausfrau gehörte. Wie auch immer, er buk Zimtkringel.

Mehl auf der Nase hatte er auch.

Satan bemerkte trotz seines verschrumpelten Herzens, dass Gott buk. Oder zumindest, dass er nicht wie üblich reagierte.

Normalerweise folgte auf die Freude der Engel über eine gewonnene Seele ein lautes, herzliches Lachen. Das hemmungslose Lachen des Herrn, der sich unbändig freute,

wenn ein Mensch ihn aus freiem Willen und bewusst anerkannte.
Diesmal aber hörte der Teufel nichts.
Wie immer, wenn sein Engelsherz zitterte, zuckte Satan zusammen und verkrampfte sich in Erwartung großer Schmerzen. Gottes Lachen verursachte ihm nämlich schlimme Kopfschmerzen. Aber diesmal blieb es aus, und das wunderte alle Engel und auch ihn. Warum grölte Gott nicht vor Freude über die gewonnene Seele? Irgendetwas stimmte hier nicht. Ein Tuscheln ging durchs Himmelreich, das bis zu dem Wanderer drang.
Er spürte die Unruhe dort oben, und sie war Musik in seinen Ohren. Er beschloss, sich ein weiteres Mal auf die Reise zu begeben.
Die Flammenbrücke zwischen der Hölle und unserer Welt bestand seit seiner ersten Reise, und ab und zu benutzte er sie. Heute war ein solcher Tag.
Der rebellische Engel entfaltete seine sechs Flügel und hob ab. Er wollte wissen, was das für eine Seele war, die Gott nicht zum Lachen brachte.
Satan flog in die Fröjdgata.

10

Er war fröhlich, knallgelb und flauschig. Igitt. Wie ekelhaft.

Er saß auf einem Ast und sang ein Lied auf die Schöpfung, widerlich süß und fröhlich. Kleine orangefarbene Krallen umklammerten den Zweig, der Schnabel war in den Himmel gereckt, und die runden Äuglein strahlten vor Freude über alles, was er bejubelte. Bäh!

Der Böse wäre lieber in ein passenderes Tier gefahren, als er in die Fröjdgata kam. Meistens benutzte er Katzen, die ihn immer willkommen hießen, aber dieser hässliche Kanarienvogel, der wohl irgendwo ausgebrochen war, störte ihn so sehr, dass er ihn als Umweg in eine Katze benutzte. Er lachte in sich hinein, als er sich dem kleinen Federknäuel näherte.

Ein Außenstehender hätte gesagt, dass der Kanarienvogel ganz plötzlich verstummte.

Dass er für eine Millisekunde verwundert die Augen aufsperrte und zu einem abstrusen Format anschwoll, bevor er das Gefieder schüttelte, wieder auf Normalgröße schrumpfte und sich verwirrt umsah.

Ein genauer Beobachter hätte auch die Veränderung in den Augen des Vogels bemerkt, deren Pupillen plötzlich vertikal waren. Der Kanarienvogel sah nun mit Schlangenaugen

und lachte höhnisch, soweit man mit einem Schnabel lachen kann.
Ein musikalischer Passant hätte wohl auch aufgehorcht, als der Vogel wieder zu trillern begann. Wie kein anderer seiner Art sang er plötzlich des Teufels liebste Begleitmusik, wenn er in einen Körper fuhr. Wer will da noch behaupten, Satan habe keinen Sinn für Humor? Zum ersten Mal auf Erden hörte man einen Kanarienvogel Iron Maidens *Number of the Beast* trillern.
Das Gitarrensolo zwitschernd, breitete der Dämonenvogel die kleinen gelben Flügel aus und flog eine Runde über die Fröjdgata, um die Seele zu finden, die ihren Glauben gefunden hatte, ohne dass Gott sich freute.
Unter ihm spazierte Rakel nach Hause. Ihr Kreuz glitzerte in der Sonne und blendete den Vogel. Beinahe wäre Satan vom Himmel gefallen – das wollte er keinesfalls noch einmal durchmachen. Dies konnte nicht die Person sein, nach der er suchte. Sie war bereits in den schwülstigen Lügen des Christentums verloren. Der Vogel schüttelte sich entsetzt, so dass er zwei Federn verlor. Erleichtert flog er weiter zum nächsten Haus.
Auf dem Balkon saß Herr Rubin in einem morschen Sessel, trank selbstgemachte Limonade und las mit gerunzelter Stirn die Zeitung. Er knabberte konzentriert an seiner Oberlippe. Der Satansvogel flog eine Kurve und landete wenige Meter vor ihm auf dem Geländer. Musterte ihn.
»Ja, hallo, kleines Geschöpf«, sagte Herr Rubin, als er das gelbe Federvieh sah. »Du siehst hungrig aus.«
Nach deiner Seele, ja, dachte der Kanarienvogel und zwitscherte noch ein paar Takte Heavy Metal.
»Wie schön du singst«, sagte der nichtsahnende Onkel und warf dem Vogel ein paar Krümel seines Sonntagsfrühstücks hin.

Satan hüpfte anmutig zu den Krümeln und pickte sie auf, während er den Alten anschielte. War dieser Greis etwa die Ursache der ganzen Aufregung?
Herr Rubin nahm ein paar Krümel, streckte die Hand aus und lockte. Wir können uns vorstellen, wie erschrocken er war, als der liebe, kleine Piepmatz mit einem Satz über den Balkon stürzte, auf seiner Hand landete und pickte. Fest.
»Nicht so fest«, lachte der Alte gequält und versuchte den Vogel abzuschütteln. Aber die kleinen Krallen hatten sich fest in seine Handflächen gebohrt.
»Was zum Teufel ...«, schrie Herr Rubin und fuchtelte wild herum.
Ja, genau, dachte der Teufelsvogel, flog auf und umkreiste Herrn Rubins Kopf.
Bevor er seines Weges flog, trillerte der kleine Vogel, so laut er konnte, die ersten Takte der *Carmina Burana,* ein Stück, das der Alte sofort erkannte, und dann entleerte Satan den Darm des Kanarienvogels auf Herrn Rubins Kopf.
Herrn Rubin war schwindlig. Verwirrt und verärgert lief er ins Bad, um seine blutige Hand zu kühlen und die Vogelscheiße aus den Haaren zu waschen. Hatte er es sich eingebildet, oder hatte das Vieh Orff gesungen? Konnten Kanarienvögel Tollwut übertragen? Er wurde nervös und rief das Krankenhaus an, wo man köstlich über seine Geschichte lachte und ihm versicherte, dass dies nicht der Fall sei. Aber vielleicht sollte er sich heute nicht mehr der Sonne aussetzen? In seinem Alter konnte einem die Hitze leicht einen Streich spielen.
Herr Rubin fluchte und legte auf. Den Rest des Tages kauerte er mit einem Kescher in der Hand vor seiner Balkontür.

In einem anderen Garten schob ein Mann mit nacktem Oberkörper einen gelben Rasenmäher vor sich her.
Wie hässlich und schwach die Menschen im Vergleich zu seinem Geschlecht waren, und doch liebte Gott sie so sehr, dass er ihnen sogar die freie Wahl ließ, ob sie seine Liebe erwidern wollten oder nicht! Pah! Im Himmel herrschte er ganz anders. Dort reichte der kleinste Zweifel, der bescheidenste Wunsch nach Selbstbestimmung, und patsch, schon erschuf Gott eine Hölle und stürzte sie hinein. Bloß weil sie nicht den lieben langen Tag um seinen Thron herumsitzen und Halleluja singen wollten. Hätte er sich nicht gerade erst entleert, so hätte Satan auch auf Herrn Bengtsson geschissen. Lächerliche Vogelhülle, nicht einmal das konnte sie. Vor lauter Ärger riss sich der Kanarienvogel ein paar Federn aus der Brust. Scheißkörper.
Moment mal!
Der Mann dort unten sprach mit jemandem.
Satan kreiste ein paarmal um das Haus, landete ziemlich ungraziös (er rutschte aus) vor dem Küchenfenster des Ehepaars Bengtsson und spitzte die Ohren.
»Liebling, was machst du?«
Liiiebling, äffte der Piepmatz verächtlich nach und verdrehte die Augen.
»Ich lese«, antwortete die Frau im Haus.
Als Satan ihre Stimme hörte, überschlug sich sein Vogelengelsherz. Er hüpfte ein Stück zur Seite, um sie besser zu sehen, neigte den Kopf und vergaß für eine Weile, nicht süß auszusehen. Aber es hielt nicht lange.
Frau Bengtsson saß am Küchentisch und rauchte. Sehr gut. Und neben ihr stand eine Tasse Kaffee. Super! Aber auf dem Tisch lag dieses verhasste Buch, aufgeschlagen auf der ersten Seite. Die Bibel.
Der Kanarienvogel kotzte ans Fenster und war gezwungen,

noch einmal zur Seite zu hüpfen. Die abscheuliche Kreatur saß tatsächlich da und las diese verfluchte Propagandaschrift. Alles Lüge!
Könnten die Menschen die Bibel nur mit seinen Augen lesen, dann würden sie erkennen, welchen Tyrannen sie anbeteten. Sie lasen und lasen und übersahen einfach die vielen Stellen, an denen Gott nichts als ein machtgeiles, aufgeblasenes Arschloch war. Das war ihm unbegreiflich!
Und warum sahen sie nicht, dass er selbst nur ihr Bestes wollte? Wenn es nach ihm ginge, wären sie nicht Diener, sondern würden selbst über ihr Leben bestimmen und tun, was ihnen gefiel, ohne dafür gleich bestraft oder ausgestoßen zu werden. Aber nein, in diesem Buch war er nur eine Schlange, ein Verführer und Verleumder. Er schnaubte. Befreier wäre das richtige Wort. Angewidert drehte er den gelbgefiederten Kopf zur Seite und kotzte erneut.

Während er dem Gespräch der Bengtssons weiter lauschte, wurden ihm drei Dinge klar:

1. Kanarienvogel zu sein war beschissen, besonders wenn der Wind wehte und man sich krampfhaft auf einer glatten Fensterbank festklammern musste. Der Wind war plötzlich so stark, dass er erschrak und Gottes Atem darin vermutete; war er ihm auf die Schliche gekommen? Aber es war nur gewöhnlicher Wind.
2. Frau Bengtsson war diejenige, die er suchte. Sie sprach entrückt über dieses Buch und dass sie so wenig darüber wusste. Ihr Mann hmmmte kurze Antworten. Auch die Hintergründe erfuhr Satan, als die Frau ihrem Mann den Anlass ihres neuen Interesses an der Bibel erklärte. Sie war nämlich vor ein paar Tagen gestorben.

Aha, dachte der Teufel. Gott hat eingegriffen? Warum das? Und

3. Als das junge Fräulein Karlsson zur Sprache kam (Theologiestudentin – würg!) und die Bengtsson erklärte, dass sie das Mädchen um Anleitung zur Bibellektüre bitten wolle, da schwoll der Vogel vor dem Fenster auf die Größe eines Wasserballs an. Er war so stolz auf das poetisch-humoristische Element seines Planes, dass er vergaß, wie klein der Körper war, den er eingenommen hatte. Er konnte sich nicht zurückhalten, und das wurde dem Vögelchen schließlich zum Verhängnis.

Der Kanarienvogel schwoll und schwoll, als Satan im Freudenrausch seine eigentliche Größe annahm. Aus dem Wasserball wurde ein Ballon. Das Federkleid wurde licht, nackte Kanarienhaut kam zum Vorschein, feuerrot von der Anstrengung, durchzogen von geplatzten Adern, und schließlich … Nein, es lässt sich nicht beschönigen. Am Ende platzte der kleine Vogel wie Popcorn. Die Eheleute drehten erschrocken die Köpfe zum Fenster, aber sie konnten nicht mehr erkennen, was da gegen ihr Fenster geflogen war. Es war ein einziger Brei aus Fleisch, Eingeweiden und Federn.

»Was für ein Knall!«, sagte Herr Bengtsson.

Und Satan hatte seine kleine, gelbe Hülle verloren. Aber das machte nichts. Überhaupt nichts. Ihm war klar, dass er eine andere Gestalt annehmen musste.

Er musste unbedingt in Rakel fahren.

Frau Bengtsson starrte verdutzt auf die Schweinerei am Küchenfenster.

Herr Bengtsson ging in die Garage, um Gummihandschuhe und einen Eimer zu holen.

Herr Rubin kauerte immer noch auf dem Balkon, in der

Hoffnung, das teuflische Vieh einzufangen, das ihm den Nachmittag verdorben hatte.
Rakel kochte Mittagessen.
Satan flog über die Straße, um in sie zu fahren.
Und Gott buk Zimtkringel.

Zu den Sonntagen der Bengtssons gehörte traditionell ein spätes und üppiges Abendessen, oft Braten, gefolgt von der innenpolitischen Reportage, bei der Herr Bengtsson bald einschlief, satt, wie er war. So auch an diesem Sonntag.

Im Normalfall ließ seine Frau ihn ungefähr eine Stunde auf dem Sofa schlafen, bevor sie ihn zärtlich weckte, damit er ins Bett umziehen konnte. Just an diesem Sonntag dauerte sein Schläfchen ganze drei Stunden.

In der ersten Stunde schaute sich Frau Bengtsson geistesabwesend die Reportage an, aber der wohlbekannte Drang, den sie immer dann verspürte, wenn sie ein neues Projekt gefunden hatte und neue Dinge lernen wollte, ließ sie das einschläfernde Gerede vergessen. Stattdessen vertiefte sie sich in das erste Buch Mose.

Nach zwei Stunden war die Frage, *ob* sie glaubte, immer unwichtiger geworden – das hatte sie längst beschlossen. Vielmehr wollte sie herausfinden, *wie* sie glaubte, aber auch diese Frage trat bald in den Hintergrund.

In den besagten zwei Stunden der Lektüre arbeitete sie die gesamte Schöpfungsgeschichte, die Vertreibung aus dem Paradies, die Sintflut, Abraham – der Arme! – und die Geschichte Lots bis zur Zerstörung Sodoms durch

und wurde dabei immer entsetzter, ja, sogar ein wenig wütend.
An der Stelle, an der die arme Frau Lot sich umdrehte und zur Salzsäule erstarrte – welch ein Übergriff auf ihren freien Willen! –, gab der Herr des Hauses ein lautes Schnarchen von sich, das gefährlich nach Schlafapnoe klang. Sie legte das Buch zur Seite (leicht verärgert, wie gesagt) und strich ihm über die Wange.
»Liebling?«
»Hmmpf.«
»Du hast drei Stunden geschlafen und die ganze Politik verpasst. Sollen wir ins Bett gehen?«
Herr Bengtsson, der leicht zu wecken war, schlug die Augen auf und sagte: »Was? Drei Stunden? Herrgott, es ist ja fast zwölf.« Er seufzte und setzte sich auf. »Hast du es aufgenommen?«
»Nein, ich habe auch nichts gesehen. Ich habe gelesen.«
»Na ja. Wir haben wohl nichts verpasst. Lass uns schlafen gehen, ich muss morgen früh raus.«
Nach einer sparsamen Nachttoilette krochen die Eheleute unter ihre Daunendecken und küssten einander gute Nacht, ohne Sex. Es war ja Sonntag.
Es war gerade erst still geworden, und an seinen leichten Atemzügen konnte Frau Bengtsson hören, dass ihr Mann noch nicht schlief.
»Du?«
Es dauerte ein paar schläfrige Sekunden, ehe er fragend in ihre Richtung hmmte.
»Glaubst du an Gott?«
Wieder war es einige Sekunden still, aber als sie fast sicher war, dass er schlief, und gerade aufgeben wollte, antwortete er: »Jedenfalls nicht richtig.«
»Nicht richtig? Wie meinst du das?«

»Ich glaube schon an irgendetwas Mystisches. Wenn es keine Erklärung für gewisse Dinge gibt. Ein bisschen wie ein Urmensch, der in jedem Gewitter Gott sieht. Oder wenn ich Angst habe; dann kann ich mir einbilden, dass ich glaube. Aber ohne mich zu binden. Denn sobald die Wissenschaft Fortschritte macht und mir Dinge erklärt, die ich vorher nicht verstanden habe, dann … dann schreibe ich Gott ein Stück weiter ab. Das ist vielleicht kein echter Glaube oder überhaupt keiner. Es hängt davon ab, wie viel ich weiß.«

»Jaja. Ich glaube jedenfalls an Gott.«

Die Antwort war Schweigen.

Dann: »Ist das so was wie letztes Mal, als du allen erzählt hast, dass du hellsehen kannst, bloß weil du die Lottozahlen zwei Wochen hintereinander richtig erraten hast?«

»Aber das habe ich doch auch.«

»Ja, ohne den Lottoschein abzugeben. Das war weniger hellseherisch.«

»Das hat doch damit nichts zu tun.« Sie drehte sich demonstrativ zur Seite.

»Schon gut. Ich wünschte nur, du hättest es getan. Es hätte unser Leben weiß Gott erleichtert, und mehr Spaß hätten wir auch.«

Sie schnaubte, und er sah ein, dass er etwas Falsches gesagt hatte. Deshalb fügte er hinzu: »Aber sicher. Du glaubst an Gott. Das ist schön.« Keine Minute später war er eingeschlafen.

»Schön?«, flüsterte Frau Bengtsson. »Weiß der Teufel.«

Kurz bevor sie ebenfalls einschlief, dachte sie an Noahs armen Sohn Ham und dessen Sohn Kanaan, der von seinem eigenen Großvater zu einem Leben in Sklaverei verdammt wurde, bloß weil Ham in das Zelt seines Papas gegangen war und ihn nackt gesehen hatte. Dass der alte Noah sich

selbst besoffen und ausgezogen hatte und splitternackt eingeschlafen war, war dem Herrn egal. Stattdessen setzte er den Fluch des Alten in die Tat um.
Vater Noah, Vater Noah war ein Ehrenmann …
Sie schnaubte vor Wut. Warum trichterte man den Kindern so einen Mist ein, anstatt die Wahrheit zu sagen? Das war doch der Anspruch der Bibel, die Wahrheit zu sagen, oder?
Vater Noah, Vater Noah, das versoff'ne Loch 𝄇 *Platzte ihm der Kragen, fluchte er ohn' Maßen …* Klang irgendwie nicht so gut.
War das *ihr* Gott, der es duldete, dass der Enkel zur Sklaverei verdammt wurde, bloß weil die alte Schnapsnase sich nicht anständig zudecken konnte, bevor sie einschlief? Das konnte sie kaum glauben.
Aber wenn sie es nicht glaubte, bräuchte sie sich auch nicht darüber aufzuregen.
Als sie endlich zu einem schlafenden Daunenhügel wurde, träumte sie von dem Gott ihres Mannes, der ständig auf dem Rückzug war, und das passte in diesem Fall.

Man könnte fast sagen, dass Frau Bengtsson am Montag einen Rakel-Morgen durchmachte. Kaum dass sie die Augen aufgeschlagen hatte, plagte sie das schlechte Gewissen über ihre letzten Worte vor dem Einschlafen: Weiß der Teufel, ob es schön war, an Gott zu glauben. Dann fiel ihr ein, warum sie dies gesagt hatte, und sie wurde wieder wütend auf Gott, was ihr schlechtes Gewissen noch verstärkte. Um es zu betäuben, setzte sie sich, nachdem sie den Frühstückstisch abgeräumt hatte, hin und las weiter.

Beggo war enttäuscht, als er die Post brachte. Er hatte ein perfektes Bremsmanöver hingelegt, und beim Anfahren hatten die Reifen schön gequietscht, aber die Witwe stand nicht am Briefkasten.

Er seufzte sehnsüchtig. Bei wem sollte er nun die vielen neuen Phrasen ausprobieren, die er gelernt hatte? Er hatte nämlich eine neue CD an der Tankstelle gekauft. Sie hieß *Beliebte Tanzschlager*, der Gesang war klar verständlich, und die Verse konnte man sicher einmal gebrauchen. Er legte *Wie der Wind* auf und fuhr betrübt weiter.

Frau Bengtsson war zwar zu Hause, aber sie war in die letzten Kapitel des ersten Buches Mose vertieft. Sie hatte sich rasch eine Systematik angeeignet und alle Passagen, über die

sie sich aufregte, sorgfältig auf einen Notizblock abgeschrieben, damit sie mit Rakel darüber reden konnte.
Als Joseph sich endlich mit seinen Brüdern in Ägypten versöhnt hatte und sein Vater gestorben war, war sie ganz wirr im Kopf. Genug für heute!
Der Kaffee war kalt geworden. Sie stellte die Tasse ein paar Sekunden in die Mikrowelle, ging ans Fenster und schaute nach, ob das arme Mädchen zu Hause war.
Es war schwer zu sagen, weil die Sonne so hell schien. Sie sah auf die Uhr und war überrascht, dass es schon halb zwei war. In vier Stunden würde ihr Mann heimkommen, also musste sie in drei Stunden mit dem Kochen beginnen. Es wäre wohl besser, sich anzuziehen und gleich hinüberzugehen.
Als sie zwanzig Minuten später an Rakels Tür klingelte, machte niemand auf. Wahrscheinlich hatte Rakel noch ein paar Wochen Semesterferien. Hatte sie nicht gesagt, dass die Schule erst im September beginnen würde? Frau Bengtsson sah sich verwirrt um und kam sich dumm vor. Hoffentlich hatte sie niemand gesehen, sonst dachten die Leute noch, sie sei nicht wichtig genug oder nicht informiert. Besser war es, einfach weiterzugehen.
Obwohl es erst Mitte August war, hatte die Sommerwärme sich schon zurückgezogen, es waren höchstens siebzehn Grad. Sie lief planlos die Fröjdgata hinab, vorbei an Herrn Rubins Haus, wo sie zum Balkon schielte. Der Alte saß mit einem Kescher in der Hand im Sessel und starrte in den Himmel. Seine Lippen bewegten sich unaufhörlich, aber lautlos. Der Arme, das kam wohl vom Alter.
Im nächsten Haus wohnte eine junge Familie mit einem kleinen Kind. Frau Bengtsson schnaubte leise beim Vorbeigehen. Als sie vor einem halben Jahr eingezogen waren, hatte Frau Bengtsson die Tradition der Karlssons fortgesetzt

und ihnen selbstgebackene Zimtschnecken gebracht, aber sie hatten weder die freundliche Geste noch den Besuch je erwidert. Solange das Kind klein war, mochte das verzeihlich sein. Sie würde ihnen noch ein halbes Jahr geben, dann würde sie entscheiden, ob sie unverschämt oder nur gestresst waren.

Das nächste Haus lag an einer Straßenecke und war wie immer selbst am helllichten Tag beleuchtet. Pure Angeberei. Das Licht an der Einfahrt war an, ebenso die vielen in den Boden eingelassenen Spotlights. Ursprünglich hatte Frau Bengtsson auch solche Scheinwerfer gewollt, aber nun konnte sie unter keinen Umständen dieselben kaufen.

Sie kannte das Paar, das dort wohnte, nicht besonders gut, aber sie wusste, dass es Rentner waren. Frührentner, genau genommen, und das nicht wegen irgendwelcher Krankheiten, sondern weil sie es sich leisten konnten. Eines Tages hätte es Herr Bengtsson auch so weit gebracht, dass sie den ganzen Tag das Licht brennen lassen konnten!

Sie erreichte das Ende der Straße. Wohin wollte sie eigentlich?

Ohne eine Antwort zu finden, drehte sie wieder um. Als sie fast zu Hause war, fiel ihr ein, dass sie in die Kirche gehen könnte. Vielleicht würde sie Rakel dort treffen.

Und wenn nicht, wäre es vielleicht trotzdem ein angemessener Schritt auf ihrer Suche? Aber sie war schon einmal umgedreht, und wenn sie das noch einmal tat, könnten die Leute sich wundern. Einfach so auf und ab zu spazieren …

Also ging sie aus strategischen Gründen ins Haus und wartete zehn Minuten hinter der Tür, damit es aussah, als hätte sie etwas zu tun. Dann ging sie in die Garage und holte ihr Fahrrad. Mochte sein, dass Rakel die drei Kilometer zu Fuß ging, aber so gut war Frau Bengtsson heute nicht auf Gott zu sprechen. Außerdem wollte sie ihre feinen Sommersandaletten nicht verschleißen; man wusste ja, dass die Lebensdauer sölch dünner Riemchen und Sohlen drei Kilometer kaum überschritt.

Die Radtour war anstrengend.

Am Anfang freute sie sich, wie schnell es ging, und phantasierte, dass sie in *Fannys Farm* mitspielte, aber bald ging ihr die Puste aus. Sie versuchte sich zu erinnern, wann sie zum letzten Mal Rad gefahren war. Es musste vor ungefähr einem Jahr gewesen sein, als sie vier Blöcke weiter zu einem Grillfest eingeladen waren, aber das war lange nicht so anstrengend gewesen. Auf dem Hinweg hatten sie Rückenwind gehabt, und auf dem Rückweg waren sie betrunken gewesen.

Nun wehte ihr ein schwacher Wind entgegen. Die glatten Sohlen der Sandaletten rutschten ständig von den Pedalen, so dass sie ins Wanken geriet und beinahe vom Rad fiel. Die Filmphantasie war zerstört. Dreimal wäre sie beim Überqueren der Bordsteinkante fast umgekippt, denn sie traute sich nicht, auf der Straße zu fahren. Ja, es war anstrengend. Aber so ist das wohl, wenn man Gott sucht, dachte sie märtyrerhaft und stieg in die Pedale.

»Teufel«, zischte sie, als das Vorderrad im Kies der Kirchenauffahrt versank und sie ein weiteres Mal fast über den Lenker abgestiegen wäre. Sie sah sich schuldbewusst um.

Hatte sie nun auf geweihtem Boden geflucht, oder zählte der Kirchhof nicht mit? Vielleicht war es dort sogar noch schlimmer. Aber die majestätischen Bäume, die die Allee zum Portal säumten, schien es nicht zu kümmern, und die Toten schliefen ungestört weiter.

Auf einem der Grabsteine stand ein Allerweltsname, zwei Jahreszahlen mit viel zu kurzer Zeit dazwischen, und darunter in zierlichen Buchstaben »Ich sagte doch, dass ich

krank bin«, aber das entging Frau Bengtsson, weshalb sie dem Verstorbenen nicht den Gefallen tat zu lächeln.
Der Kies verkratzte das feine Leder an ihren Absätzen, und sie musste sich beherrschen, nicht laut ihre Meinung zu sagen. Als könne Gott ein Fluchen nur hören, wenn man den Mund aufmachte.
Am Portal stellte sie das Fahrrad ab, zog einen Taschenspiegel hervor, richtete sich das Haar und zog den Lipgloss nach.
Schwarz und grob gemasert war die Tür unter ihrer feingliedrigen Hand. Sie atmete tief ein, versuchte nicht mehr an ihre teuren Schuhe zu denken (und was die Reparatur kosten würde) und drückte.
Nichts.
Sie überspielte den Misserfolg mit einem Lachen, packte den eisernen Ring am Türgriff und zog.
Weiterhin nichts.
Der Wind frischte auf, das Haar wehte ihr ins Gesicht und klebte am Lipgloss fest. Sie spuckte und strich es zur Seite, und ein Teil der klebrigen Masse wurde über ihre Wangen geschmiert. Weil es nicht in Frau Bengtssons Vorstellungswelt passte, dass eine Kirche geschlossen sein konnte, versuchte sie noch einmal, die Tür aufzustoßen, diesmal mit der Schulter. Aber sie bewegte sich nicht.
Sie ging zwei Schritte zurück und schaute auf das bunte Fenster über dem Portal, als könne sie dort sehen, ob Gott zu Hause war. Nun war sie schon zum zweiten Mal innerhalb kurzer Zeit wütend. Sie trat wieder zur Tür und suchte nach einem Türklopfer. Den gab es natürlich nicht, und das Klopfen ihrer kleinen Fäuste war so leise, dass es kaum durch das dicke Holz drang.
Sie ging um das Gebäude herum. Keine Seele war zu sehen. Als sie wieder am Portal ankam, versuchte sie noch einmal,

sich bemerkbar zu machen. Ihrer Vorstellung nach saß natürlich ein Pfarrer dort drinnen – wo sollte er sonst sein? Vielleicht war er tief ins Gebet versunken. Pfarrer mussten doch wie alle anderen tagsüber arbeiten? Oder waren sie so eine Art Superman und nahmen unter der Woche eine andere Identität als Bauarbeiter oder Beamter an? Nein, ein Pfarrer war ein Pfarrer, und als solcher hatte er in der Kirche zu sein. Punkt.

Sie trat mit dem rechten Absatz gegen die Tür, aber selbst ein Specht hätte mehr Lärm gemacht als sie. Ein mickriger, kleiner Anfängerspecht sogar.

»Leck mich doch!«, schrie sie schließlich das alte Gemäuer an und vielleicht auch Gott.

Aber gerade in diesem Moment sah er nicht in ihre Richtung, sondern hörte geduldig der heiligen Birgitta zu, die sich zum x-ten Mal bitter beschwerte, dass man ihre Gebeine nach ihrem Tod in Wein gekocht hatte. »Wie ein Hühnchen!«

»Stell dich nicht so an«, sagte Thomas von Aquin. »Ich wurde gekocht und in alle Winde zerstreut. Ein Finger hier, ein Glied da. Was spielt das für eine Rolle?«

Frau Bengtsson radelte nach Hause. Jetzt hatte auch noch der Wind gedreht, und sie musste wieder gegen ihn ankämpfen.

Als sie verschwitzt und sauer nach Hause kam, griff sie als Erstes nach einem Nikotinkaugummi und nach dem Telefon.

»Hej, hej. Verbinden Sie mich bitte mit dem Pfarramt. Welche Gemeinde? Ääh … Das weiß ich nicht. Ich wohne in Jämnviken. Danke.« Sie wartete und drückte ein zweites Kaugummi aus der Packung. »Ja, hej. Ich heiße Frau Bengtsson und möchte wissen, warum die Kirche in Jämnviken heute geschlossen ist. Ist der Pastor krank?«

»Krank? Nein. Die ist immer geschlossen«, sagte die Frau am anderen Ende.

»Wie bitte? Immer geschlossen? Es ist doch eine Kirche.«

»Ja, also, sie ist geöffnet, wenn Gottesdienst ist oder Taufe oder Hochzeit oder so, aber sonst ist sie immer geschlossen.«

»Warum denn?«

»Wissen Sie, die Stadtverwaltung entscheidet, welche Kirchen offen bleiben. Am sichersten ist es, wenn Sie sonntags um elf dorthin gehen.«

»Aber wenn man mit einem Pastor reden will? Oder beten oder ... opfern, hätte ich jetzt beinahe gesagt. Ich lese nämlich gerade das Alte Testament. Eine Kirche sollte doch nicht geschlossen sein, sondern ... offen?«

»Da bin ich ganz Ihrer Meinung, aber Sie müssen sich bei der Stadtverwaltung beschweren. Wir wären Ihnen sogar dankbar. Und wenn Sie einen Pastor brauchen, kann ich Ihnen gern die Telefonnummer geben.«

»Ich weiß nicht, ob ich ihn brauche. Ich hätte bloß jede Menge Fragen«, sagte Frau Bengtsson eingeschnappt. Brauchte sie einen Geistlichen? Nein, wahrlich nicht. Sie notierte die Nummer, um nicht unfreundlich zu erscheinen, und legte frustriert auf.

Geschlossen! Da sieht man's.

Um die Stresshormone abzubauen, holte sie den Staubsauger und saugte Kaugummi kauend das ganze Haus. Fast.

Danach fühlte sie sich besser. Sie ging wieder zum Küchenfenster und sah nach, ob Rakel zu Hause war. Im Korridor brannte Licht. Endlich konnte sie sich die Fragen von der Seele reden, die sich aufgestaut hatten, seit sie die erste Seite aufgeschlagen hatte.

Sie schnippelte rasch ein paar Pilze und Gemüse und briet sie mit etwas Gulasch an. Dann löschte sie das Gericht mit

Fleischbrühe ab und stellte den Topf bei hundertundfünfzig Grad in den Ofen. Die Kartoffeln hatten dank der Jahreszeit so dünne Schalen, dass sie sie nur abbürsten musste, bevor sie sie in einen Topf mit Wasser legte. So. In einer Stunde würde sie zurückkommen und alles fertigkochen. Einfach und schnell, vor allem aber hatte sie nun Zeit, um zu Rakel hinüberzugehen. Zeit, um sich geistig zu schulen.

Kommen Sie rein. Ich habe Sie gesehen und gleich die Kaffeemaschine angestellt«, sagte Rakel.
Nicht starren. Nicht fragen, dachte Frau Bengtsson.
»Äh, danke. Nur auf eine Tasse. In einer Stunde muss ich Abendessen kochen.«
Hör doch auf zu starren!
Um sich abzulenken und nicht die gröbste aller Unartigkeiten zu tun, nämlich Rakel anzustarren, unterzog sie den Korridor und die Küche einer raschen Sauberkeitskontrolle. Alles perfekt, wie immer. Verdammt. Wie konnte sie sich jetzt noch ablenken?
»Ich war ein bisschen einkaufen.«
»Jaha. Ich habe vor einer Weile angeklopft, und du warst nicht daheim.«
»Nein, das sagte ich ja.«
»Ja.«
Sie wünschte fast, Rakel hätte die Tür splitternackt geöffnet, im schlimmsten Noah-Stil, dann wäre es völlig unnatürlich, *nicht* zu reagieren.
Aber das hier war schlimmer. Rakel hatte immer so verflixt grau und langweilig ausgesehen, und nun … Die Veränderung war minimal, aber an ihr war es die reinste Revolution. Sie konnte ihren Blick nicht von Rakel abwenden.

»Schön, nicht wahr?«, fragte Rakel, die natürlich merkte, dass Frau Bengtssons Augen nur auf ihre Hände gerichtet waren, und führte sie in die Küche.
Schön war vielleicht nicht das Wort, das sie gewählt hätte. Es war … grotesk. Dieser Kontrast. Auf dem Kopf saß der alte, braune Haarreif. Am Oberkörper die obligatorische beige Bluse, wobei der obere Knopf offen war. (Frau Bengtsson bemerkte nicht, dass das Kreuz fehlte.) An den Beinen ein paar Jeans, die weder eng anliegend noch zu ausgebeult waren. Versandhandel, dachte Frau Bengtsson. Die Brille saß sauber geputzt auf Rakels Nase. Aber dann – die Hände!
»Ja, wunderschön«, hörte sie sich sagen, während Rakel Kaffee ausschenkte. Sie starrte immer noch.
»Danke«, sagte Rakel und klopfte mit ihren neuen, knallroten und krallenartigen Fingernägeln gegen die Tasse. »Ich wollte sie schon immer verlängern, aber ich war nicht sicher, ob es zu meinem Stil passen würde. Aber das tut es ja.«
Frau Bengtsson hustete den ersten Schluck Kaffee, der schon halb die Kehle hinabgelaufen war, in die Tasse zurück. Was sollte sie sagen?
»Mmm. Es ist irgendwie … anders. An dir, meine ich. Aber schön! Schön, schön, schön!« Sie zermarterte sich das Hirn, um ein anderes Gesprächsthema zu finden. »Einkaufen warst du? Ich dachte, du wärst vielleicht in der Kirche. Ich bin sogar mit dem Fahrrad dorthin gefahren, aber weißt du was, sie war geschlossen.«
»Ja.« Rakel verdrehte die Augen und seufzte leise. »Das ist sie eigentlich immer.«
»Ich hätte fast gedacht, dass du einen eigenen Schlüssel hast. Ich meine … du weißt schon.«
Rakel fuhr sich mit den neuen Fingernägeln über die Wangen, dass es knisterte, dann klatschte sie plötzlich so fest in

die Hände, dass Frau Bengtsson beinahe ihre Tasse umgekippt hätte.
»So ist das! Geschlossen. Immer. Keiner daheim.« Sie lachte laut und trank einen Schluck.
Frau Bengtsson war noch immer seltsam zumute. Das mit den Nägeln war nicht alles. Rakel benahm sich höchst absonderlich. Sie war so … normal, ja fast – Frau Bengtsson suchte nach dem richtigen Wort – feminin.
Als das Mädchen seine Tasse abstellte und lachte, fiel ihr auf, dass Rakel mit offenem Mund lachte, wie ein ganz normaler Mensch. Ihre schiefen Schneidezähne, die im Grunde niedlich aussahen, strahlten weiß. Merkwürdig. Als hätte das Mädchen plötzlich erkannt, warum sie so sauertöpfisch und langweilig ausgesehen hatte. Die Frage war nur, ob ihr plötzlicher Wandel nicht noch seltsamer war.
Die Leute sollen sein, wie sie sind, und sich nicht unvermutet verwandeln. Außer man hat ihnen selbst dazu geraten und ist vorbereitet.
»Wollten Sie etwas Bestimmtes?«, sagte das arme … nein, so konnte sie Rakel nun nicht mehr nennen … sagte Rakel.
»Ja, ich wollte dich ein paar Sachen fragen. Vielleicht kannst du mir ja weiterhelfen.«
»Was für Sachen denn?«
Rakel lehnte sich erwartungsvoll über den Tisch und stützte den Kopf in die Hände. Ihre Nägel sahen aus wie Flammen, die über ihr Gesicht züngelten.
»Ja, also. Ich habe angefangen, die Bibel zu lesen.«
»Nein, wie schööön«, sagte Rakel. Unter dem plötzlichen Druck ihrer Nagelspitzen bildeten sich kleine, weiße Halbmonde auf ihren Wangen.
Nicht starren, nicht starren! Hatte das Mädchen gerade in seine Tasse gekotzt?

»Ja, im Prinzip schon. Aber ein paar Dinge kann ich einfach nicht verstehen.«
»Ach, das geht allen so. Es ist nun mal ein … schwieriges Buch.« Rakel stand auf und spülte hektisch ihre Tasse aus.
»Ich dachte, ich könnte dir vielleicht ein paar Fragen stellen«, sagte Frau Bengtsson, wühlte neben sich in der Luft und stellte fest, dass sie ihren Notizblock vergessen hatte.
»Aber sicher.« Rakel stand mit dem Rücken zu Frau Bengtsson vor der Spüle. Dann drehte sie sich plötzlich um und schnappte Frau Bengtssons Tasse, obwohl sie noch halb voll war. »Nur jetzt passt es gerade schlecht. Ich muss gleich wieder fort. Zum Friseur. Ich habe die Nase gestrichen voll von dem blöden Haarreif. Aber was machen Sie heute Abend?«
»Nichts Besonderes. Bin daheim.«
»Prima! Kommen Sie rüber, wenn Sie Ihren Mann gefüttert haben und alles, dann können wir uns unterhalten. Ich habe morgen frei, bringen Sie eine Flasche Wein mit. Sie … äh, ich habe gerade nichts im Haus.« Dann schob sie Frau Bengtsson auf den Korridor.
»Ja, in Ordnung. Hört sich nett an.«
»Na, dann bis später.« Die Tür flog ins Schloss, und Frau Bengtsson bemerkte entgeistert, dass sie draußen stand. Eine halbe Sekunde später ging die Tür wieder auf. »Übrigens, ist Ihnen schon mal aufgefallen, wie toll mein Name zu Tarzan passt? *Me Rakel, you Tarzan.* Me-Rakel, verstehen Sie? Mirakel!« Sie kreischte vor Lachen. »Bis heute Abend.« Die Tür flog erneut zu.
In katatonischem Schockzustand taumelte Frau Bengtsson über die Straße. Wein trinken. Heute Abend. Mit Rakel. Rakel Mirakel.
Hinter der Tür spie der Mädchenteufel in den Korridor. Das musste er besser in den Griff bekommen. Mit Rakels

Handrücken wischte er sich die Kotze aus dem Mundwinkel und grinste breit. »Ich werde dich auf den rechten Weg führen, mein kleines Lamm«, murmelte er. Dann schlug er die Gelben Seiten auf. Locken wollte er haben, wenn er einmal ein Weibsbild war!

»Aber das ist doch völlig in Ordnung«, meinte Herr Bengtsson zwischen zwei sahnestrotzenden Gulaschbissen, »wenn sie ein wenig aus sich herausgeht. Du sagst doch immer, wie süß sie eigentlich ist und dass sie sich nur ein bisschen aufraffen müsste ... oder wie nennst du das immer?«

»Aufpeppen«, antwortete sie.

»Ja, genau, aufpeppen. Und jetzt hat sie es getan, und dann passt es dir plötzlich nicht mehr?«

»Du verstehst nicht, was ich meine. Es kam mir vor, als wäre sie jemand anders.« Frau Bengtsson zerdrückte ihre letzte Kartoffel in der Soße und schmatzte nachdenklich.

»Wieso denn? Du hast gesagt, dass sie lange, rote Nägel hatte und was noch? Sie war fröhlich und hat viel gelacht. Das ist doch wohl kein extremes Make-over.«

»Aber sie wollte auch noch zum Friseur.«

»Ach so. Dann wird sie natürlich ein völlig neuer Mensch sein«, spottete er. »In dem Fall war ich in den vergangenen neunzehn Jahren mit ungefähr ... hmm ...«, er tat, als zählte er es an den Fingern ab, »... mit ungefähr fünfhundert verschiedenen Frauen verheiratet.«

»Du verstehst das nicht, weil dir die weibliche Intuition fehlt«, sagte Frau Bengtsson und stand auf, um den Tisch abzuräumen.

»Gewiss«, antwortete ihr Mann, stocherte mit dem Fingernagel zwischen seinen Zähnen und klatschte ihr auf den Hintern, als sie vorbeiging.

»Ich gehe jedenfalls gleich mit einem Weinkarton zu ihr

rüber, vielleicht erzählt sie mir ja, was geschehen ist. Man ändert sich nicht einfach ohne Grund.«

»Aber behalt deine Finger bei dir, falls du mitten in der Nacht betrunken heimkommst. Oder komm früher, wenn du geil wirst. Ich muss morgen früh raus, wir machen Inventur.« Er lachte.

»Mal sehen«, lachte Frau Bengtsson zurück und gab ihm einen leichten Kuss. »Ich tu ja doch mit dir, was ich will.«

Er knurrte sie an, bat um ein Leichtbier und setzte sich vor den Fernseher.

Als die Spülmaschine angestellt, der Tisch abgewischt und der Mann in seinen Sessel gesetzt war, ging sie ins Bad und schminkte sich. Warum tat sie das? War Rakel plötzlich zur Konkurrentin geworden wie jede andere Frau? Verglich sie sich plötzlich mit ihr? Sie trug ordentlich auf, kämmte sich und zog sich sogar um. Und weil sie nur über die Straße wollte, zog sie die rosa Pantoffeln an, schnappte sich einen Karton Weißwein und küsste ihren Mann auf die Stirn.

»Tschüss, Liebling. Warte nicht auf mich. Es wird bestimmt lustig. Vielleicht kann ich sie sogar abfüllen.«

Im Korridor lag ihr Notizblock; diesmal würde sie ihn nicht vergessen. Kurz bevor die Tür ins Schloss fiel, hörte sie ihren Mann irgendeine Antwort grunzen.

14

Diesmal fiel es ihr viel leichter, Rakel mit Komplimenten zu überhäufen, als diese die Tür öffnete. Erstens hatte sie schon erwartet, dass Fräulein Karlsson nicht mehr ganz die Alte sein würde, und zweitens war die neue Frisur wirklich adrett. Die Dauerwelle saß perfekt, weil ihr Haar bislang von chemischen Produkten unberührt geblieben war. Von solchen großen, weichen Locken konnten die meisten Frauen nur träumen, wenn sie unter der Trockenhaube saßen. Außerdem hatte sie sich ein paar rote Strähnchen machen lassen. Ja, verdammt hübsch. Selbst die Fingernägel wirkten nicht mehr so störend.

»Rot?«, sagte Frau Bengtsson in der Tür und überreichte ihr den Wein. »Wirklich schick, das steht dir.«

»Danke. Ich habe schon immer eine Schwäche für Rot gehabt«, antwortete Satan. »Komm rein.«

Waren sie jetzt beim Du?

Das Mädchen trug ein Paar rote Pyjamahosen, ein rotes Hemd und dicke, graue Skisocken. »Ich hoffe, es stört dich nicht, wenn ich so herumlaufe. Ich musste unbedingt gemütliche Klamotten anziehen. Wie findest du sie übrigens?« Sie machte eine Pirouette. »Alles von Åhléns.«

»Doch, die sind schön. Ich habe dieselbe Serie, allerdings das Negligé und den Morgenrock.«

»Wirklich?«, Rakel lachte. »Das habe ich mich nicht getraut. Das hier ist wohl das Gewagteste, das ich je gekauft habe.« Bravo, lobte Satan sich selbst. Sie darf nicht zu misstrauisch werden. Übertreib es nicht. Sag auch Rakelsachen.
»Hihi! Dann solltest du mal meine Garderobe sehen. Du würdest in Ohnmacht fallen.« Frau Bengtsson zuckte zusammen. Das war ihr herausgerutscht. Aber Rakel lachte nur und holte zwei Gläser.
»Sollen wir uns aufs Sofa setzen? Ich habe ein paar Kerzen angezündet. Das ist so gemütlich, ich weiß gar nicht, warum wir nicht schon öfter so einen Frauenabend gemacht haben.«
Weil du kaum als Frau zu identifizieren warst, dachte Frau Bengtsson, sagte aber: »Ja, wirklich.«
Sie setzte sich auf das Sofa neben dem Sideboard. War da etwa eine Staubmaus? Ja, tatsächlich!
In diesem Moment war das Eis geschmolzen, und Rakel, in all ihrer Dämonität, wurde für sie zum Menschen. Frau Bengtsson sah den kleinen Bausch an, auf dem wahrscheinlich eine ganze Armee von Milben spazieren fuhr, und lächelte.
»Apropos Frauenabend«, sagte sie zu Rakel, die ihr ein volles Glas Wein in die Hand drückte und es sich am anderen Ende des Ecksofas bequem machte.
»Ja?«
»Hast du vielleicht … jemanden kennengelernt? Ich meine. Du wirkst so. Fröhlich und irgendwie viel … weiblicher.«
Alles oder nichts, dachte Frau Bengtsson.
»Ha, ha! Nein, das nicht. Aber ich überlege, ob ich mir ein Kätzchen anschaffen soll.«
»Ein Kätzchen?«
»Ich weiß, das klingt vielleicht komisch, aber ich habe es schon lange vor, mir zuliebe. Sogar ich habe langsam die

Nase voll von all dem Grau und Beige und der Enthaltsamkeit. Man muss doch auch ein bisschen leben, oder?« Sie lachte.

»Definitiv. Darauf trinken wir!«

»Ja, prost!«

Sie tranken.

»Aber wie bringst du das in Einklang mit … Du weißt schon. Dem Rest deines Lebens.«

»Was meinst du?«

»Na, den ganzen Pfarrkram. Die Christlichkeit und so.«

»Das ist doch überhaupt kein Problem«, sagte Rakel, nahm einen großen Schluck und zog eine Grimasse. Langsam gewöhnte er sich daran, Blödsinn zu verzapfen. »Guter Wein. Weißt du, es lag an mir. Ich war immer viel zu verkrampft. In Wirklichkeit verlangt die Kirche heutzutage nichts mehr.«

»Wirklich?«

Verdammt, dachte der Teufel, das hört sich ja an, als hätte die Kirche dieser Kreaturen auch noch gute Seiten. »Ja, also, es gibt massenweise alte Regeln, wie man aussehen darf und wie nicht«, log er. »Und ich habe mich immer sklavisch daran gehalten, aber nun ist mir klargeworden, dass dies überhaupt nicht nötig ist und vielleicht auch nicht gut.«

Teufel noch mal, dachte Frau Bengtsson.

»Komisch, genau solche Dinge frage ich mich auch. Was man alles glauben und befolgen muss, um … um als echt zu gelten.«

»Wie meinst du das?«, fragte der Teufel und sah, dass er leichtes Spiel haben würde.

»Hm, ich glaube, ich muss alles von Anfang an erzählen. Das hier hat noch niemand außer meinem Mann erfahren. Es bleibt doch unter uns?«

»Natürlich. Wir sind doch Freunde.« Rakel beugte sich erwartungsvoll nach vorn.

»Ja. Also: Letzten Dienstag … Oh, Mensch, das hört sich so dumm an! Also, ich nahm ein Bad.« Sie trank einen Schluck.

»Und?«

»Ja, und dann bin ich ein bisschen … gestorben.«

Frau Bengtsson wartete auf ein Lachen oder dieselben Argumente, die sie von ihrem Mann gehört hatte, aber Rakel sagte nur: »O weh, wie ist das denn passiert?«

»In der Badewanne. Ich lag in der Wanne, und dann verfingen sich irgendwie meine Haare, und dann … bin ich ertrunken.«

»Shit.« Weiterhin volle Akzeptanz. »Was ist dann geschehen?«

»Das weiß ich nicht genau. Ich wachte wieder auf. Mein Mann sagt, dass ich nicht gestorben sein kann, sondern höchstens bewusstlos war. Aber ich weiß es. Ich war tot. Und dann wachte ich wieder auf.«

Es folgte ein kurzes Schweigen.

»Ich glaube, dass Gott eingegriffen hat«, sagte Rakelsatan schließlich.

»Glaubst du?«

»Jepp. Es gibt keine andere Erklärung. Du glaubst doch an Gott?« Sie fuhr sich mit den roten Nägeln durch die rot schimmernden Locken.

»Genau das frage ich mich seitdem auch. Inzwischen ist mir klar, dass ich an ihn glaube. Das ist wohl kaum verwunderlich. Aber. Warum sollte er das tun? Eingreifen, meine ich. Ich bin doch nichts Besonderes, und vor der ganzen Sache wusste ich nicht einmal, dass ich an ihn glaube. Warum sollte er mich retten?«

»Tja. Warum tut Gott so was? Vielleicht solltest du sterben, damit du deinen Glauben erkennst. Er hat schon viel Schlimmeres getan, um die Menschen an ihren Glauben zu

erinnern.« Rakel leerte ihr Glas und füllte es wieder auf. »Ah, was für ein Wein!«
»Äh, ja ... Jedenfalls hat es bei mir funktioniert. Ich habe angefangen, die Bibel zu lesen. Weißt du, wenn man stirbt, macht man sich Gedanken, was mit einem geschieht und ob es jemanden gibt, der alles bestimmt.«
»Aber deine Frage war doch nicht, ob es Gott gibt, sondern was man glauben soll. Oder wie soll ich das verstehen?«
Frau Bengtsson nickte. »Ja, genau. Bis jetzt habe ich ja nur das erste Buch Mose gelesen und weiß noch nicht viel, aber ich muss zugeben ...«, sie begann zu flüstern und schaute ängstlich an die Decke, als könnte sie der Blitz erschlagen, »... dass ich stinksauer bin.«
Rakel brach in ein schrilles Lachen aus, das für ihren zarten Körper viel zu laut war. »Stinksauer! Haha!« Wieder klatschte sie fest in die Hände wie ein begeistertes Kind. »Ja, das gehört dazu.«
Beherrsch dich, dachte der Teufel und fuhr fort: »Ich trinke nicht so oft Wein, vielleicht bin ich deshalb so direkt. Aber wie kann man die Bibel lesen, ohne stinksauer zu werden? Besonders wenn man sich einbildet, an etwas ...«, sie schauderte, »... *Gutes* zu glauben.«
»Ja, genau! Ach, wie sehr habe ich gehofft, du würdest so etwas sagen. Gott, wie schön. Ich gebe zu, dass ich Angst hatte, du würdest mich verurteilen.«
»Ich bin doch nicht unchristlich«, schnaubte Satan.
Frau Bengtsson spürte, wie alle Bedenken von ihr wichen. Erleichtert stellte sie fest, dass Rakel die richtige Wahl gewesen war. Das Mädchen würde sie leiten. Rakel wusste, Rakel konnte, Rakel verstand. Sie würde sich in ihre Hände begeben.
Auch Satan bemerkte den Wandel von »Soll ich wirklich? Vielleicht sage ich nicht alles« zu »Ich werfe mich in deine

Arme. Leite mich!«. Der Mädchenteufel schauderte erneut, diesmal vor Wohlbehagen. Er hatte es also noch drauf. Es war so leicht, diese schwachen Kreaturen in die Irre zu führen. Offenbar hatten sie sich in den sechstausend Jahren nicht verändert. Er fuhr mit Rakels Stimme fort.

»Und du willst als echt gelten, sagtest du?«

»Ja, echt christlich, meine ich. Aber das Problem ist, dass ich Gott nicht wiedererkenne. Jedenfalls nicht den Gott, den ich kannte, bevor ich mit der Bibel anfing. Ich dachte, er sei gut, nachsichtig, bestärkend und geduldig. Aber er verurteilt, versklavt, macht leere Versprechungen und ist eifersüchtig. Es fällt mir schwer, das zu glauben. Oder ich will es nicht wahrhaben. Verstehst du? Bin ich noch Christ, wenn ich nicht an die ganze Bibel glaube?«

»Ja, ich weiß, was du meinst. Manchmal scheint Gott der Einzige zu sein, der sich nicht christlich benehmen muss.«

»Genau! Ich weiß zwar, dass für uns Lutheraner das Neue Testament mehr zählt, aber trotzdem. Es ist doch derselbe Gott wie im Alten, oder?«

»Darauf kannst du Gift nehmen! Die Schwedische Kirche behauptet, dass man nicht an die ganze Bibel glauben muss, um Christ zu sein. Ich glaube, sie argumentieren, dass auch die Jünger wahre Christen waren, ohne an die Bibel zu glauben, denn sie war damals noch nicht fertig. Luther selbst hat irgendwo geschrieben, dass man manche Dinge in der Bibel einfach vergessen sollte. Aber das ist Bullsh…, Verzeihung, Unsinn. Gott ist Gott, und glaub mir, er wird sich nie ändern, bloß weil die Menschen, die ein Buch über ihn geschrieben haben, ihre Standpunkte ändern.«

»Aber ist Gott grausam?«

»Was meinst du selbst dazu?«

»Aus der Bibel habe ich diesen Eindruck gewonnen. Aber ich hätte nie gedacht, dass du das sagen würdest, Rakel?«

»Das schließt doch nicht aus, dass ich an ihn glaube.«
»Nein, natürlich nicht.« Frau Bengtsson versank tief in Gedanken, und der Teufel holte einen Aschenbecher.
»Danke, aber ich sollte wirklich nicht. Ich darf nur am Wochenende rauchen.«
»Wer sagt denn das?«
»Ich selbst.«
»Ach so«, antwortete Rakel und hielt ihr ein altmodisches, hölzernes Zigarettenetui mit drei verschiedenen Sorten unter die Nase.
»Aber eigentlich spielt es keine Rolle, an welchen Tagen ich rauche. Ich rauche gern auf Festen, deshalb meistens am Wochenende.«
»Und heute Abend ist doch wohl Fest? Ich meine, wie oft trinken du und ich zusammen Wein? Du kannst ja stattdessen am Freitag oder Samstag das Rauchen sein lassen. Ich will nur eine gute Gastgeberin sein, weißt du, und du willst doch nicht meine Gastfreundschaft zurückweisen?«
So unverschämt wollte Frau Bengtsson natürlich nicht sein. Und Rakel hatte recht, sie konnte einen Tag tauschen, das machte doch nichts. Sie nahm eine Zigarette und zündete sie an.
Satan schmunzelte.
»Was hast du da für einen Zettel?«
»Oh, das ist vielleicht ein bisschen albern, aber ich habe mir beim Lesen Notizen gemacht. Lauter Dinge, die ich dich fragen wollte.«
»Ui, wie … wohlüberlegt.«
»Du musst es nur sagen, wenn du keine Zeit oder keine Lust hast. Ich kann verstehen, wenn du es lächerlich findest.« Die Zigarette schmeckte gut; sie nahm einen tiefen Zug.
»Nein, nein. Dafür bin ich doch da, oder?« Satan lachte und

trank einen Schluck, während Frau Bengtsson ihre Notizen aufschlug. »Das wird lustig«, gab er zu.

Frau Bengtsson schlüpfte aus ihren rosa Pantoffeln, zog die Beine aufs Sofa und wollte loslegen, aber dann ließ sie den Block sinken und sagte: »Also. Die erste Frage gilt keiner speziellen Passage. Aber eigentlich zweifle ich an der gesamten Grundlage. Oder vielleicht nicht an der Grundlage selbst, sondern daran, wie die Bibel sie beschreibt.«

»Welche Grundlage?«

»Na ja, Adam und Eva. Die Schöpfungsgeschichte. Die Erschaffung der Welt und der Menschen. Wie ich es auch drehe und wende, ich komme immer wieder zu dem Schluss, dass die Schöpfungshistoriker auf einer symbolischen Ebene erzählen. Dass man den Sinn des Ganzen zwischen den Zeilen lesen muss. Man soll schon glauben, dass Gott die Welt und den Menschen erschaffen hat, aber das mit den sechs Tagen und Adams Rippe darf man wohl kaum buchstäblich verstehen, oder?«

Der Rakelteil ihres Gegenübers dachte, dass Frau Bengtssons Worte ein fast perfekt wiedergegebener Lehrsatz der Schwedischen Kirche waren. Um den wissenschaftlichen Fortschritt wegzuerklären, behauptete man einfach, dass die Menschen es damals nicht besser gewusst hätten. Sie wollten sagen, dass Gott unser Schöpfer war, wussten aber nicht, wie dies geschehen war, und erfanden einfach eine Geschichte, die dem Wissensstand ihrer Zeit entsprach. Der Satansteil dagegen wusste, wie es sich wirklich zugetragen hatte. Er sagte: »Aber genau so war es.«

»Wie? Aber …«

Rakelsatan unterbrach sie: »Die Menschen wollen es sich immer leichtmachen. Sie wollen an allen widersprüchlichen Überzeugungen festhalten, auch wenn sie damit eines der wichtigsten Kapitel ihrer allerheiligsten Schrift wegerklären. In der Schwedischen Kirche behaupten einige dasselbe wie du. Sie sagen, man solle den geistigen Sinn des Wortes in der Schöpfungsgeschichte herauslesen. Aber es sind nur wenige«, log er. »Wir Insider, die tiefer in die Religion eindringen, wissen, dass man nicht einfach aus Bequemlichkeit Teile der Heiligen Schrift abstreiten darf, wenn man Christ sein will und wirklich an Gott glaubt.«

Frau Bengtsson begann zu schwitzen. Immerhin hatte das Mädchen gesagt, dass einige in der Schwedischen Kirche wie sie dachten. Ihre Denkweise war also zumindest anerkannt.

Aber Rakel hatte so sicher geklungen, als sie sagte, dass es genau so zugegangen sei, wie es im Buche stand. So sicher, dass man ihr kaum misstrauen konnte.

»Man ist sich also nicht einmal in der Kirche darüber einig?«

»Doch. Kein wahrer Christ stellt die Schöpfungsgeschichte in Frage. Ebenso wenig bezweifeln wir, dass Gott grausam ist, wie du selbst gesagt hast. Wir hier unten sind zu klein und mickrig. Warum bilden wir uns ein, wir könnten Gottes Wort umdeuten, oder malen uns aus, dass er ganz anders sei? Gott ist, wie er ist. Die Welt und die Menschen wurden so erschaffen, wie es in der Bibel steht, und entweder man glaubt es, oder man sollte sich nicht Christ nennen.« Satan nahm einen Schluck.

»Aber das ist wirklich grausam. Ich mag ja weniger verstehen als Gott, aber ich kann verdammt noch mal den Sinn meiner Fragen verstehen! Es ist doch total fies, mich mit der Fähigkeit, zu hinterfragen, zu erschaffen, aber ohne jede Begabung, eine Antwort zu finden.«

»Das kann so scheinen. Andererseits ist die Antwort schon gegeben. Wir reden hier über Glauben. Nicht über Wissen. So funktioniert Gott nicht.«

»Aber du scheinst es zu wissen?«

Satan ließ Rakel an der Antwort teilhaben. »Ja, ich wollte noch sagen, dass ich es weiß. Aber auch für mich begann es als Glaube. Und das ist der einzige Weg für den Menschen. Erst der Glaube und dann trotz allem Gewissheit.«

Die Bengtsson grübelte. Was sollte sie nun tun? Fiel damit ihre neu gefundene Spiritualität in sich zusammen? Sie fühlte sich klein vor Rakels starker Überzeugung und blätterte schweigend in ihren Notizen. Wie wir bereits wissen, mochte Frau Bengtsson es nicht, wenn sie sich kleiner als andere fühlte oder schlechter informiert war.

Und als sie so dasaß und in ihrem gesammelten Zweifel blätterte, wurde ihr plötzlich klar, dass alles, was sie gerade gesagt hatte, dem widersprach, was sie aufgeschrieben hatte.

Wenn sie zum Beispiel nicht an Adam und Eva glaubte, dann hätten sich ihre Notizen genau um diesen Zweifel drehen müssen, um den Zweifel an Gottes Wort. Aber das war nicht der Fall. Sie hatte unter anderem geschrieben:

> In 1 Mose 2, 16–17, heißt es, dass dem Menschen im Paradies ein einziges Gebot auferlegt war, nämlich nicht vom Baum der Erkenntnis zu essen, denn an jenem Tag sollte er sterben.
>
> Als Adam und Eva schließlich davon gegessen hatten und mit Sterblichkeit bestraft wurden, warum aßen sie da nicht rasch vom Baum des Lebens, um wieder unsterblich zu werden? Das hätten sie sich doch ausrechnen können, nachdem sie vom Baum der *Erkenntnis* gegessen hatten?

Sie selbst hatte logisch argumentiert, dass sie nicht an Adam und Eva glaubte, aber in ihren Notizen sah es anders aus. Sonst hätte sie wohl geschrieben:

Wie konnten Adam und Eva vom Baum der Erkenntnis essen, wenn es weder sie noch den Baum gegeben hat? Gibt es irgendwelche Beweise dafür, dass diese beiden Schlawiner wirklich gelebt haben?

Die Notizen legten es bloß: seitenweise Zweifel, aber keinerlei Zweifel an der Wahrheit des Wortes. Stattdessen fragte sie sich, ob die Sachen, die in der Bibel standen, schön waren, ob sie mit ihrer Vorstellung von Gott übereinstimmten oder ob ihre eigenen Lösungen nicht besser und klüger gewesen wären.

»Ich bin ganz klar religiöser, als ich dachte«, sagte sie verwirrt und merkwürdigerweise auch ein bisschen traurig und füllte ihr Glas wieder auf.

»Was?«, rief der Teufel lauthals und schüttelte Rakels neue Locken.

»Ja, tatsächlich. Hier stehen nur Fragen, ob Gott so gehandelt hat, wie ich es von ihm erwartet hätte. Oder Bemerkungen darüber, dass sich die Menschen in der Bibel komisch verhalten. Aber ich finde keine einzige Stelle, an der ich geschrieben hätte: ›Aha! Dies und jenes ist der Beweis dafür, dass die Schrift nicht wahr ist.‹ Ich finde nur Sachen, die ich für wahr halte, die mir aber aus irgendwelchen Gründen nicht gefallen. Es ist genau, wie du gesagt hast: Gott für grausam zu halten bedeutet nicht, dass man nicht an ihn glaubt. Man kann wohl an etwas glauben, vielleicht sogar Verständnis dafür haben, aber es trotzdem schlimm finden, nehme ich an.«

Der Wanderer war beruhigt, aber gleichzeitig erschrocken. Dieses Christenbuch hatte die lächerlichen Kreaturen voll im Griff.

Zum ersten Mal fühlte er sich Frau Bengtsson richtig nahe; zwischen ihm und dem erbärmlichen Geschöpf schienen sich zarte Bande zu knüpfen. Luther hatte einmal gesagt, die Vernunft sei die Hure des Teufels. Konnte es etwa sein, dass nun endlich auch ein Menschenwurm mit ihr ins Bett gegangen war? Zum ersten Mal hörte er eines von Gottes Geschöpfen offen aussprechen, was er schon immer gedacht hatte: »Ich weiß ja, dass es Gott gibt, ich mag ihn bloß nicht.«

Bessere Voraussetzungen hätte er sich nicht wünschen können. Er würde die Abneigung der kleinen Frau so lange nähren, bis sie zu tiefem Hass aufblühte. Wenn er sie dann dazu brachte, diesen Hass auszuleben, dann wäre eine Schlacht gegen Gott gewonnen. Dass man alle Schlachten gewinnen und trotzdem den Krieg verlieren konnte, zog Satan nicht in Betracht.

Frau Bengtsson las das Beispiel mit dem Baum des Lebens laut vor, um zu erklären, was sie meinte.

»Du hast vollkommen recht. Vielleicht hast du 3,22 im ersten Buch Mose überlesen. Dort steht nämlich, dass der Mensch aus dem Paradies verjagt wurde, um genau diesen Trick zu verhindern.«

»Gott mag es also nicht, wenn die Menschen listig sind?«

»Überhaupt nicht. Besonders wenn sie sich damit einen Platz im Himmelreich sichern wollen und gut handeln, ohne es wirklich zu meinen.«

»Hmf. Darauf sollte er eigentlich stolz sein, wenn wir seine Ebenbilder sind«, sagte Frau Bengtsson beschwipst und hob ihr Glas.

Satan seufzte. »Ja, genau das sage ich, äh, sagt die Schlange in 3,5, als sie Eva verführt, von der Frucht zu essen: ›Ihr werdet sein wie Gott.‹ Das mit dem Ebenbild stimmt nämlich nicht ganz. Gott hat ein paar Eigenschaften und Einsichten für sich behalten. Der Mensch ist keine genaue Kopie von Gott, sondern höchstens eine schlechte Karikatur. Als Christen müssen wir einsehen, dass wir nicht das Recht haben, sein Urteil durch unser eigenes zu ersetzen, denn dafür haben die Menschen nicht genug Verstand. Trotz der Banane.«

»Banane?«

»Banane, ja.«

»Warte mal. Genau so etwas habe ich neulich gedacht. Dass in der Bibel kein Wort von einem Apfel steht, sondern nur ›Frucht‹. Aber Bananen? Wie willst du das wissen?« Sie kicherte.

»Hast du dich je gefragt, warum die Banane so umstritten ist? Ist sie eine Frucht, eine Beere oder eine Nuss? Es ist fast, als wollte der Mensch die Banane aus dem Gedächtnis streichen. Er will den Sündenfall vergessen, aber das ist ihm noch nicht gelungen. Also hat er das Gerücht in die Welt gesetzt, dass die Banane keine Frucht sei. Eine geniale Idee, so kann er sie guten Gewissens essen, denn in der Bibel steht ja ›Frucht‹. Im Unterbewusstsein dagegen weiß der Mensch, was die Banane verkörpert. Er vergleicht sie mit dem männlichen Glied und assoziiert sie so mit der Sünde und der Entdeckung der Nacktheit.«

Frau Bengtsson war gleichzeitig beschwingt und verstört. Wie logisch das alles war! Jetzt wusste sie, warum sie sich immer schämte, wenn sie in der Öffentlichkeit eine Banane aß.

Wenn es stimmte, dass der Mensch seine Nacktheit erkannt und sich geniert hatte, nachdem er zum ersten Mal eine Banane gegessen hatte, dann war diese Reaktion vollkommen natürlich.

»Unglaublich. Vielleicht sollte ich selbst Theologie studieren, wenn ich solche Dinge herausfinde.«

»Na ja«, sagte Satan. Das wäre das Letzte! »Du hast doch mich. Ich werde deine Zweifel zerstreuen.«

Und Frau Bengtsson war ihm dankbar und fühlte ebenfalls die zarten Bande.

»Was hast du noch aufgeschrieben?«, fragte Satan. »Oder warte, lass mich raten. Wir waren irgendwo im dritten Kapitel. Bald kommen diese Langweiler Kain und Abel, die können wir überspringen. Ich werde nie kapieren, warum die zwei Stümper sich streiten. Hmm … Bestimmt willst du über die ersten Verse des sechsten Kapitels reden. Die Riesen?« Rakelsatan lachte und füllte Frau Bengtssons Glas.

»Ja, wirklich! Je mehr ich lese, desto mehr frage mich, ob die Menschen wirklich ihre Bibel kennen. Ich meine … Riesen?«

»Die Helden von alters her«, zitierte der Teufel und kicherte weinselig. Der Rausch war definitiv eine der schönsten Erfindungen dieses Geschlechtes (und der Elche). »Die Riesen waren auf Erden in jenen Tagen, und zwar daraufhin, dass die Söhne Gottes zu den Töchtern der Menschen kamen und diese ihnen gebaren. Das sind die Helden, die von alters her berühmt gewesen sind.«

»Sind damit wirklich Riesen gemeint? Ich meine echte? Die mit Felsbrocken um sich werfen, sich von Schneidern reinlegen lassen und in Jötunheim wohnen?«

»Ja, absolut. Ich verstehe bloß nicht, warum sie Helden genannt werden. Halbblute mit dem Körper und dem Verstand des schwächeren Elternteils und der Größe des stärkeren. Riesenaffen wäre ein besseres Wort.«

»Man glaubt also an so was …« Sie unterbrach sich selbst. »Ja natürlich, jetzt begreife ich es. Aber gibt es Beweise?«

»Außer großen Felsbrocken und Sagen, meinst du?«

»Ja.«

»Nein. Die Gotteskinder, die sich mit Menschen gepaart hatten, schämten sich am Ende so sehr – zumal Gott zur Strafe die Lebenszeit der Menschen auf hundertzwanzig

Jahre begrenzte –, dass sie den Herrn inständig baten, die peinliche Geschichte unter den Teppich zu kehren. Sie versprachen ihm hoch und heilig, dass sie sich nie wieder mit … anderen Arten paaren würden, und schließlich erbarmte er sich und verwischte alle Spuren.«

»Haben die Gotteskinder ihr Versprechen gehalten?«

»Siehst du irgendwelche Riesen?«

»Nein, natürlich nicht.«

»Das Versprechen zu halten war gar nicht so schwer. Es war wohl eher der Reiz des Neuen, der sie zur Paarung mit den Menschen veranlasst hatte. Es kam schnell aus der Mode. Angeblich gibt es im Vatikan – wo sonst – das einzige Überbleibsel. Gott hat es dort in sichere Verwahrung gegeben, um notfalls sein Wort beweisen zu können. Nur ein paar Auserwählte dürfen das Geheimnis hüten und pflegen.«

»Was ist das für ein Überbleibsel?«

»Ich weiß es nicht«, log Satan. »Aber ich habe gehört, dass es ein Schädel ist, so groß wie ein Geländewagen.«

»Mein Gott!«

Satan lachte bitter. »Ja, Gott. Der nächste Punkt?«

»Als Nächstes muss ich auf die Toilette«, sagte Frau Bengtsson und sah auf die Uhr. »Oje!« Sie stand auf, schwankte und ließ sich wieder aufs Sofa fallen. »Gefährlich, diese Weinkartons, man sieht nicht, wie viel man trinkt.«

»Ich glaube, wir haben jeder drei Gläser intus«, antwortete der Teufel.

»Und in diese Gläser passt eine halbe Flasche.« Sie lachten alle drei.

Frau Bengtsson verrichtete ihr Geschäft, und bevor sie zurückging, ordnete sie ihr Haar, das im Nacken etwas zerzaust war. Rakels Locken lagen noch immer perfekt.

»Okay, noch ein Glas, aber ich weiß nicht, ob ich dann noch

ernsthaft reden kann«, sagte sie, als sie im Sofa versank und ihr Haar an der Rückenlehne wieder zerzauste.
Satan schenkte fröhlich nach, und Frau Bengtsson zündete sich noch eine Zigarette an.
»Riesen. Jesus Christus.« Sie blätterte. »Hier! Gleich nach den Riesen, in 6,6, steht, dass Gott es bitter bereute, dass er die Menschen geschaffen hatte, weil all ihr Sinnen und Trachten immer nur böse war. Ja, alle außer Noah. Wie soll man das unter einen Hut bringen? Und dann macht Gott die Sintflut. Und Noah darf sein komisches Boot bauen und alle Tiere einsammeln, und alle anderen sollen sterben. Und das dauert … Also! Wenn er es denn so bitter bereute, warum hat er seine Schöpfung nicht einfach ein bisschen korrigiert? Der Mensch, Version 2.0. Warum hat er ihn nicht einfach *gut* gemacht? Und außerdem: Wenn Gott etwas bereut, das er getan hat, dann ist er offensichtlich nicht unfehlbar, oder?«
»Nein, ist er nicht. Ein Stück weiter, in 8,21, bereut er sogar, dass er es bereut hat, und verspricht, nie wieder alles Leben zu zerstören. Und als Symbol für sein Versprechen gibt er den Menschen den Regenbogen. Zum einen hat er überhaupt nicht getan, was er angekündigt hat, denn er hat ja gar nicht alles Leben zerstört. Er ist also von Anfang an inkonsequent. Und wie du ganz richtig sagst, jemand, der sein Handeln dauernd bereut, kann nicht unfehlbar sein. Guck mal weiter hinten in der Bibel, im ersten Kapitel des Römerbriefs. Paulus (der Schweinehund, dachte Satan) sagt, dass jemand, der Böses zulässt, genauso schlimm ist wie derjenige, der Böses tut. Ich finde Gott ziemlich fehlbar, wenn man ihn an seinen eigenen Maßstäben misst.«
»Ja, genau. Wenn ein Mensch seine Fehler einsieht und bereut, ist das ja okay, aber ein Gott sollte keine Fehler haben. Gehört das nicht von Natur aus zum Gottsein?«

»Doch. Und dass er ewig und allwissend ist und absolute Macht besitzt.« Rakel trommelte mit den Fingernägeln auf ihr Glas.

»Aber dann hätte er ja wissen müssen, dass er die Sintflut später bereuen würde? Das macht die Sache ja noch unbegreiflicher!«

»Natürlich wusste er das. Deshalb darf man sich fragen, ob Handlungen, die zu Reue führen, überhaupt Fehler sind. Wenn unser unfehlbarer Herr so etwas tut, kann es kaum so sein.«

»Es ist also in Ordnung, wenn man etwas tut, das man hinterher bereut?« Frau Bengtsson klopfte die Asche von ihrer Zigarette und trank.

»Unfehlbar ja, auf jeden Fall. Das ist doch eine große Erleichterung. Will man wie Gott sein, muss man manchmal auch Dinge tun, die man hinterher bereut. Vorausgesetzt, er ist allwissend. Und das setzen wir voraus.«

»Ist alles, was für Gott recht ist, auch für mich recht?«

»Ja«, log Satan. »Mit Ausnahme der Urteilskraft, würde ich sagen.«

»Aber ist Gott nicht grundverschieden von mir? Vielleicht stimmt das alles nicht? Jetzt bin ich total verwirrt. Trotzdem … Kann man die Güte und Allwissenheit nicht einfach so verstehen, dass Gott besser und weiser als alles andere in der Welt ist? Nicht perfekt, aber einfach am besten?«

»Das würde die Sache auf jeden Fall erleichtern. Ich glaube aber, dass man Gott damit eine Ausrede für schwierige Fälle geben würde. Dann könnte ja sogar Gott ›böse‹ handeln, weil er nicht perfekt wäre, sondern nur besser als alle anderen, wie du sagst. Das würde ihn zwar immer noch zu Gott machen, aber ohne Vollkommenheit.«

»Oder er steht tatsächlich jenseits von Gut und Böse, wie wir sagen?«

Der Wanderer musste sich sehr beherrschen, nicht wild loszuwettern.
Was Frau Bengtsson gerade gesagt hatte, trieb ihn jedes Mal zur Weißglut. Er war auf dem besten Weg, die Lüge von Gottes Unfehlbarkeit zu entlarven, da kam diese Frau mit derselben Ausflucht wie alle Menschen zu allen Zeiten und konstatierte, dass Gott nach anderen Regeln spielte. Nicht weil er vollkommen und allmächtig war, sondern weil er so anders war, dass die Menschen sich nicht vorstellen konnten, dass für ihn dieselben Regeln galten. Wie viele solcher Theodizeen hatte er sich in den letzten sechstausend Jahren anhören müssen! Die Menschen nannten es Gottesrechtfertigung – er nannte es das Verschleiern von Gottes Unvollkommenheit, ja sogar seiner Bosheit. Rakelsatan trank drei große Schlucke hintereinander und versuchte, wie Rakel zu sein.
»Diese Frage ist nicht direkt neu. Du hast ja vorhin schon gefragt, warum Gott den Menschen nicht einfach gut gemacht hat. Das hat mit dem freien Willen zu tun. Gott fand es viel schöner, wenn die Leute ihn aus freien Stücken lieben. Wer von Anfang an als guter Mensch geschaffen ist, tut dies von selbst und würde niemals sündigen. Aber wie soll man wissen, ob man wirklich geliebt wird, wenn der Mensch nicht die Wahl hat, einen nicht zu lieben? Das Wort ›Sünde‹ bedeutet übrigens ›das Ziel verfehlen‹, und das Ziel ist, nach Gottes Wort zu leben … Der freie Wille ist also eine ziemlich willkürliche Freiheit.«
»Gut. Gott hat uns den freien Willen geschenkt, damit wir selbst entscheiden können, ob wir sündigen. Aber gleichzeitig hat er uns die Moral gegeben, die uns nach reifer Überlegung meist das Gute wählen lässt, oder?«
Der Teufel kicherte. »Willkommen im Club der großen Denker. Es gibt Hunderte von Philosophen, die über den

freien Willen gegrübelt haben. Aber es gibt nicht immer nur eine gute Wahl, es gibt die beste, die zweitbeste und so weiter, ohne dass eine von ihnen per definitionem böse wäre. Auf Dauer führt das zu einer Abwertung der anderen Seite: Alle, die nicht das Allerbeste gewählt haben, sondern nur das Zweitbeste, werden als ›böse‹ betrachtet, und schon beginnt wieder das Räsonieren, warum Gott uns mit dieser Fähigkeit geschaffen hat.«

»Wenn ich mich nicht irre, hat Kant dieses Problem mit einer Art Qualifikationsdenken erklärt. Er meint, dass wir nur mit Hilfe des Bösen und des Leides auf Erden eine Moral entwickeln können. Für ihn sind Leid und Bosheit letztendlich positiv, weil sie einen guten Zweck erfüllen. Sie sind schlechthin notwendig«, sagte Frau Bengtsson.

»Ja! Und wenn sie notwendig sind, damit wir eine Moral entwickeln und wieder ins Paradies kommen, wäre dann die Schöpfung nicht ohne die Menschen viel besser, das heißt weniger böse? Dann hätte Gott weder Leid noch Bosheit einführen müssen, und seine Schöpfung wäre für immer paradiesisch geblieben.«

»Aber wie ist es nun wirklich? Was meinst du, als zukünftige Pastorin?«

Satan antwortete inbrünstig: »Wenn jeder nach dem irdischen Leid und all den Prüfungen in den Himmel käme, wäre es in Ordnung. Aber der Bibel zufolge ist das nicht der Fall. Ich glaube, dass Gott die Schaffung des freien Willens bereut, weil der heute ausgeartet ist. Das glaubt die Kirche übrigens auch. Vielleicht wird es noch eine Sintflut geben, ich weiß es nicht. Ich habe jedenfalls lange keinen Regenbogen mehr gesehen.«

»Es wäre wohl nicht das erste Mal«, dachte Frau Bengtsson laut. »So, so. Man muss also Dinge tun, die man hinterher bereut, wenn man genauso unfehlbar wie Gott sein will.«

Jawohl!, dachte Satan. Und tschüss im Club der großen Denker. Das war ihm gerade recht. »Dann hast du allerdings keine andere Wahl, als nach Gottes Willen zu handeln, was immer du tust. Tust du nur Gutes, folgst du seinem Willen. Begehst du viele Sünden, weil du weißt, dass du sie bereuen wirst, folgst du ebenfalls seinem Willen, jedenfalls wenn du ernsthaft bereust. Wer wirklich Abstand von Gott nehmen will, muss Sachen tun, die man bereuen sollte, und es hinterher an Reue fehlen lassen. Das wäre ultimativ unchristliches Benehmen. Pfui!« Er tat entsetzt.

Die Hausfrau blätterte gedankenverloren in ihren Notizen. »Uff, ich glaube, darüber muss ich schlafen.« Frau Bengtsson klappte den Notizblock zu. »Ich habe noch jede Menge Fragen, aber mein Hirn hat Feierabend, es dreht sich alles. Können wir nicht ein paar Minuten über etwas anderes reden und ein andermal weitermachen?«

Der Teufel nickte, und während sie den Wein austranken, redeten sie über das Kätzchen, das Rakel sich anschaffen wollte, und über Rufus, den nur Rakel vermisste.

Als sie schlafen ging, war Frau Bengtsson noch wütender auf den Herrn als am Tag zuvor. Sie dachte über das ultimativ unchristliche Benehmen nach.

Wieder Dienstag.

Eine Woche war also seit dem Tod unserer Hausfrau vergangen. Eine Woche, deren Versprechen und gute Absichten durch das plötzliche Auftauchen des Wanderers mit einem Mal zunichtegemacht wurden.

Mit weinschwerem Kopf erwachte Frau Bengtsson an diesem ungewöhnlich herbstlichen Augusttag, dessen Palette von Grautönen zu ihrem Befinden passte. Sie fühlte sich graphitgrau und gerädert, hatte blaugraue Ringe unter den Augen. Im Badezimmer streckte sie sich selbst die Zunge heraus. Korallgrau. Wie ein alter, schmutziger Spülschwamm. Um weiteren deprimierenden Entdeckungen zu entgehen, ließ sie ihr Haar unbeachtet, sprang – besser gesagt schleppte sich – in die Dusche und versuchte, etwas Farbe in ihre Haut zu schrubben. (Die Badewanne im Erdgeschoss lag seit dem Vorfall vor einer Woche brach, aber daran verschwendete sie keinen Gedanken; sie hatte einfach aufgehört zu baden.) Solange das Wasser noch kalt war, öffnete sie den Mund und trank gierig von dem silbergrauen Regen. Man mag es glauben oder nicht, als sie aus der Dusche trat, hatte sie mit Hilfe eines tiefenwirksamen Körperpeelings ein paar rosenrote Flammen auf ihren Körper gerieben. Die Natur draußen blieb jedoch grau und windig.

Auf der anderen Straßenseite öffnete Rakelmirakel die Balkontür und ließ die Wildkatze heraus, die sie am frühen Morgen für eine allgemeine Lagebesprechung zu sich gerufen hatte. Die Katze war schwarz-weiß gestreift und passte somit ebenfalls in die graue Umgebung.
In all dem Grau war es verständlich, dass es die beiden Frauen bald wieder zueinander zog, Teufelsrakel mit ihren roten Locken und Nägeln und Frau Bengtsson mit ihrem rot gescheuerten Körper.
Vielleicht schielte die Natur neidisch auf Letztgenannte, als sie an diesem Vormittag die Straße überquerte. Kurz darauf prangte nämlich das erste rote Herbstlaub an der kühnsten Eberesche des Viertels. Gott schaute kurz in der Fröjdgata vorbei, weil das frühe bunte Laub seine Aufmerksamkeit erregt hatte. Er lachte. Und räumte das Feld.

Satan staunte nicht schlecht über den Eifer seiner Nachbarin, als er Rakels Tür öffnete.
»Wir kommen ja sonst nie zum Reden«, begrüßte ihn Frau Bengtsson und wedelte mit ihrem Notizblock.
Und noch während Rakel Kaffee kochte, verriet die Hausfrau, was sie diesmal plagte. Es war das elfte Kapitel des ersten Buches Mose. Der Turmbau zu Babel. Die Sprachverwirrung.
»Hör zu!« Sie las vor. »Und der Herr sprach: Siehe, es ist einerlei Volk und einerlei Sprache unter ihnen allen, und haben das angefangen zu tun; sie werden nicht ablassen von allem, was sie sich vorgenommen haben zu tun. Wohlauf, lasst uns herniederfahren und ihre Sprache daselbst verwirren, dass keiner des andern Sprache verstehe!«
»Ja«, lachte Satan. »Stell dir vor, er hätte dies bis zum Ende durchgezogen und eine Sprache für jeden einzelnen Menschen geschaffen. Welch ein Chaos!«

»Aber sie haben doch nur ein Haus gebaut! Ein Haus? Mein Gott, wie gefährlich.«
»Ein verdammt hohes Haus«, warf Satan ein.
»Ja, aber trotzdem. Danke.« Sie nahm eine Tasse Kaffee. »Was ist daran so schlimm? Wenn man bedenkt, wie lange das her ist ...«
»Ungefähr sechstausend Jahre«, half ihr der Mädchenteufel.
»Ja, genau. Wie hoch kann es damals gewesen sein?«
»Himmelhoch!« Er war schlagfertig heute, der Wanderer.
»Und was ist dabei? Das ist doch nichts, verglichen mit den Hochhäusern von heute. Oder hat sich Gott von den Menschen bedroht gefühlt? So steht es ja fast wörtlich im Buch. Warum war er nicht stolz auf sie? Ich dachte, der Neid auf die Menschen wäre eine charakteristische Dummheit des Teufels?«
Frau Bengtsson hatte Glück, dass sie direkt nach diesen Worten für eine Sekunde die Augen schloss und einen Schluck Kaffee trank. All seine Verachtung, der jahrtausendelang aufgestaute Hass auf die Menschheit, platzte aus Satan heraus, und wie bei dem Kanarienvogel – er ruhe in Frieden – schwoll Rakels Körper an, weil der Teufel sein Ego nicht beherrschen konnte. Erst als sich der Tisch ein paar Zentimeter in die Luft erhob, verstand er, was geschah, und riss sich zusammen. Am liebsten hätte er Frau Bengtsson mit den neuen Nägeln die Augen ausgekratzt, nur der Gedanke an den höheren Zweck ihrer Existenz hielt ihn in Schach. Dummheit des Teufels! Er schluckte.
»Was war das?«, fragte Frau Bengtsson entgeistert, als die Tischplatte gegen ihren Bauch schlug.
»Was denn?«, fragte der Teufel unschuldig und malte sich aus, wie sie in einem seiner zahlreichen Feuerseen baden würde.
Aber er wollte Frau Bengtsson weder töten, noch war er in

der Lage dazu. Er wollte ihr nur klarmachen, wie unselbständig sie als Menschenwurm oder generell als Geschöpf Gottes war. Satan suchte Anschluss, er wollte sich von jemandem anerkannt fühlen. Von jemandem, der sich wie er befreien wollte – von Gott. Nun ja, vielleicht würde er etwas nachhelfen müssen.

»Hast du nichts bemerkt? Es war fast wie ein kleines Erdbeben …«

»Nein, ich habe nichts bemerkt«, log er und leckte sich Rakels Lippen.

»Seltsam. Na ja. Wie auch immer. Warum also? Gott fühlt sich offenbar bedroht, weil die Menschen einen Turm bauen. Er gibt zu, dass die Menschen nun alles schaffen können. Was meint er damit? Er ist doch immer noch Gott, oder?«

»Kommt darauf an, wen du fragst – wie du sicher schon herausgefunden hast. Ein Bequemlichkeitschrist wird sagen, dass man Gott eine gewisse Furcht vor der Allmacht der Menschen unterstellen könnte und dass er deshalb die Sprachen verwirrt. Im selben Atemzug jedoch wird er behaupten, dass der Text uns nur erklären soll, warum es so viele Sprachen und Kulturen auf der Erde gibt. Und schon sind wir wieder bei dem lutherischen Trend, Teile der Bibel einfach zu ignorieren. Sie können nicht richtig erklären, warum Gott so handelt, und schwupp geben sie den Autoren die Schuld. Manche sagen auch, dass die Geschichte von Babel uns zwar dazu auffordert, zusammenzuarbeiten und nach oben zu streben, aber dass wir dabei nie unsere wichtigste Aufgabe vergessen sollen, nämlich Gott zu ehren. Die geläufigste Interpretation – und meine auch, nebenbei bemerkt – sieht den Turm zu Babel als Symbol für den Hochmut der Menschen und ihren kindischen Größenwahn.«

»Das ist doch nur eine Seite der Geschichte. Ich glaube ja,

dass die Menschen von ihrem Projekt so begeistert waren, dass sie vergaßen, was eigentlich zählt. Aber mal ehrlich ... Das ist doch total kleinlich, wenn du mich fragst.«

Satan öffnete den Rakelmund und schloss ihn wieder. Eine Zustimmung wäre zu wenig Rakel und hätte Frau Bengtsson misstrauisch stimmen können. »Genau von der Seite muss man es betrachten. Es mag kleinlich scheinen, aber der Größenwahn der Menschen war sicher schlimmer. Der Zweck heiligt die Mittel.«

Frau Bengtsson schnaubte. »Von Gott hätte ich wahrhaftig eine klügere Lösung erwartet.« Nach einer kurzen Pause fügte sie hinzu: »Frustriert dich dieser ganze Kram eigentlich nie?«

»Warum sollte er?«

»Ich weiß nicht, wie ich es erklären soll ... Ich fühle mich so leer. Je mehr solcher Fehler ich an Gott entdecke, desto größer wird die Leere. Vor ein paar Tagen noch, das heißt eigentlich mein Leben lang, habe ich Trost, Freude und eine Art Liebe zu Gott gefühlt, dem geduldigen, weisen und gerechten Gott. Aber nun wird dieses Gefühl immer schwächer. Und zwar ausgerechnet, weil ich begonnen habe, das Buch zu lesen, das angeblich die Grundlage von allem ist. Das ist traurig.«

»Ich glaube, das habe ich nie so erlebt, weil ich mir nie Illusionen über Gott gemacht habe«, antwortete Satan.

»Aber du glaubst trotzdem an ihn?«

»Ja.«

»Liebst du ihn?«

Satans Engelsherz stand eine Sekunde lang still.

Es hatte eine Zeit gegeben, als er Gott von ganzem Herzen geliebt hatte. Und er musste zugeben, dass es eine schöne Zeit gewesen war. Eine ruhige und glückliche Zeit. Trotz des Hasses, den er nun in sich trug, war sie noch nicht ganz aus seinem Herzen verschwunden. Er log also nicht zu hundert Prozent, als er antwortete: »Ja.«

Aber Frau Bengtsson war nicht völlig blauäugig. Sie hörte den Zweifel, und der Anflug von Abscheu in Rakels Miene erhärtete ihren Verdacht, dass die Liebe zu Gott eine schwierige und vielleicht sogar gefährliche Angelegenheit war.

»Also, ich kann mir nicht helfen, aber diese ständige Idealisierung riecht nach Terrorismus. Du weißt ja, des einen Terrorist ist des anderen Freiheitskämpfer. Immer wenn Gott sich einmischt, geht es nur um den Zweck. Genau solche Rhetorik benutzen auch Terroristen. Und die Liebe und Güte und all die anderen schönen Dinge werden immer unwichtiger.«

»Glaub mir, ich weiß genau, was du meinst«, wollte der Teufel sagen, aber das tat er natürlich nicht. Stattdessen sagte er: »Aber echte Liebe heißt nicht, jemanden trotz seiner Fehler zu lieben, sondern auch seine Fehler zu lieben.«

»Jetzt hörst du dich wie ein Illustriertenratgeber an.«

Satan lachte hysterisch. »Wirklich? So was lese ich doch nie. Interessant.«

»Der Unterschied liegt auf der Hand: Wenn ich einen Menschen nicht mehr liebe, weil ich seine Fehler nicht mehr ertrage, fällt die Strafe ungleich milder aus. Ein Mensch kann einem nicht den Eintritt ins Paradies verwehren. Irgendwie wird die Liebe zwanghaft, sobald sie Gott betrifft. Das passt schlecht zu meinen Vorstellungen von Liebe, muss ich sagen.«

Nun antworteten Rakel und Satan gleichzeitig: »Aber eine Liebe, die so stark ist wie die echte Liebe zu Gott, ist von Natur aus zwanghaft. Nicht auf Befehl, sondern aus eigener Kraft.«

»Wie Frauen, die von ihren Männern misshandelt werden

und trotzdem bei ihnen bleiben und sie sogar weiterhin lieben?«

»Gewissermaßen. Am Ende weiß man nicht mehr, ob man liebt, weil Gott es so will, oder ob die Liebe sich selbst trägt. Du hast den Teufel erwähnt. Um die Wahrheit zu sagen, er wollte sich nur von diesem Zwang befreien. Gottes Zwang, aber auch der innere Zwang. Er erkannte, dass die Euphorie eine Sucht geworden war … ›Komm, Bosheit, werde meine Güte‹, soll er gesagt haben. Für ihn gab es nur einen Ausweg – das zu tun, was in Gottes Augen böse war.«

»Schon wieder Zweckdenken. Sieht aus, als könnte ich dem nirgendwo entkommen.«

»Gewiss. Aber viele haben den Teufel missverstanden und glauben, dass er nur um des Bösen willen böse handelt. In Wirklichkeit wünscht er sich etwas, das zumindest subjektiv als gut empfunden wird: Freiheit.« Satan hielt kurz inne und dachte nach. »Und als guter Christ kann ich ihn dafür nicht mal verurteilen. Ich kann seine himmlische Herkunft nicht leugnen und glaube fest daran, dass er eines Tages wieder auf den rechten Weg finden wird.«

»Ui! Man liebt also sogar Satan, wenn man richtig, richtig christlich ist?«

»Ja, natürlich. Gottes Geschöpfe sind und bleiben Gottes Geschöpfe, und alles hat seinen Sinn.«

»Gott hat also Satan erschaffen und sogar das Böse? Das finde ich ziemlich … hinterhältig. Das ist, als würde man alles auf seinen bösen Zwillingsbruder schieben.« Frau Bengtsson lachte höhnisch. »Dann wäre Gott ja ebenfalls böse, wenn auch nur durch einen Mittler? Ja, ja, gleich wirst du sagen, dass ich das höhere Ziel nicht sehe. Ich gebe auf.« Sie seufzte.

»Immerhin ist es ein kleiner Trost, dass dieser Liebeszwang

auf Gegenseitigkeit beruht. Ich glaube, dass Gott alle liebt. Inklusive Satan.«

»Ja, vielleicht fällt ihm das genauso schwer wie uns. Wie schön die Liebe plötzlich wieder ist«, sagte sie ironisch. »Es ist immer dasselbe: Die Liebe verliert ihren Zauber und wird zur Fessel. Du ahnst gar nicht, wie viele schöne Dinge ihren Reiz durch dieses … Abenteuer verloren haben. Heute Morgen wollte ich in der Bibel weiterlesen, aber ich konnte einfach nicht. Ich konnte nicht, weil ich mich nicht mehr auf den ganzen Mist einlassen wollte, der dort steht. Und damit meine ich nicht den Schwierigkeitsgrad, sondern die vielen Enttäuschungen und den ganzen Kummer. Das hat meine Suche nach dem Guten und der inneren Ruhe ausgebremst. Meine spirituelle Suche. Dann fällt mir auch die Schwulenfeindlichkeit wieder ein, die Unterdrückung der Frau, die ständige Missachtung der Menschenrechte und Gottes infantiles Benehmen. Ich weiß es noch vom Konfirmandenunterricht, und außerdem sehe ich es ja im Fernsehen. Ich schlage diese Seiten auf und weiß, dass bald wieder ein Beispiel kommen wird. Und dann bin ich ganz entnervt, weil ich schon im Voraus überlege, wie ich das mit meiner Vorstellung vom guten, liebenden Gott unter einen Hut bringen soll. Denn genau das will ich eigentlich.« Sie schluckte und seufzte deutlich vernehmbar.

»Ich will, dass Gott uns liebt.« Frau Bengtsson verbarg ihr Gesicht hinter der Kaffeetasse, und eine Träne kullerte über ihre linke Wange. Das musste genügen. »Aber das ist nicht der Fall.« Sie fasste wieder Mut und zuckte mit den Schultern, als würde sie sich aus einem unbequemen Mantel pellen. »Jedenfalls nicht in dem Buch, das vor mir liegt. Tatsächlich muss ich sehr oft umblättern, bis ich irgendetwas finde, das ich gutheiße. Und doch muss ich alles durchpauken und hinnehmen, wenn ich ein echter Christ sein will, wie du sagst. Ich weiß nicht, ob ich dazu die Kraft habe. Und selbst wenn, dann will ich sie nicht darauf verschwenden, mich zu versöhnen … mit diesem …« Frau Bengtsson hielt inne und sah dem Teufel direkt in die Augen.

»Mit diesem Gott?«, fragte er.

»Ja. Aber es ist noch schlimmer, als du denkst. Es geht mir ja nicht allein um den Saldo auf meinem Kräftekonto, den ich für alle diese Fragen aufwende, um Gott am Ende vielleicht zu finden. Nein, ich frage mich, ob ich Gott nicht schon gefunden habe. Vielleicht habe ich den Allmächtigen längst durchschaut, und nun weiß ich nicht, ob ich meine Liebe an jemanden wie ihn verschwenden soll. Egal ob er am Ende alle Verheißungen erfüllt, auf dem Weg dorthin ist der Herr ein anderer.« Sie war todernst.

»Du fragst dich also, ob Gott deiner Liebe wert ist?«

»Ja, das frage ich mich. Und ich frage mich, ob er das hier wert ist.« Sie breitete die Arme aus und begann zu weinen. »Hat er wirklich meine Tränen verdient?«

»Das entscheidest nur du«, antworteten Rakel und Satan gemeinsam. »Du weinst auf jeden Fall gerade um ihn.«

Aber genau darin lag das Problem. Frau Bengtsson weinte nicht um Gott. Dann wäre die Entscheidung viel leichter gewesen. Nein, sie weinte wegen Gott. Das war eine andere Sache.

An diesem Nachmittag trösteten beide Persönlichkeiten, die in Rakelmirakel vereint waren, gemeinsam unsere Hausfrau.

Satan wusste aus erster Hand, wie die Dinge wirklich lagen, und verstand ihre tiefe Frustration. Das machte ihn zum Mitstreiter in ihrem persönlichen Freiheitskampf. Die gläubige Rakel dagegen konnte den Schmerz nachvollziehen, welcher der Selbstaufopferung jedes guten Christen folgte. Mit anderen Worten: Frau Bengtsson erfuhr große Unter-

stützung. Und keiner ihrer beiden Ratgeber wollte sie weinen sehen, auch wenn jeder von ihnen glaubte, dass sie aus einem anderen Grund weinte.
Rakel tröstete: »Man darf es nicht nur, man muss die Dinge in Frage stellen. Nicht unbedingt Gott, aber auf jeden Fall die Bibel. Und wenn ich darüber nachdenke, glaube ich, dass auch Gott es erträgt, in Frage gestellt zu werden. Du handelst nicht falsch. Du brauchst keine Angst zu haben.«
Und Satan tröstete: »Gott rang mit Jakob. Gott konnte nicht gewinnen, weshalb Jakob einen anderen Namen bekam – Israel, ›denn du hast mit Gott und mit Menschen gekämpft und bist obgelegen‹. Und wie hat Gott am Ende doch diesen Ringkampf gewonnen? Er hat Jakob die Hüfte ausgerenkt. Nur so konnte er gewinnen. Vielleicht hat es der Herr nun auf deine Hüfte abgesehen? Aber du kannst gewinnen! Du handelst nicht falsch. Du brauchst keine Angst zu haben.«
Beide hatten Frau Bengtsson gründlich missverstanden.
Sie hatte keine Angst.
Nicht vor Gott. Nicht vor der Bibel und all den Schrecken, die sie schilderte. Oder doch? Jetzt, wo man sie darauf aufmerksam gemacht hatte, spürte sie eine Andeutung von Furcht im Bauch. Aber die bezog sich auf etwas ganz anderes.
Es hatte mit dem Hass zu tun, der langsam in ihr aufstieg.
Sie wusste nicht, was sie damit anfangen sollte.
»Ich habe keine Angst«, protestierte sie nach Art der Menschen. »Ich bin nur wütend. Ich bin traurig und enttäuscht. Manchmal finde ich keine Worte für die regelrechten Dummheiten, die Gott begeht. Aber ich habe keine Angst. Hier ist meine Hüfte. Komm und schlag sie!« Sie richtete den Blick gen Himmel. »Wenn es dir so wichtig ist zu gewinnen.«

Man mag denken, dass Frau Bengtsson ein Heidenglück hatte, dass Gott in diesem Augenblick flagranter Blasphemie nicht auf sie niedersah. Irrtum!
Der Schöpfer hatte nämlich das Gespräch zwischen ihr und Rakelsatan seit einer Viertelstunde belauscht. Er wusste natürlich genau, wer Frau Bengtssons Gesprächspartner – oder vielleicht besser Prellbock – war.
Wäre er ein Mann für billige Scherze gewesen (tatsächlich spielte er kurz mit dem Gedanken), hätte er die Kaffeetasse der Bengtsson über der besagten Hüfte ausgekippt. Aber daraus wurde nichts.
Er schwelgte immer noch in Satans Antwort auf die Frage, ob er ihn liebe. »Ja«, hatte der Lichtengel gesagt.
Und Gottes Sehnsucht nach dem Engel, den er verloren, nein, vertrieben hatte, füllte die ganze Welt. Trauer und Schmerz verbreiteten sich durch den Ewigen.
An Rakels Fenster klopfte plötzlich ein sanfter Regen. Er wusste wirklich alles über die Liebe. Über die Liebe, die einen fesselte. Unvermeidlich und zwanghaft.
Als er es nicht mehr ertragen konnte, räumte Gott das Feld.

TEIL ZWEI
Mittwoch

16

Globale Erwärmung ... von wegen«, murmelte Frau Bengtsson, als sie am Mittwochmorgen vor die Tür trat. Im vorigen Jahr hatte am selben Datum ein warmer Wind geweht, und die Sonne hatte das Thermometer auf mindestens 25 Grad steigen lassen.

Das Laub der Eberesche leuchtete rot, und der Wind zerrte an den Blättern. Es sah fast aus, als ob der Baum sich vor Lachen schüttelte. Im Grunde tat er das auch, denn Ebereschen haben keinerlei Sorgen.

»Halt's Maul«, sagte Frau Bengtsson, drehte dem Baum den Rücken zu und ging weiter durch die Fröjdgata.

Es waren höchstens zwölf oder dreizehn Grad, und wenn es irgendwo dort oben über dem undurchdringlichen Grau eine Sonne gab, hatte sie offenbar andere Dinge zu tun. Na gut, so konnte sie die neuen braunen Lederstiefel mit den passenden Handschuhen früher als erwartet anziehen. War es nicht eine bewundernswerte Gabe, immer die lichte Seite des Daseins zu sehen? Sie schnaubte.

Es ist scheißkalt, und ich friere, basta!

Ihr Vormittagsspaziergang war ein klassischer Nachdenkspaziergang. Den hatte sie nötig.

Am Morgen war alles wie immer gewesen. Herr Bengtsson aß sein Frühstück, küsste sie auf den Mund und machte sich auf den Weg, um seine Autos zu verkaufen. Frau Bengtsson kehrte die Krümel vom Tisch, räumte den Käsehobel und die leeren Joghurtbecher ab und war trotz allem recht gut gelaunt. Das gestrige Gespräch mit Rakel hatte ihr bestätigt, dass religiöser Schmerz völlig normal oder zumindest verständlich war. Vor Gottes Angesicht fühlte man doppelt. Mit dieser Erkenntnis im Hinterkopf setzte sie sich, nachdem die Kaffeemaschine fertiggeblubbert hatte, wieder mit der Bibel an den Küchentisch. Zweites Buch Mose. Okay.
Wie selbstverständlich hatte sie einen Aschenbecher und Zigaretten bereitgestellt, ohne zu überlegen, welcher Tag heute war.
Dann mal los, dachte die Hausfrau und war bereit für gespaltene und doppelte Gefühle. Und war sehr überrascht, als bei der Lektüre nichts dergleichen auftrat. Der Notizblock lag aufgeschlagen vor ihr, sie schrieb »Zweites Buch Mose« auf ein frisches Blatt und begann zu lesen, fast – aber nur fast – so hoffnungsvoll wie bei den ersten Malen.
Die Israeliten wurden in Ägypten unterdrückt. Das war ohne Zweifel traurig. Keine gespaltenen Gefühle. Mose, der kleine Knirps, kam zur Welt, und die einzige Anmerkung, die sie dazu im Hinterkopf hatte, war: Wer sagt eigentlich, dass das hier große Literatur ist? Im Grunde ist es ziemlich schlecht geschrieben.
Der brennende Busch, der Mose seinen göttlichen Auftrag gab, war ja ein ganz nettes Bild, aber wenn sie bedachte, wie sehr Rakel darauf pochte, dass das Wort exakt mit der Wirklichkeit übereinstimmte, gab es auch hier keinen Grund, dem Autor für diesen Einfall zu gratulieren. Dann war es einfach so gewesen und das hier nicht das Phantasieprodukt eines engagierten Geschichtsschreibers.

Gott befahl Mose, die Schuhe auszuziehen, weil er auf heiligem Boden stand. In Moscheen musste man dies auch tun, warum nicht in schwedischen Kirchen? Frau Bengtsson kam zu dem Schluss, dass dies wohl mit dem Klima in den entsprechenden Kulturkreisen zusammenhing, womit sie vielleicht recht hatte.

Armer Mose, dachte sie. Wenn du wüsstest, was dich erwartet.

Und wieder ärgerte sie sich. Warum legte Gott die gesamte Verantwortung auf die Schulter eines einzigen, kleinen Menschen? Sie seufzte und trank ihren Kaffee, während Mose sich zum Pharao begab, um die Freilassung seines Volkes zu erreichen.

Der Pharao weigerte sich.

So eine Überraschung.

Das Ganze wiederholte sich mehrmals. Mose quengelte, der Pharao weigerte sich, und Mose quengelte wieder … Sie blätterte zerstreut weiter. Sie hatte *Der Prinz von Ägypten* gesehen. Disney hatte es eigentlich besser erzählt.

Erst als Gott die Plagen über Ägypten schickte, regten sich ihre Gefühle. Aber nein, sie waren noch immer nicht gespalten, sondern gingen deutlich in eine Richtung: Wut und Verachtung.

Alles Wasser in Ägypten wurde zu Blut. Es regnete Frösche. Mücken fielen in das Land ein, gefolgt von Ungeziefer. Das Vieh bekam die Pest, die Menschen bekamen Blattern, Hagel stürzte vom Himmel, und Heuschrecken schwärmten, dass der Himmel schwarz wurde. Dann wurde der Himmel selbst schwarz, weil Gott Finsternis über das Land senkte.

»Und wie ging es Herrn und Frau Durchschnittsägypter in dieser Zeit? Wussten sie, warum sie leiden mussten, oder glaubten sie einfach nur, das Ende der Welt sei nahe? Vielleicht hofften sie sogar darauf, nach all den Plagen?« Die Frage galt dem Buch, sie richtete sie an die Seiten, die vor ihr lagen.

Das Buch antwortete natürlich nicht, sondern fuhr ungerührt fort mit seinen mittelmäßig verfassten Berichten über die Plagen, die Gott den Ägyptern schickte. Eine Plage für jede Weigerung des Pharaos, die Israeliten ziehen zu lassen.

Frau Bengtsson wurde sauer.

Bestrafe den Pharao und bestrafe die Verantwortlichen, aber lass verdammt noch mal Herrn und Frau Durchschnittsägypter in Ruhe! Was hatten sie getan, außer nicht dem Volk anzugehören, das Gott – völlig willkürlich, wie Frau Bengtsson fand – für sich auserwählt hatte? War Gott Rassist?

Die Antwort auf diese Frage war natürlich ja, wie sie an der zehnten Plage erkannte, bei der Gott alle Erstgeborenen abschlachtete. »Auf dass ihr erfahret, wie der Herr Ägypten und Israel scheidet«, sagte Mose in 11,7.

Na bitte, dort stand die Antwort schwarz auf weiß.

Frau Bengtsson, die wie alle wohlerzogenen Durchschnittsschweden des zwanzigsten Jahrhunderts ethnische Diskriminierung jeder Art verabscheute, schauderte. Ein übler Geschmack belegte ihre Zunge. Sie versuchte, ihn mit Kaffee wegzuspülen. Vergeblich. Rassistengott!

In diesem Moment beschloss sie, spazieren zu gehen, obwohl die Welt draußen eher beschissen und wenig einladend aussah. Sie wollte nachdenken. Nicht darüber, was sie von dem Text halten sollte, nein, das saß zu tief in ihr – ein wohlerzogener und kluger Mensch akzeptierte unter keinen Umständen Rassismus oder Diskriminierung aufgrund ethnischer Zugehörigkeit. Punkt. Das stand nicht zur Debatte.

Aber sie musste darüber nachdenken, was sie mit Gott tun sollte.
Diesem Rassisten.
Nein, heute waren ihre Gefühle nicht gespalten, sondern eindeutig.

Sie warf einen letzten Blick auf die Eberesche, bevor sie die Straße überquerte. Jetzt sah es fast aus, als ob sie mit ihr schauderte.
Ein Spaziergang durch die Fröjdgata war dasselbe, wie in einem Fertighauskatalog zu blättern. In jedem einzelnen der Kataloghäuser wohnten Menschen, die von dem Tag träumten, an dem sie das Allerweltsviertel verlassen und sagen würden: »Unser neues Haus ist von einem Architekten entworfen.« Auch in Jämnviken hatte man noch Träume.
Ein paar Häuser weiter schnellten Kinder hinter einem Gartenzaun auf und ab. Sie sprangen auf einem riesigen Trampolin. Natürlich hatten in Jämnviken alle Trampoline Schutznetze, so dass sie wie auf den Kopf gestellte Fangnetze aussahen. In ihrem Viertel sollte kein Kind zum unfreiwilligen Fernsehstar in *Pleiten, Pech und Pannen* werden, wo Amateurvideos mit dummen Kommentaren und Lachsalven untermalt wurden. In Jämnviken lachte man nur über andere, nicht umgekehrt.
Die Kinder wirbelten wie gefangene Insekten in dem Netz herum. Sie schrien und lachten und schienen dabei sogar noch eine Art Unterhaltung zu führen. Das Netz flatterte im Wind, und die Federn des Trampolins quietschten vor Freude, weil so viele Kleine dort zusammen spielten.
Nein, der Gedanke an Geschrei und kleinteilige Schmutzwäsche war wenig verlockend für Frau Bengtsson. Trotzdem fühlte sie sich für eine Weile betrogen. Letzten Endes musste es ja Gott gewesen sein, der diese Entscheidung für

sie gefällt hatte. Der bestimmt hatte, dass ihre Eierstöcke unproduktiv sein sollten. Andererseits hatte er sie damit von Evas Strafe für die Banane befreit. Sie würde keine Nachkommen unter Schmerzen gebären. Trotzdem: Sie war verbittert, dass sie dies nicht selbst hatte entscheiden dürfen. Jeder Schritt in der Fröjdgata war ein Schritt weiter weg von Gott.

Plötzlich kamen ihr die springenden Kinder wie menschliches Popcorn vor, das in einer Popcornmaschine herumwirbelte. Sollte sie deswegen auf Gott wütend sein? Nein, genauso wenig, wie sie ihre Kinderlosigkeit beweinen konnte. Sie mochte überhaupt kein Popcorn.

Wenn sie Kinder gehabt hätte, hätte sie sich – als gute und engagierte Mutter – zu dem Spiel gesellt? Die Vorstellung fiel ihr schwer.

Und während sie versuchte, sich selbst unter den hüpfenden Kindern zu sehen, fiel Frau Bengtsson auf, dass sie sich nicht einmal an ihre eigene Kindheit erinnerte. Sie wusste nicht mehr, wie sie als Kind ausgesehen hatte, was sie getan hatte, was ihr gefallen und nicht gefallen hatte und ob ihre Kleider genauso verschwitzt gewesen waren.

Sie bemühte sich, die Erinnerung an ihre damaligen Freunde wachzurufen. Vergeblich. Interessen, Desinteressen … alles war verschwunden. Sie wusste nicht einmal mehr, wie das Verhältnis zu ihren Eltern in diesem Alter gewesen war. Erst ab dem Alter von zwölf oder dreizehn hatte sie ein klares Bild von sich selbst als Person. Wer sie als Kind gewesen war, wusste sie nicht mehr.

»Ist vielleicht besser so«, sagte sie, ließ die Außerirdischen in ihrem Netzkäfig links liegen und ging weiter durch die Reihen schmucker Häuser, bis die Bebauung plötzlich aufhörte und die Fröjdgata in einen schmalen Feldweg überging.

Hundert Meter weiter beschrieb der Feldweg eine leichte Linkskurve, was dazu führte, dass Frau Bengtsson nach ungefähr einem halben Kilometer mit dem Anblick der Kirche konfrontiert wurde, die auf der anderen Seite eines Ackers stand.
Der Acker war ziemlich groß, aber nicht unüberwindlich. Im Gegenteil, er war abgeerntet und eben und wirkte sogar einladend, wie eine Landschaft aus der Vergangenheit, als Schweden noch nicht voller Häuser, Straßen und Laternen gewesen war. Ein Land der Wiesen, Äcker und strohbeladenen Fuhrwerke. Bauern mit Strohhalmen im Mundwinkel hoben den Hut zum Gruß und fragten, ob man mitfahren wolle. Ein Land, in dem man Äcker überquerte, um zur Kirche zu gehen.
Vielleicht waren diese Schritte über den Acker ihr letztes Angebot an Gott. Sie ging auf den Turm zu, der sich nicht weit entfernt vor dem grauen Himmel abzeichnete.
Okay, ich komme jetzt, dachte sie. Wir treffen uns auf halbem Weg.

Schon nach ein paar Metern fand Frau Bengtsson heraus, dass der Acker nicht nur abgeerntet, sondern auch gepflügt war. Was aus der Ferne glatt und einladend ausgesehen hatte, erwies sich als wogendes Meer. Außerdem war es steinig. Und schlammig. Und es war viel weiter bis zur Kirche, als sie gedacht hatte.
Schritt für Schritt kämpfte sie sich weiter, trotz allem. Wir treffen uns auf halbem Weg, hatte sie ihm angeboten. Wenn sie ehrlich sein wollte, musste sie so weit gehen, aber jedes Mal wenn ihr Knöchel sich verdrehte, die Absätze feststeckten oder ein Fuß im Matsch versank, und mit jedem Stein, über den sie stolperte, wurde ihre Wut größer.
Verdammt noch mal, ich will dir doch nur entgegenkom-

men. Warum ist das so schwer? Immer, wenn ich die Initiative ergreife und mich dir aus freien Stücken nähere, verhöhnst du mich und verstellst mir den Weg.

Der Turm war kein bisschen größer geworden.
Das Kreuz auf der Spitze schien genauso fern wie vorher, aber als sie sich umdrehte, konnte sie den Feldweg nicht mehr sehen. Hier war die Mitte. Sie war da.
Frau Bengtsson schaute auf ihre neuen Stiefel herab. Ob sie sie jemals sauber bekommen würde? Sie seufzte. Auf halbem Weg, in der Mitte.
Sie setzte sich auf einen der Wellenkämme, ohne sich um den Schlamm zu kümmern, zog eine Zigarette aus der Tasche und fragte sich, ob sie wieder zu rauchen begonnen hatte. Sie kam zu dem Schluss, dass dem wohl so war, und zündete die Zigarette an. Dann blieb sie sitzen und wartete auf denjenigen, dem ihr Angebot galt. Sie wartete auf Gott, als wären ihre Bedingungen bindend für ihn.
Aber Gott wollte nicht kommen.
Weit hinter der Kirche sah sie kleine Punkte Fliegendreck – vorbeifahrende Autos. Und da saß sie, mitten auf dem Acker, mitten im Schlamm. Abgeblitzt. Weit und breit keine strohhalmkauenden Bauern, die sie mitnahmen. Kein romantischer Schimmer über grünen Wiesen, nur mittelschwedisches Grau, karg und mühsam zu beschreiten.

»Du!«, schrie sie in Richtung seines Hauses. Ein paar Meter weiter sprang ein Hase auf und rannte erschrocken davon. Nach einer Weile blieb er stehen und sah sie fragend an.
»Komm schon, gib mir ein Zeichen! Ein bisschen guter Wille wäre wohl angebracht. Du hast eingegriffen, als ich starb – jetzt sag mir, warum. Ich muss endlich wissen, ob es einen Plan für mich gibt, ob das der Grund war …«

Sie wartete ängstlich. Jetzt dachte sie nicht nur, dass sie den Herrn nicht mochte, sondern schrie es laut heraus, einer Kirche entgegen. Die Angst saß ihr im Nacken und zwang ihren Blick nach oben. Ein Beweis für ihren unerschütterlichen Glauben, aber auch dafür, dass sich etwas für immer verändert hatte.

Ihr diffuser Gottesglauben von früher war nie mit Angst verbunden gewesen. Nun aber hatte sie den wahren Gott kennengelernt, das war der Beweis. Rakel hatte ihr sein wahres Angesicht gezeigt. Und sie fühlte, wie die Angst mit jedem Wort abnahm, während die Wut immer stärker wurde.

»Warum soll ich Angst vor dir haben? Du weißt ja nicht einmal, dass es mich gibt! Du kannst unmöglich wissen, was ich in der letzten Woche alles gedacht habe, sonst hättest du mich längst aufgehalten. Oder ist es dir egal, was ich denke?«

Als die Antwort ein weiteres Mal ausblieb, fasste die Bengtsson Mut. Auch wenn es so aussah, als würde er heute nicht zuhören.

»Ja, genau. Du hast mich nicht aufgehalten. Nicht einmal ein Zeichen gegeben hast du, ob ich auf dem richtigen oder falschen Weg bin. Nichts! Was hat das zu bedeuten?«

Schweigen.

Der Hase blieb etwa zwanzig Meter entfernt sitzen und sah mit neugierigen braunen Augen die Tante an, die vor seiner Sasse saß und zeterte. Er mümmelte erwartungsvoll.

»Ich werd's dir sagen. Es bedeutet, dass ich dir scheißegal bin«, sagte Frau Bengtsson, hob einen Stein auf und warf ihn ihrem Zuhörer entgegen. Sie verfehlte, und der Hase blieb sitzen. Er saß zwischen ihr und der Kirche und drehte Frau Bengtsson den Kopf zu.

Wäre er weiß gewesen, hätte die Hausfrau vielleicht an das

Mädchen gedacht, das einem weißen Kaninchen in einen Bau gefolgt war und das Abenteuer ihres Lebens erlebte. Aber es war kein Kaninchen. Es war ein Hase, und er war braun, und im Unterschied zu dem Kaninchen in der Geschichte sagte er nicht dauernd, dass er sich verspätet habe. Im Gegenteil, er hätte gesagt, dass noch viel Zeit sei.

Aber Tiere reden nur in Fabeln und Märchen. Der Hase saß geduldig da und zeigte mit seiner unverständlichen Körpersprache, dass sie ihm folgen sollte, dass er eine Einladung und ein Versprechen war. Frau Bengtsson hob noch einen Stein auf und schleuderte ihn, und diesmal traf sie den Hasen an der Lende. Dass er sitzen blieb, sagte ihr nichts.

»Wir treffen uns hier, habe ich gesagt, auf halbem Weg. Ich bin hier, und wo zum Teufel bist du? Bei jemandem, den du lieber magst, nehme ich an. Du denkst wahrscheinlich, dass du genug für mich getan hast. ›Ich bin der Herr, dein Gott. Bla, bla, bla. Bitte schön, hier sind jede Menge Regeln, befolge sie, und du bist Christ, und wenn nicht, wird es dir schlecht ergehen.‹ Weißt du was, ich will mit deinen Regeln nichts zu tun haben, wenn du mir nicht einmal beim Nachdenken darüber hilfst. Kein Zeichen, kein Flüstern in meinem Ohr. Nichts. Nada! Der Teufel soll dich holen.« Frau Bengtsson warf die Kippe in den Matsch.

»Okay, wenn du so verdammt beschäftigt bist, dass du nicht helfen willst, obwohl man dich freundlich bittet, dann hast du vielleicht wenigstens genug Stolz, um eines deiner angeblich geliebten Geschöpfe aufzuhalten, wenn es sich total irrt? Halte mich jetzt auf! Halte mich auf, oder ich will ab sofort nichts mehr mit dir und deinen Regeln zu tun haben. Weder jetzt noch morgen noch nach meinem Tod. Alle deine ›Du sollst nicht‹. Du sollst nicht dies, du sollst nicht das. Warum denn nicht? Wer soll mich davon abhalten? Du?

Wohl kaum. Bis jetzt hast du mich noch nie gebremst, wenn ich geprasst habe, in Wut geraten bin oder neidisch auf jemanden war. Du hast mich nicht im Geringsten ermuntert, als ich mich in dich verliebt habe und dich in allen Dingen ringsum gesehen habe. Das hätte es leichter gemacht. Aber jetzt ziehe ich mein Angebot zurück, du brauchst dir keine Sorgen mehr zu machen. Die Mitte hat geschlossen, nur dass du es weißt!«

Sie schaute immer noch in den Himmel, aber die Angst war gewichen. Sie hatte genug geschimpft und gelästert, um herauszufinden, dass es ungefährlich war – und vor allem sinnlos.

»Stinkstiefel«, fügte sie hinzu, wie um ihn ein letztes Mal zu testen.

Frau Bengtsson hatte keine Angst mehr vor Gott.

Überzeugt, dass er existierte und genau derjenige war, für den er sich ausgab, zerschlug sie die Beziehung, die sie in Gedanken aufgebaut hatte und die ihre Zukunftsvision gewesen war. Die Zweisamkeit mit Gott.

»Ich will nicht bei dir sein! Ich will nicht für dich sein. Ich will nicht bei dir enden, will dich nicht sehen, nicht dauernd an dich denken und immerzu tun, was du willst.« Sie atmete tief ein und schrie: »Ich hasse dich!«

Ein Regentropfen landete auf einem ihrer Stiefel. Dann noch einer, und ein weiterer nahm auf ihrer Stirn Platz. Frau Bengtsson stand auf und ging nach Hause. Obwohl sie mit allen Sinnen nach einem Zeichen Ausschau gehalten und sich nach einer Antwort gesehnt hatte, ging die Bedeutung des Regens völlig an ihr vorbei. Der Hase spitzte die Ohren, schüttelte sich und legte sich enttäuscht in seine Sasse. Er würde mit Sicherheit einen blauen Fleck davontragen, wo der Stein ihn getroffen hatte.

Auf dem Rückweg, mit schlammigen Stiefeln, zerzaustem Haar und erdigem Hintern, rauschte die Gelbe Gefahr an Frau Bengtsson vorbei. Natürlich legte Beggo sofort eine Vollbremsung hin, als er die Witwe sah. Besorgt lehnte er sich aus dem Fenster und fragte, ob etwas geschehen sei und ob sie Hilfe brauche.

»Ja, das kann man wohl sagen«, sagte sie verbittert. »Aber das ist eine Sache zwischen mir und Gott. Glaubst du an Gott, Beggo?«

Er dachte nicht eine Sekunde nach, sondern lachte. »Gott? Nein. ›Glaube, der kann so vieles bewegen. Hoffnung brauchst du, um den Weg zu sehen …‹«

Aha, heute ist Mara Kayser dran, bemerkte sie im Vorübergehen. »Aber weißt du, Glaube und Hoffnung ist genau das, was mir fehlt.«

Er fragte, ob er sie nach Hause fahren könne, und sie drehte ihm den Hintern zu. Als er den Lehm sah, bereute er sein Angebot sofort, aber er zog es nicht zurück.

»Es ist nicht so weit, Beggo. Ich gehe zu Fuß, dann musst du deinen Sitz nicht schrubben. Aber vielen Dank, das ist nett von dir.«

»Auf Jungs über fünfunddreißig ist immer Verlass«, antwortete er, deutlich erleichtert, und fuhr im Nieselregen davon.

Auf dem Rückweg waren die Gärten leer. Wahrscheinlich waren alle Kinder aufgepoppt. Oder sie vertrugen kein Wasser.

Beggo hatte genügend Vorsprung, er war schon außer Sicht, als sie den Briefkasten erreichte. Stromrechnung. Ein handgeschriebener Umschlag an die Eheleute Bengtsson, bestimmt eine Einladung zu irgendeinem sozialen Event.

Einladungen und Karten – das Einzige, was die Menschen noch mit der Hand schreiben, dachte sie.

Ein vierseitiger Katalog eines Elektroladens. Auf der anderen Straßenseite ging Rakel gerade die Post holen und winkte unter ihrem Regenschirm hervor.
»Hej!«, rief sie. »Wie siehst du denn aus?«
»Ich wollte in die Kirche gehen«, antwortete Frau Bengtsson. »Wer ist das denn?« Sie zeigte auf das schwarze Katzenjunge auf Rakels rechter Schulter.
»Ich habe heute Morgen eine Annonce gelesen und gleich zugegriffen. Das ist Yersinia.«
»Wie das Pestbakterium?«
»Ja, genau. Komm nachher rüber, dann könnt ihr euch kennenlernen« antwortete Rakel und ging ins Haus, ohne nach der Post zu sehen.
»Yersinia«, wiederholte Frau Bengtsson. »Na ja, warum nicht?«
Der handgeschriebene Umschlag enthielt tatsächlich eine Einladung. Ein Ove aus Herrn Bengtssons Firma wurde vierzig und wollte natürlich, dass sein Chef und dessen bezaubernde Gattin ihm die Aufwartung machten. Frau Bengtsson beschloss, dass ein Fest genau das war, was sie brauchte.
Immerhin war heute der Tag ihrer Befreiung. Der Tag, an dem sie Gott gesagt hatte, dass sie ihn hasste.
Nur eines ärgerte sie. Gott hatte in keiner Weise reagiert, und sie fürchtete, dass er dafür einen Grund hatte. Vielleicht wusste er etwas, was sie (noch) nicht wusste? War er deshalb so selbstgefällig, sie komplett zu ignorieren?

Frau Bengtsson staubsaugte und grübelte. Sie war so in Gedanken versunken, dass sie nicht bemerkte, wie sie das Sideboard von der Wand wegrückte, den Staubsauger umsteckte und gründlich den Staub vieler Monate beseitigte.
Staubsaugen war meditativ.

Was mochte er wissen?
Wahrscheinlich, schlussfolgerte sie, pfiff Gott auf ihr Geläster, weil er wusste, dass sie sowieso in die Hölle kommen würde. Sie hatte in ihren achtunddreißig Jahren nicht gerade sündenfrei gelebt. Es brachte also nichts, sich um ihr pathetisches Geschrei auf einem schlammigen Acker zu kümmern.
Aber war sie wirklich so gemein gewesen? Sie verletzte nie bewusst ihre Mitmenschen, war immer hilfsbereit, und die Leute beschrieben sie stets als fürsorglich. Freilich fluchte sie etwas zu viel. Und trank. Aber ihre Suche – die ehrlich, neugierig und offen begonnen hatte – wäre eine ideale Gelegenheit für den Herrn gewesen, sie zu bekehren und ihr Leben zum Besseren zu wenden. Sie wäre offen dafür gewesen. Vor nur wenigen Tagen. Eine leichte Beute für den Allmächtigen, wenn er ihr nur ein Zeichen gegeben hätte. Er hätte ihren Jasminbusch in Brand setzen können oder so.
Steckerwechsel.
Erst als der Staubsauger wieder verstaut war und sie einen Mop in der Hand hielt, fiel ihr auf, dass es noch eine mögliche Erklärung dafür gab, warum Gott ihren Kampf ignorierte.
Was, wenn er schon ganz sicher wusste, dass sie im Himmel landen würde? Wenn er allwissend und allmächtig voraussehen konnte, dass sie unter dem Strich trotz allem einen Platz bei ihm verdiente. Im Paradies.
Frau Bengtsson hielt inne.
»Das ist ja noch schlimmer!«, konstatierte sie und drückte den Mop aus. So eine Selbstgefälligkeit! Gott glaubte also, im Voraus zu wissen, dass Frau Bengtsson, sein Geschöpf, am Ende den »rechten« Weg finden und sich seiner glücklichen Schar anschließen würde. Vielleicht ging er einfach davon aus, dass sie keine Wahl hatte. Vielleicht hatte er sie

so geschaffen, dass die Religion ihr Los war, wie sehr sie auch versuchte, sich zu befreien? Ja, in diesem Fall hätte es für ihn wenig Sinn, sich einzumischen. Sie würde alle Qualen und die ganze Grübelei allein durchstehen müssen, weil er sicher war, dass ihr gesamtes Lebenswerk letzten Endes christlich war.

»Verdammter alter Knacker«, bemerkte sie, stellte den Mop ab und sprang, um den frisch geputzten Boden zu schonen, von Teppich zu Teppich zur Haustür.

17

Ja, das ist denkbar«, stimmte Rakelsatan zu. »Klar. Wenn er schon sicher ist, dass du am richtigen Ort landest, dann lässt er dich in Ruhe. Vielleicht findet er auch, dass deine derzeitige Suche dazugehört. Für dich mag das verwirrend sein, aber möglicherweise sieht Gottes Plan genau so aus. Jeder von uns hat eine andere Geschichte zu leben.«

Yersinia strich um Frau Bengtssons schlanke Beine und schnurrte samtweich. Sie war ein geselliges Kätzchen.

»Es ist also nicht so, dass ich ein bisschen leiden muss, bevor ich ein Zeichen bekomme, sondern dass ich auf die Antwort warten muss, bis ich sterbe? Und dass genau darin der Sinn liegt?«

»Ja. Wenn Gott weiß, dass du insgesamt ein christliches Leben führst. Das Leiden ist ja durchaus nicht unvereinbar mit einem Leben im Glauben.«

»Aber es sollte unvereinbar mit einem Leben in religiöser Vertröstung sein.«

Rakel lachte. »Du redest schon wieder über das Wissen. Aber das hat nur Gott. Am Ende ist es womöglich so, wie du zuerst vermutet hast – dass du ein hoffnungsloser Fall bist und er das weiß und sich deshalb nicht um dich kümmert … Aber ich muss sagen, dass ich das für weniger wahrscheinlich halte.«

»Du hast wohl recht«, sagte Frau Bengtsson. »Ich kann mir keinen triftigeren Grund denken, warum er mich jetzt so eiskalt abblitzen lässt. Er weiß, dass er am Ende seinen Willen kriegt und ich zu ihm kommen werde.«
»Ja«, antwortete Satan. »Sogar Gott ist manchmal gestresst, und dann versucht er eher, die hoffnungslosen Fälle zu retten.«
»Wie im echten Leben also. Problemkinder bekommen mehr Aufmerksamkeit. Die Gesellschaft versucht unermüdlich, sie zu retten. Die Begabten – solche wie du, Rakel – brauchen sich keine Sorgen zu machen. Aber die Mittelmäßigen, Unauffälligen, die trifft es. Sie werden übersehen und müssen sich allein durchschlagen, weil es heißt, dass sie es schon irgendwie schaffen.« Frau Bengtsson schnaubte zornig.
Satan fragte sie aufrichtig: »Kannst du denn gar keinen Trost darin finden, wenn es so wäre? Wenn Gott nun weiß, dass du es schaffst, dann kannst du dich vielleicht auch darauf verlassen. Du bekommst zwar keine Aufmerksamkeit von ihm, weder positive noch negative, aber immerhin gehörst du zu den Auserwählten.«
»Nein, das ist kein Trost.« Sie nahm Yersinia in die Arme und begrub die Nase im schwarzen Pelz des Kätzchens.
»Trotzdem. Sieht aus, als müsstest du dich mit dem Gedanken abfinden«, sagte der Teufel.

Frau Bengtsson schwieg lange, und auch Satan saß still neben ihr und wartete darauf, dass der Groschen fallen würde. Verdammt langsam konnten diese Menschen sein. Aber sie sollte selbst darauf kommen. Wenn er es vorschlagen würde, wäre es Verführung, aber der entscheidende Punkt war ja, dass eines von Gottes Geschöpfen diese Wahl ohne eine zischende Schlangenzunge im Ohr treffen sollte. Diesmal sollten sie es nicht auf den Teufel schieben. Diesmal sollte ein Mensch aus freien Stücken Gott trotzen.

Wenn sie nur ein bisschen Dampf machen könnte!

Sieht aus, als müsstest du dich mit dem Gedanken abfinden, hatte Rakelmirakel gesagt.

»Nein, das muss ich nicht«, sagte sie schließlich.

Rakel sah erstaunt aus, und in ihrem Innern jubelte der Wanderer. Yersinia sprang auf den Tisch, um besser hören zu können.

»Wie meinst du das?«, fragten alle Anwesenden Frau Bengtsson.

»Ich habe immer noch meinen freien Willen, oder?«

»Davon gehen wir aus, ja«, antwortete Satan. »Aber was wir gerade sagten, ist eigentlich ein Widerspruch dazu. Wenn Gott den Schluss deiner Geschichte kennt, muss dein freier Wille als höchst symbolisch gelten.«

»Ja, aber …« Sie verstummte, und der Teufel zitterte, dass man es fast sah. Jetzt kommt es, dachte er. Er ließ schnaubend etwas Dampf ab, so dass es sich wie Yersinias Schnurren anhörte. Das Kätzchen war sichtlich imponiert, dass es so viel Lärm machen konnte, und streckte sich keck.

»Aber?« Er beugte sich voller Erwartung über den Tisch und rieb sich die Hände.

»Aber es könnte auch so sein, wie wir neulich vermutet haben. Dass Gott nur viel klüger ist als alle anderen in der Welt. Dass er sozusagen einen statistischen Voranschlag macht und nur zu wissen glaubt, wie meine Geschichte enden wird.«

»Und?« Satan provozierte.

»Und? … Ja, und was? … Dann hätte ich noch die Freiheit, aus alldem auszusteigen. Aktiv und hingebungsvoll! Das ultimativ unchristliche Benehmen, Rakel, erinnerst du dich? Irgendwo muss Gottes Wahrscheinlichkeitsberechnung eine Grenze haben. Und wer sagt denn, dass ich die nicht überschreiten kann?«

Der Böse hörte gespannt zu. »Du meinst …?«

»Ich meine, dass ich den angeblich Allwissenden reinlegen kann. Genau, wie er mich reingelegt hat. Ich war mir so sicher, dass er mich auf halbem Weg treffen wollte oder irgendwo anders auf meiner Suche. Aber er hat mich hintergangen, also kann ich verdammt noch mal dasselbe tun. Gott ist sich sicher, dass ich ihn treffen und mich am Ende seiner Schar anschließen werde, aber ich kann ihn darum betrügen. Alles, was ich tun muss, ist, mich so zu benehmen, dass er mir nach meinem Tod unmöglich Zutritt ins Paradies gewähren kann.«

»Und wenn du dich irrst?«

»Na und? Wenn ich mit meinem Glauben total falschliege, dann passiert doch sowieso nichts nach meinem Tod. Aber wenn ich recht habe, werde ich jedenfalls nicht bei ihm landen. Die Hölle muss ja besser sein! Dort sitzt keiner auf hohem Ross und geht einfach davon aus, dass mein Platz bei ihm sicher ist. Die Hölle – oder Satan, wenn du willst – lässt mich wenigstens in Ruhe und lässt mir meine eigene Meinung. Der Teufel mischt sich nicht einfach ein und manipuliert meine Gedanken, mein Leben und sogar meinen Tod. Und wenn Gott nicht weiß, ob ich in den Himmel komme, oder sogar sicher ist, dass ich in der Hölle lande, dann ändert sich damit auch nichts, oder?«

Satan lachte beruhigt. »Gewiss.«

»Sachen tun, die man bereuen sollte, und es hinterher an Reue fehlen lassen. So hast du das ausgedrückt, oder?«

Tief in Rakels Körper kratzte die Theologiestudentin voller Verzweiflung, um ein einziges ›Tu das nicht!‹ herauszubekommen, aber vergeblich. Dann versuchte sie, mit ihrem Körper Widerstand zu leisten, damit er wenigstens nicht den Mund öffnen konnte. Rakel hatte begriffen, worauf die Sache hinauslief, und wollte auf keinen Fall Teil dieses Planes sein. Aber der Teufel öffnete mühelos ihre Lippen, und weit entfernt hörte sie ihre Stimme sagen: »Acedia.«

»Wie bitte?«

»Acedia nannte man das im Mittelalter. Das Gegenteil der Suche nach Gott. Es traf ziemlich viele Mönche, die plötzlich in tiefe Verzweiflung stürzten, ungefähr wie du, weil sie dachten, der Herr würde sie nicht beachten. Oder einfach nur, weil sie erkannten, wie viel sie durch die Entsagung weltlicher Freuden und Genüsse verpassten. Da schwangen sie ins andere Extrem um und nahmen Abstand von Gott und seiner Schöpfung – aktiv und hingebungsvoll, wie du sagst –, indem sie allerlei Sünden frönten. Das nannte man Acedia: die bewusste Ablehnung von Gott und allem, was christlich ist. Man könnte das wohl die ultimative Sünde nennen, weil sie so unerhört bewusst begangen wird. Acedia bedeutet nicht, aus mangelndem Wissen oder unter dem Mantel der guten Absicht zu sündigen, sondern um der Sünde willen. Sünde, um von Gott loszukommen und ihn zu verhöhnen. Acedia ist der lateinische Name für eine der Todsünden. Faulheit. Gleichgültigkeit.«

»Was geschah mit den Mönchen?«

»Tja. Dante zufolge gibt es in der Hölle einen eigenen Ort für alle, die der Acedia verfallen sind. In der *Göttlichen Komödie* schreibt er, dass sie auf ewig in einer Art Kleister schwimmen, einem Morast, der sogar ihre Hälse füllt. Und so singen sie ein halb ersticktes Klagelied. Ein Lied von Reue und Wahnsinn.«

»Sie sind also in der Hölle gelandet.«

»Jepp.«

»Nicht im Himmel?«

»Ne.«

»Dann könnte mein Plan funktionieren. Vorausgesetzt, Dante hatte recht.«

Dass Dante im siebten Gesang seiner *Göttlichen Komödie* total danebenlag, dachte Satan, musste Frau Bengtsson ja nicht wissen. Er antwortete: »Nun, wenn es zu deinem Plan gehört, dass du in die Hölle kommst, dann funktioniert er. Dann musst du nur noch gut überlegen, was du tun musst.«

Rakel fiel in ihrem Inneren in Ohnmacht, als sie hörte, was ihr Mund äußerte.

»Dann werde ich es wie die Mönche machen. Ein erfolgreiches Konzept sollte man nicht verändern, oder?«

Der Teufel brach in Freudengelächter aus und fühlte zum zweiten Mal innerhalb kurzer Zeit große Sympathie für die Hausfrau. Empfand Wärme, Freude und Verbundenheit.

»Du willst also anfangen zu sündigen?«

»Ja, aus schierer Teufelei.«

TEIL DREI

Acedia

Wie geht man vor, wenn man Gott den Daumen aufs Auge setzen und aktiv sündigen will? Ein waghalsiges Vorhaben, sollte man meinen, aber Frau Bengtsson musste nicht lange nachdenken, um einen Plan zu schmieden.

Es würde nicht ausreichen, einfach nur das Ziel zu verfehlen, nach Gottes Wort zu leben, wie Rakel den Ursprung des Wortes »Sünde« etwas diffus erklärt hatte. Dazu hätte sie im Grunde nur ihr altes Leben fortsetzen müssen. Wer verliert nicht täglich irgendein Ziel aus den Augen? Freilich gelobte Frau Bengtsson Jahr für Jahr an Silvester, so zu bleiben, wie sie war. Aber das war nicht genug. Sie konnte nicht einfach versprechen, auch weiterhin ein bisschen unchristlich zu sein, nein, sie musste gottlos werden.

Es war so, wie es die Verfasser der Bibel erklärt hatten: Alle verfehlten ihr Ziel. Es war unmöglich, ohne Sünde zu leben. Nur Jesus war es gelungen, und er würde uns retten, obwohl wir die ganze Zeit danebenschossen – sofern wir ausreichend bereuten.

Aber Frau Bengtsson war nie bis zu Jesus gekommen. Ihre Bibelkenntnis beschränkte sich noch immer auf Mose bis zur Flucht aus Ägypten, weshalb ihr Plan sehr einfach war.

Mose kletterte auf den Berg Sinai. Dort empfing er die Zehn Gebote, und Gott befahl den Menschen, sie zu befolgen. Was Frau Bengtsson bisher getan hatte, war nach Jesus' Relativierung der Regeln in Ordnung. Solange ein gottesfürchtiger Mensch weiterhin glaubte, dass er nach den Zehn Geboten leben konnte, bestand Hoffnung. Deshalb wollte Frau Bengtsson denselben Berg besteigen – symbolisch natürlich, indem sie die Bibel las – und beim Abstieg heimlich einen Stift zücken und die Gebote auf den Kopf stellen.
Bei gewissen Teilen dieses Planes hatte sie schon jetzt moralische Bedenken, aber die eigentliche Durchführung konnte bis auf weiteres warten. Beglückt von der Tatsache, dass sie einen strukturierten Plan hatte, schrieb sie die Zehn Gebote auf ihren Notizblock, zuerst so, wie sie in der Bibel standen, und dann auf ihre eigene Weise.

1. Ich bin der Herr, dein Gott. Du sollst nicht andere Götter haben neben mir.
1.1 Andere Götter anschaffen!
2. Du sollst den Namen des Herrn, deines Gottes, nicht missbrauchen.
2.1 Gottes Namen missbrauchen!
3. Du sollst den Feiertag heiligen.
3.1 Sonntags wie verrückt arbeiten! (Ein Sonntag?)
4. Du sollst deinen Vater und deine Mutter ehren.
4.1 Mama und Papa ärgern! (Verleumden?)
5. Du sollst nicht töten.
5.1 Jemanden töten! (Am liebsten etwas Kleines, falls das ausreicht. Rakel fragen!)
6. Du sollst nicht ehebrechen.
6.1 Ehebrechen!
7. Du sollst nicht stehlen.
7.1 Irgendwas klauen!

8. Du sollst nicht falsch Zeugnis reden wider deinen Nächsten.
8.1 Über die Nachbarn lästern und lügen!
9. Du sollst nicht begehren deines Nächsten Haus.
9.1 Suhle dich in deiner Gier nach einem größeren und schöneren Haus!
10. Du sollst nicht begehren deines Nächsten Weib, Knecht, Magd, Vieh noch alles, was sein ist.
10.1 Weiterhin alles wollen, was andere haben, egal wie sinnlos und teuer es ist.

Auf der nächsten Seite schrieb sie weiter, da sie nun einmal dabei war.

Unbedingt folgende Eigenschaften zulegen:

1. Habgier
2. Wollust
3. Völlerei
4. Neid
5. Hochmut (Ist wohl mit diesem Projekt erledigt?)
6. Trägheit
7. Zorn (klar!)

Auf ein weiteres A4-Blatt schrieb sie in schöner Kalligraphie nieder, was Gott über die Gebote zu sagen hatte, und fügte ihre Antwort hinzu.

»Denn ich, der Herr, dein Gott, bin ein eifriger Gott, der da heimsucht der Väter Missetat an den Kindern bis in das dritte und vierte Glied, die mich hassen.«
– Ätsch! Ich kann keine Kinder bekommen.

Die ersten zwei Seiten ließ sie auf dem Block, aber die letzte riss sie aus und befestigte sie mit einem Magnet, der wie ein halb aufgegessener Maiskolben aussah, an der Kühlschranktür.

»So«, sagte sie und rieb sich demonstrativ die Hände wie nach einem guten Tagwerk. Es war wieder Donnerstag, ein Tag so gut wie jeder andere, um ein neues Leben zu beginnen. »Jetzt muss ich bloß noch die Liste abarbeiten!«

Aber zuerst wollte sie eine phantastische Bolognese kochen, für sich und vor allem für Herrn Bengtsson. Die spirituelle Erweckung der letzten Tage hatte ohne Zweifel ihrer Hingabe an die Hausarbeit geschadet, und sie hatte den Verdacht, dass ihr Mann die Fertiggerichte satthatte. Sie hatte nicht nur einen Auftrag, sondern zwei, und dass der neu hinzugekommene irgendwann in der Zukunft einen Ehebruch verlangte, schloss natürlich nicht aus, dass sie weiterhin alles tun würde, um eine perfekte Hausfrau zu sein. Bis auf weiteres.

Und in genau diesem Moment, als Frau Bengtsson vergnügt in der Küche stand und Zwiebeln schälte, platzte der Engel, den Gott Nr. 1 nannte, in den Schöpfungsakt seines Herrn, um die vermeintliche Neuigkeit vom höchst gotteslästerlichen Plan der Hausfrau zu übermitteln. Wie wir gesehen haben, nahm es der Herr gelassen auf. Für ihn war es keine Neuigkeit. Er legte letzte Hand an das neue Fossil, ging hinaus und setzte sich auf seinen Thron, damit die Lobgesänge des Tages beginnen konnten. Wenn er die Menschen und ihre Unvernunft satthatte, so sah man es ihm nicht im Geringsten an. Friede, Freude, Eierkuchen, dachte er, kicherte und schwelgte in der Liebe zu seinen Abbildern.

Das Abendessen begann in der Diele, wo Herr Bengtsson es schon witterte.

»Mmm«, sagte er. »Pasta?«

»Ja, und was für eine, bei Gott«, antwortete Frau Bengtsson, küsste ihn aufs Kinn und half ihm aus dem Mantel.

Herr Bengtsson stutzte, ließ sich aber vom Duft verleiten und setzte sich ohne weitere Fragen an den Tisch. Er bemerkte, dass seine Frau bereits Essen in den Mund stopfte. Sie aß, als wolle sie demnächst Winterschlaf halten. Mit großen Schlucken Wein spülte sie die Bissen hinunter, und zwischendurch nahm sie eine Weintraube oder ein Stück Schokolade aus einer der vielen Schüsseln auf dem Tisch. All dies wurde von genießerischen Lauten begleitet, dann leckte sie die Finger ab, als wolle sie demonstrieren, wie sehr sie diese – es gab kein anderes Wort – Völlerei genoss.

Er musste zugeben, die Pasta war himmlisch. Jeder Krümel des leicht gebräunten, aber immer noch saftigen Hackfleischs verströmte Knoblaucharoma. Das Wurzelgemüse war in einen höheren Zustand übergegangen, es war nicht mehr vom eigentlichen Gericht zu unterscheiden, aber das erdige Aroma war nicht zu verkennen. Und kurz bevor die Geschmacksknospen dachten, dass der Zauber vorüber war, traten die in Puderzucker karamellisierten Zwiebeln

hervor und stellten alles andere für Tage in den Schatten. Und unter dieser göttlichen Hackfleischsoße schlängelte sich eine perfekt al dente gekochte Pasta.
Dieses Essen verlangte geradezu nach Liebe, fand Herr Bengtsson. Nun, er hatte nichts dagegen. Obwohl erst Donnerstag war.
»Ich weiß nicht, wo du diese Pasta stibitzt hast, mein Liebling, aber die Götter müssen sie vermissen«, rühmte er seine Frau nach einigen Bissen.
»Ja, Jesus, was habe ich geschuftet. Also, Liebling. Hau rein und lass den lieben Gott einen guten Mann sein«, antwortete Frau Bengtsson und steckte eine überdimensionierte Gabelrolle Tagliatelle in den Mund. »Himmel, wenn du wüsstest«, schlürfte sie.
Herr Bengtsson legte misstrauisch die Gabel auf den Teller. Plötzlich bemerkte er, wie groß der Topf war, der vor ihm auf dem Tisch stand. Seine Ehefrau hatte genug Pasta bolognese für eine schwangere Elefantenkuh gekocht. Und abgesehen von ihrem seltsamen Sprachgebrauch fiel ihm nun richtig auf, dass sie Gabel für Gabel in rasendem Tempo hinunterschlang. Und die Gabeln waren so voll, dass sie Zwillingsnachkommen der besagten Art zufriedengestellt hätten.
»Was machst du da, Liebling?«
»Ich esse, in Gottes Namen«, sagte seine Frau und zwinkerte schelmisch.
»In Gottes Namen?«, fragte er etwas beunruhigt. Die Veränderungen in der letzten Woche waren ihm keineswegs entgangen. Jedenfalls nicht völlig. Nun befürchtete er eine religiöse Verzückung, die sich seiner bescheidenen Kontrolle als Familienoberhaupt entzog.
»Kreuzdonnerwetter!« Sie lachte. »Nein, nicht so«, sagte sie und wischte sich mit dem Handrücken Soße vom Kinn.

»Nicht wie in ›Ich radle für Afrika‹ oder ›Ich jogge für Nordkorea‹.« Sie lachte wieder, trank einen großen Schluck Wein und rollte einen weiteren Strang Pasta auf.
»Aber … Was machst du?«
»Okay. Hör zu«, sagte sie und sah sich um, als würden sie abgehört. Was natürlich der Fall war. »Ich habe einen Plan.«
Aber trotz der neunzehn Jahre Ehe hatte Frau Bengtsson noch immer nicht gelernt, wie sie die Aufmerksamkeit ihres Mannes bei langen und komplizierten Erörterungen bis zum Ende wachhielt. Dabei hätte es genügt, es kurz und bündig zu sagen.
Sie begann von ihrer Suche zu erzählen, von Hasen, die sie mit Steinen beworfen hatte, von Kants Gedanken über Verdienste im irdischen Leben und dem großen Schweigen von oben. Irgendwo bei Kant schweifte seine Aufmerksamkeit ab, stahl sich davon und suchte im näheren Umkreis nach interessanteren Dingen, während seine Frau plapperte. Sie kam auf ihren Brüsten zu ruhen, deren Anblick er in Ruhe und Frieden genießen konnte, bis sie fertig war. Herr Bengtsson hatte eigentlich genug von Gott und der Bibel und erwartete nicht, dass der Plan seiner Frau irgendwelche größeren Effekte auf sein Dasein haben könnte. Das war natürlich ein Irrtum, aber wenigstens ein ehrlicher.
Er driftete zwischen Gespräch und Brüsten hin und her und erfasste das, was er für den springenden Punkt hielt – seine Frau hatte beschlossen, dass sie nicht an Gott glaubte, und nun wollte sie versuchen, die christlichen Lebensregeln ein wenig zu brechen, um zu testen, wo die Grenze lag. Er verstand, dass sie um der Völlerei willen fraß und den Namen des Herrn bewusst missbrauchte.
Aber er verstand nicht, dass ihr Plan System hatte, dass ihr

Glaube unerschütterlich war und was dies alles mit den Zehn Geboten zu tun hatte.
Die er nicht einmal kannte.
Was ein Glück war für seinen inneren Frieden.
In der trügerischen Gewissheit, dass sein geliebter Schatz ihm niemals untreu werden und schon gar nicht jemanden töten könnte, mmmhte er sich durch ihren Bericht und freute sich, dass er eine so phantastische Köchin geheiratet hatte.
Zu seiner Verteidigung muss man sagen, dass Frau Bengtssons Bericht nicht vollständig war. Ihr war in den Sinn gekommen, dass es wohl besser war, ein paar Details ihres Plans zu verschweigen und dessen langfristige Konsequenzen etwas abzumildern, so dass Herrn Bengtssons Auffassung nicht ganz aus der Luft gegriffen war und man nicht alles auf sein Brüstegucken schieben konnte. Ihre Ausführungen konzentrierten sich vor allem auf Rakel und wie sehr diese sie in ihrem Entschluss bestärkte. Ihr Mann war immerhin so weit bei der Sache, um dies etwas merkwürdig zu finden. Aber, dachte er, Fräulein Karlsson vertraute er seine Frau gern an. Das Mädchen hatte nicht eine sündige Faser in seinem Körper. Vielleicht täuschte es die Zustimmung nur vor, um seine Frau wieder auf den rechten Weg zu bringen. Eine Notlüge für einen guten Zweck. Rakelmirakel (er hatte herzlich über Rakels Witz mit Tarzan gelacht, das Mädchen hatte ja Humor!) war ein Mensch, den man gerne seinen Kindern aufgenötigt hätte: ein Spielkamerad mit gutem Einfluss. Oder, wie die anderen Kinder solche Spielkameraden nannten: langweilig.
»Hört sich gut an«, sagte er mitten in ihre Ausführung darüber, was Gott möglicherweise über ihr Schicksal nach dem Tode wusste. Und beendete damit das Gespräch. »Ich glaube, ihr beiden habt guten Einfluss aufeinander, du und

Rakel. Sie ist viel lebhafter geworden, seit ihr euch öfter trefft. Und … wie soll ich sagen … du brauchst sie auch, glaube ich. Sie weiß alles über die Dinge, die dich in letzter Zeit so beschäftigen.«

Er stand auf. »Sind heute irgendwelche Rechnungen gekommen?«

Es ist besser so, dachte Frau Bengtsson und unterdrückte ihren Ärger. »Ja, Herrgott. Sie liegen auf der Tastatur.«

Er ließ den Teller auf dem Tisch stehen, wie er es immer tat, und ging in Richtung Arbeitszimmer. In der Küchentür drehte er sich um. »Willst du jetzt immer so reden?«

»Heilige Mutter Gottes, nein. Ich hoffe, dass ein Tag genügt«, antwortete sie.

»Halleluja«, sagte Herr Bengtsson, bedankte sich für das Essen und ging, um die Post zu öffnen und sich um die Ökonomie der Familie zu kümmern. Wie es sich für einen guten Ehemann gehörte.

Später am Abend fiel Frau Bengtsson ein, dass eine der Sünden, die sie begehen wollte, die Wollust war. Sie parfümierte sich, trug den inzwischen bekannten Lippenstift auf und unterbrach ihren Mann beim Lesen der Post, indem sie, nur mit Lippenstift und den passenden rosa Pantoffeln bekleidet, das Büro betrat.

Bei dieser Todsünde wollte er seiner Frau gern behilflich sein.

Als sie am nächsten Morgen die Augen aufschlug, überlegte sie als Erstes, welche anderen Götter sie neben Ihm haben könnte. Während Herr Bengtsson in der Dusche pfiff, wie Mann es am Morgen nach einer solch unterhaltsamen Nacht tat, blieb sie unter der Decke liegen und grübelte.

Anfangs dachte sie, es sei ganz einfach; hatte sie sich nicht in Gedanken »Chruddhist« genannt? Es lag auf der Hand, dass sie alle orangefarbenen Stücke aus dem Schrank holen und in die Stadt fahren sollte, um Buddhastatuen, Räucherstäbchen und andere Devotionalien zu kaufen.

Um halb acht ging der Radiowecker an, und ein gequälter Cowboy trug mit jammernder Stimme vor, wie er seine Frau, sein Haus, sein Auto und schließlich auch noch seinen Hund verloren hatte. *Shit happens.* Sie schaltete das Radio aus.

Herr Bengtsson war überrascht, als er ins Schlafzimmer zurückkam. »Bleibst du liegen? Ich dachte, du würdest Kaffee kochen?«

»Gleich, Liebling«, sagte sie und starrte weiter an die Decke. »Ich muss nur noch rasch etwas entscheiden.«

»Jahaja«, akzeptierte er, zog sich an und ging hinunter in die Küche.

Zehn Minuten später und ohne dass sie zu einem Entschluss gekommen war – irgendetwas an der Buddhasache stimmte nicht – rief Herr Bengtsson nach ihr.
»Liebling, der Kaffee ist fertig! Hör auf zu grübeln und komm. Du kannst dich auch hier unten entscheiden.«
Sie hatte ein orangefarbenes Hemd aus dem Schrank gezogen (irgendwie fand sie es eher nierensteinfarben) und hielt es vor sich.
Orange ist überhaupt nicht mein Ding, konstatierte sie, wollte ihm aber eine Chance geben. Jedenfalls bis ihr etwas Besseres einfiel. Andere Götter zu haben war schließlich nicht mit der Bedingung verbunden, dass sie unproblematisch sein sollten, dachte sie.

»Der alte Fetzen?« Er sah sie fragend an.
»Ja, es war das Buddhistischste, was ich finden konnte«, antwortete sie zu seiner großen Verwunderung. Er öffnete den Mund und wollte fragen, was sie meinte, schloss ihn aber wieder. Irgendeine Frauensache. Nein, falsch: eine Frau-Bengtsson-Sache, und ihre Erklärung würde ihn auch nicht klüger machen. Deshalb sagte er: »Schön, dass du wieder wie ein normaler Mensch redest. Das war ziemlich anstrengend gestern.«
Sie lächelte, nahm eine Tasse Kaffee und tischte Käse auf.
»Also, heute Nacht warst du mehr als einmal sehr zufrieden, als ich ›O Gott‹ gestöhnt habe.«
Er strich sich ein Käsebrot. »Ich nehme an, dass ich in diesem Fall Gott war?«
»Vermutlich«, antwortete sie gereizt. »Es reicht doch wohl, den Namen des Herrn einen ganzen Tag lang zu missbrauchen, oder? Ich meine, gesündigt ist gesündigt.«
»Heißt das, dass ein Tag Wollust auch schon genug ist?«
»Wahrscheinlich.«

»Ja, ja. Wie gewonnen, so zerronnen«, seufzte Herr Bengtsson, lachte und schlug die Zeitung auf.
Bevor Herr Bengtsson zur Arbeit fuhr, entschieden sie, dass sie am Samstag zu Oves Fest gehen wollten. Er wollte noch heute persönlich zusagen, und Frau Bengtsson sollte ein Geschenk besorgen. Irgendwie störte sie der Gedanke, buddhistisches Zubehör zusammen mit einem Geburtstagsgeschenk zu kaufen. Sie wusste bloß nicht genau, warum. Sie küsste ihn an der Tür und winkte ihm nach, als er die Straße hinabfuhr. Sie mochte ihren Mann sehr. Das mit dem Ehebruch würde ihr schwerfallen, sah sie ein, schob den Gedanken aber auf, bis es so weit war. Dann ging sie ins Haus zurück und duschte.

Es gab Tage, und es gab Tage. Aber dank Beggos lebhafter Phantasie waren sogar die ganz normalen, stinklangweiligen Tage ein Abenteuer. Dieser Freitag jedoch war definitiv ein Tag.

Er hatte sich gerade darüber geärgert, dass immer mehr Straßen auf seiner Runde asphaltiert wurden, wodurch seine filmreifen Bremsmanöver und Starts mit der Gelben Gefahr sabotiert wurden. Mit diesen Gedanken kam er um die Ecke gefahren, zu allem bereit.

Dachte er.

Doch so geht es wohl den meisten Freizeitphantasten. Sie sehen in ihrem Phantasieleben eine Bestätigung, dass sie anders sind. Und wenn tatsächlich etwas Phantastisches geschieht, sind sie wehrlos.

Die Witwe stand an ihrem Briefkasten. Gut so. Heute hatte er einen schmutzgelben, offiziell aussehenden und wattierten Umschlag für sie und wollte sich gerade eine Geschichte ausdenken. Er fuhr neben ihr vor, und kurz bevor die Beine der Witwe aus seinem Sichtfeld verschwanden, fiel ihm auf, wie sehr sich ihre rosa Pantoffeln mit dem widerwärtigen orangefarbenen Hemd bissen.

Es begann damit, dass er einfach stehen blieb und die Scheibe hinunterkurbelte. Die Reifen hatten nicht gequietscht, er

war zu vorsichtig gewesen. Immerhin, am Straßenrand stand ein Passant, und was hatten sie ihm in der Fahrschule eingeprägt? »Autos sind hart, Fußgänger weich.«
Phantasielos.
»Erst gurten, dann starten« gefiel ihm viel besser. Es war melodischer. Wie auch immer. Er hielt an, frustrierend lautlos, und rollte die Scheibe hinunter. Aus irgendeinem Grund folgte die Witwe nicht seinen Regieanweisungen. Sie sollte ihn ansehen, ihn lächelnd begrüßen und etwas Nettes sagen. Aber sie stand nur dort und starrte verbissen die Straße hinunter. Als wäre Beggo unsichtbar. Er räusperte sich.
Nichts.
In seiner Verwirrung vergaß er, einen passenden Schlagertext zu zitieren, und sagte nur: »Hallo? Was tun Sie denn da?«
Sie antwortete, ohne ihn anzusehen: »Ich beneide diese blöden Typen da drüben, die nie ihr Außenlicht ausmachen.«
»Warum?«, fragte Beggo höchst erstaunt.
»Das ist ein Projekt«, antwortete die Witwe und starrte ein paar Sekunden weiter. Dann sagte sie plötzlich: »So. Jeden Tag ein bisschen davon, und der Punkt dürfte abgehakt sein.« Dann endlich sah sie ihn an.
Er suchte und suchte in seinem Schlagervorrat, aber alles, was ihm einfiel, war »Albatros« – und damit konnte er ja nicht antworten.
Oder doch? Er begriff nämlich nicht, worüber sie redete. Er summte sich im Stillen durch den Text.
»Du fliegst hoch über fremde Länder?«, versuchte er.
Die Witwe lachte. »Ja, Beggo, das kann man wohl sagen. Du triffst immer den Nagel auf den Kopf.«
Beggo war zufrieden; die Phrase war anwendbar. Nicht dass er verstanden hätte, worüber sie redete, aber offenbar verstand *sie* ihn.

Auf der anderen Straßenseite saß Yersinia auf Rakels Briefkasten, leckte sich die rechte Vorderpfote und hörte dem Gespräch zu, ohne es zu verstehen. Die Frau mit den schönen Schienbeinen und den wohlduftenden Füßen stand vor einem großen, gelben Biest. Das Biest hatte jemanden verschlungen, aber das schien ihm nichts auszumachen, denn er redete ganz normal und ruhig mit der Frau. Yersinia schleckte die andere Pfote und beobachtete neugierig das Schauspiel.

Der Verschluckte holte etwas aus dem Magen des Biestes und reichte es der Frau, wobei seine Vordertatze ihre berührte. Sofort roch das Kätzchen die erhöhte Menge Pheromone. Für ein Tier mit so scharfem Geruchssinn wie Yersinia war es völlig klar, dass der Verschluckte sich mit der Frau paaren wollte. Warum er sie nicht einfach fest in den Nacken biss und zur Tat schritt, begriff das Kätzchen nicht, zumal das Weibchen sehr gewillt schien.

Wie ein Stromstoß durchfuhr es Frau Bengtsson, als ihre Hand Beggos berührte. Natürlich. Was könnte besser zu einer Hausfrau passen, wenn sie schon ihren Mann betrügen musste, als es mit dem Briefträger zu tun? Frau Bengtsson überlegte gar nicht erst, ob Beggo willig war oder nicht; den Mann hatte sie noch nicht getroffen, den sie nicht verführen konnte. Und plötzlich sah sie ihn in einem anderen Licht. Er war nicht mehr Beggo, der Briefträger, sondern Beggo, *der* Briefträger. Sie bemerkte seine schlanken Finger und die gepflegten, etwas ovalen und sinnlich gewölbten Fingernägel. Wie würde es sich wohl anfühlen, ihm mit den Fingern durch die dichten schwarzen Locken zu fahren? Beggo war schlank und groß und doch muskulös. Fremdling, was versteckst du unter deinen Kleidern?, dachte sie und konnte sich kaum noch beherrschen. Ein schokoladenfarbener Krieger aus der Savanne.

Ja, die Phantasie funktionierte, signalisierte ihr Körper und stieß eine Wolke von Pheromonen aus. Yersinia war so überrascht, dass sie vergaß, ihre Pfote zu lecken.
»Geht es Ihnen gut?« Beggo hatte den Umschlag losgelassen, aber die Witwe beugte sich weiter in den Wagen und betrachtete ihn. Seltsam, irgendwie sah sie ihn viel gründlicher als sonst an, ihr Blick schien voller Begierde, aber gleichzeitig fern. Ihr Hemd hing nach vorne, und er musste sich beherrschen, ihr nicht in den Ausschnitt zu schauen. Beggo war gut erzogen, so etwas tat man nicht. Als es unerträglich wurde, stellte er seine Frage.
Ihr Blick wurde wieder heller, als wäre sie in ihren Körper zurückgekehrt.
»Was? Doch, Beggo, es ist alles in Ordnung. Entschuldige bitte, ich musste einfach deinen Teint bewundern.« Sie streckte eine Hand in den Wagen und streichelte ihm mit dem Handrücken über die Wange. Beggo war wie versteinert vor Schreck – die beste Voraussetzung für eine Verführung, dachte Frau Bengtsson. »Du bist ein fescher Mann, hab ich dir das schon mal gesagt?«
»Ich?« Er räusperte sich. »Ich. Sie …« In diesem Moment ging es mit ihm durch. »Wer bin ich, und wer bist du?«
»Ja, die Frage ist berechtigt«, sagte die Witwe und lachte. »Komm doch mal auf einen Kaffee zu mir rein.« Sie zwinkerte ihm zu und trat einen Schritt zurück.
Voller Angst und verrückt vor Gefühlen startete Beggo den Wagen und fuhr an zwei Häusern vorbei, bevor ihm einfiel, dass er Post austragen sollte. Er hielt an. Zurücksetzen wollte er nicht, falls die Witwe noch zusah, also wartete er. Und grübelte. Im Stillen sang er weiter: »Du und ich sind immer wir, ob du dort bist oder hier.«

Frau Bengtsson war erleichtert. Sie schämte sich ein wenig, war aber gleichzeitig erregt. Nie war sie untreu gewesen, aber der Reiz des Verbotenen lockte. Sie fühlte sich unerhört weiblich, und als sie aufblickte und Yersinia wie eine perfekte Statue auf dem Briefkasten gegenüber sitzen sah, fiel es ihr plötzlich auf. Weiblich. Das war es, was falsch an dem Hemd war und warum sie keine Buddhafiguren und Räucherstäbchen kaufen wollte.

»Miau«, sagte Frau Bengtsson zu dem Kätzchen.

»Ja, genau. Miau«, antwortete das Kätzchen munter.

»Bastet«, flüsterte Frau Bengtsson, und Yersinia streckte den Rücken und spitzte die Ohren. Sie erkannte sehr wohl ihren Namen aus einer anderen Welt und einer anderen Zeit. Bastet. Sie begann hemmungslos zu schnurren, und Frau Bengtsson tat es ihr fast nach. Endlich war es ihr eingefallen. Sie brauchte keinen anderen Gott neben Ihm zu suchen, weil sie schon immer einen gehabt hatte. Sie hatte es bloß vergessen.

Als sie ins Haus zurückkehrte, fiel ihr Blick geradewegs auf die zwei giftgrünen Katzenfiguren auf der Fensterbank im Wohnzimmer. Herr Bengtsson hatte versucht, ihr den Kauf auszureden. Sie waren ja aus Stein! Und sicher nicht besonders stabil. Sollten sie wirklich kiloweise Stein über den halben Globus schleppen, um daheim nur Bruchstücke auszupacken? Aber sie hatte insistiert.

Sie nahm eine der beiden und wischte verschämt die Staubschicht ab, die sich zwischen den Katzenohren angesammelt hatte. Die Figuren waren nicht besonders gut gepflegt, aber immer noch andächtig schön. Jede von ihnen hielt ein Stück Kobra zwischen den Vorderpfoten.

Sayid, ihr ägyptischer Reiseführer und zweifelsohne Ägyptens fröhlichster Mann, hatte ihnen von der Katzengöttin Bastet erzählt. Sie war die Göttin des Weins und der Liebe, und ihre Verehrer hatten der Nachwelt haufenweise mumifizierte Katzenleichen hinterlassen. Eine Stadt, Bubastis, war so angetan von der rätselhaften Frau mit dem Katzenkopf und ihrer ständigen Begleiterin, der Kobra, dass sie Ruhm als Kultstätte erlangte. Herodot schrieb, dass ihre Bewohner im Fall eines Brandes zuerst ihre Katzen retteten und dann ihr Eigentum. Und das nicht nur in Bubastis. Die Katze war im gesamten Reich heilig. Im *Ägyptischen Totenbuch* – einem mythenumwobenen Werk – wird sie als Tier der Sonnengöttin abgebildet. Aber das war lange her, erzählte Sayid. Der moderne Ägypter sah in Bastet nicht mehr die Katze. »Bastet the Housewife« hatte der Reiseführer sie genannt. Vielleicht war das der Grund, warum Frau Bengtsson so fasziniert von ihr war. Nie zuvor hatte sie von einem göttlichen Wesen gehört, das der Hausfrau gewidmet war, aber sie fand, dass es an der Zeit war. Liebe und Wein – das spiegelte ihr Dasein.

Herr Bengtsson hatte sich damit abfinden müssen (als sie den Laden verließen, schüttelte der Verkäufer betrübt den turbanbekleideten Kopf über das Unvermögen der westlichen Männer, ihre Frauen zu kontrollieren, bevor er die frisch verdienten Banknoten zusammenrollte und vergnügt lächelte) und vor der Heimreise die zwei Statuetten vorsichtig in Handtücher gewickelt.

Hier standen sie nun, unversehrt und giftgrün. Ein Symbol der Selbstanbetung. Natürlich hatte sie schon einen Gott neben Ihm. Eine Göttin, genauer gesagt.

»Das ist auch eine Frage der Gleichstellung«, konstatierte sie zufrieden, trug die Katzen in die Küche und spülte sie, bis sie ihren Glanz wiederhatten. Dass Bastet auch eine Fruchtbarkeitsgöttin war, ignorierte unsere Hausfrau geflissentlich. Perfekt! Die Bewunderung, die sie für Gott gehegt hatte, ließ sich ohne weiteres auf diese Bastet übertragen.

Als außenstehende Betrachterin fand Yersinia, dass Frau Bengtsson Bastets wichtigsten Aspekt außer Acht gelassen hatte. Genau wie Rakelsatan wusste sie, dass die Göttin ursprünglich eine Löwengöttin gewesen war. Die Göttin der Rache. Im Lauf der Jahre wurde diese Eigenschaft auf eine andere Göttin, Sachmet, übertragen. Die Ägypter nannten sie die dunkle Seite der Bastet. Aber das war bloß die wirre Phantasie der Menschen. Bastet war Bastet, und keiner konnte behaupten, dass Frau Bengtsson nicht von dem Gedanken an Rache getrieben war. Er erfüllte sie so sehr, dass er fast zur Religion wurde.

Als die Katzenfiguren sauber waren und sie das schreckliche Hemd ausgezogen hatte, holte sie das Fotoalbum von der Reise hervor und verbrachte ein paar Stunden im Ägypten ihrer Erinnerung.

Sie saß am Fuß der Memnonkolosse, schritt durch eine Sphinxallee in Karnak und stand stumm vor Staunen vor der Cheopspyramide oder dem Tempel in Abu Simbel.

Wie hübsch und schlank ich war, dachte sie und blätterte weiter.

Auf einem Foto ergriff eine Hundertschaft Störche die Flucht, auf einem anderen schaute Frau Bengtsson verträumt über die Fluten des Nil, und ganz hinten im Album klebten Bilder von den vielen Katzen, die sie auf der Reise gefüttert hatte. Katzen. Na also. Das war ein handfester Beweis. Bastet. Sie war zweifellos ihre Göttin.

Bastet. Ja, das ist völlig klar«, gab Rakelsatan zu und war tief beeindruckt von der Hausfrau. Nun brauchte er ihr keinen anderen Götzen aufzuzwingen, den sie womöglich nur halbherzig angebetet hätte. Er ärgerte sich, dass er nicht selbst auf die Idee gekommen war.

»Ja, und praktisch ist es auch. Ich habe ja schon die Statuen. Kein Plastikramsch, sondern echte Steinkatzen aus Ägypten. Dass ich nicht schon vorher darauf gekommen bin!«

»Was? Dass du einen ägyptischen Glauben hast? Wie hättest du das wissen können?«

»Wenn ich das erzähle, wirst du mich nur auslachen.« Frau Bengtsson war verlegen und schüttete Milch in ihren Kaffee.

»Ich? Niemals! Wie kommst du darauf?«

»Okay. Aber du musst versprechen, nicht zu lachen.«

»Ich verspreche hoch und heilig, dass ich nicht lachen werde«, sagte der Teufel feierlich und legte Rakels Hand auf Rakels Herz.

»Im Grunde habe ich immer gewusst, dass ich eine besondere Verbindung zu Ägypten habe. Jedenfalls seit wir dort waren.«

»So?«

»Ja, ich habe es gleich nach der Landung gespürt, als die

Motoren noch heulten und ich hinaus in die flimmernde Hitze trat. Und als meine Zehen im heißen Sand versanken, dachte ich: Endlich.«

»Wirklich?«

»Ja, ich hatte das Gefühl, nach Hause zu kommen. Ich fühlte, dass ich heimatlichen Boden betrat, und das ist ja eigentlich total verrückt. Meine Vorfahren stammen definitiv nicht aus Ägypten. Wir stammen von Wallonen ab, jedenfalls hat das Mama immer gesagt.«

»Wie seltsam.«

»Ja, nicht? Meinem Mann habe ich damals nichts gesagt, er findet sowieso schon, dass ich nicht ganz bei Trost bin. Aber das Erlebnis war so intensiv, dass ich beinahe geheult hätte. Daheim! Plötzlich war mir klar, wie sehr ich diese Heimat vermisst hatte, ohne es zu wissen. Als hätte mir immer etwas gefehlt, und nun wusste ich, was es war.«

»Aber wie kann das sein?«, fragte der Teufel verwirrt.

»Ich war mit einem Mal überzeugt, dass ich in einem früheren Leben in Ägypten gelebt hatte. In einem Leben, das noch nicht ganz aus meiner Seele verschwunden war.«

Du bist wirklich nicht ganz bei Trost, dachte Rakelmirakel. Reinkarnation war eine Erfindung der Menschen, die frustriert waren, weil sie nur ein Leben hatten, um alles richtig zu machen. Das Dasein war kein Computerspiel mit mehreren Leben, leider. Nach dem einzigen Leben bekam man, was man verdiente, und das war's. Rakel aber sagte: »Wow, das ist spannend.«

»Ja, nicht wahr? Ich würde wahrscheinlich selbst lachen, wenn mir jemand so was erzählt, aber das Gefühl war so stark, dass ich es nicht ignorieren konnte.« Sie machte eine Pause und trank einen Schluck Kaffee. »Im weiteren Verlauf der Reise bekam ich immer wieder bestätigt, dass ich

schon einmal dort gelebt hatte – und rate mal, mit wem!«, sagte Frau Bengtsson verschlagen.
»Sag schon.«
»Also, zu diesem mysteriösen Heimatgefühl kam hinzu, dass die Leute mich dauernd Nofretete nannten. Alle! Verkäufer, Frauen, die am Straßenrand saßen, der Reiseführer, sogar der Koch auf unserer Nilkreuzfahrt, alle nannten mich so. Gut, dachte ich, es könnte eine Bezeichnung für eitle Frauen sein. Schließlich gilt Nofretete als schönste Frau aller Zeiten. Vielleicht war es nur billige Anmache.«
»Ja, das ist gut möglich«, sagte Satan beruhigt.
»Aber wie sehr ich auch versuchte, das Gefühl zu verdrängen, dass ich zur Pharaonenzeit dort gelebt hatte, was in Kairo geschah, konnte ich nicht ignorieren.«
»Was geschah dort?«, fragte der Teufel wohldressiert.
»Also: Wir waren zwei Tage dort, und am zweiten Tag wollten wir in das große Museum gehen. Ich hatte Schmetterlinge im Bauch, die Vorfreude war noch größer als am Tag zuvor bei den Pyramiden von Gizeh. Die waren eine einzige Enttäuschung. Ich war überhaupt nicht beeindruckt, oder jedenfalls haben sich meine Erwartungen nicht erfüllt. Okay, sie waren riesig, der Reiseführer hielt einen interessanten Vortrag, und der Gang in die Grabkammer war echt spannend. Da sieht es übrigens gar nicht aus wie im Film. Es ist eng, schmutzig und stockdunkel. Man muss geduckt gehen und die Arme ausstrecken, um nicht mit seinem Vordermann zusammenzustoßen. Es ist wie in einem rußigen Schornstein, und vor dir sind immer andere. Es wimmelt nur so von dicken, verschwitzten Touristen in diesen Pyramiden. Und heiß ist es. Na ja. Die Sphinx hat mich viel mehr beeindruckt. Sie war mystisch, aber sobald man sich umdrehte und den Pizza Hut ein paar Meter weiter sah, war alle Mystik verschwunden. Ich war ziemlich sauer.

Aber am nächsten Tag im Museum! Wir liefen herum und hörten unserem Führer zu. Der Rosetta-Stein, die Revolution der abbildenden Kunst unter Echnaton, Tutanchamuns zartes Alter, als er an die Macht kam. Dann kamen wir in einen besonderen Raum.« Frau Bengtsson legte eine Kunstpause ein, trank Kaffee und zündete sich eine Zigarette an. »Es war ein großer Raum voller steril beleuchteter Glaskästen. In jedem Kasten lag der schmutzig braune, schrumpelige Überrest eines Menschen und wand sich im kalten Licht. Ich runzelte nur die Stirn über das erstarrte Grinsen der Mumien, die stramme, lederartige Haut auf den Schädeln und die starren, klauenartigen Finger. Aber dann, beim letzten Glaskasten, brach ich plötzlich zusammen.«

»Du bist zusammengebrochen?«

»Ja, ich brach in Tränen aus und wusste nicht, warum. Die Mumie in dem Kasten sah aus wie jede andere – ausgetrocknet, geschrumpft und kaum als Mensch zu erkennen –, aber bei ihrem Anblick überkam mich grenzenlose Trauer. Und dann heftige Liebe. Ich heulte wie blöd. Mein Mann fragte natürlich, was mit mir los war, aber in diesem Moment ging mir nur eins durch den Kopf, wieder und wieder, und das sagte ich dann.«

»Was denn?« Satan war von ihrer Geschichte fasziniert.

»Es war sehr merkwürdig und ziemlich peinlich, aber ich dachte die ganze Zeit: ›Wie unwürdig. Mein Vater und Geliebter, aus seiner majestätischen Ruhe gerissen.‹ Und dann musste ich noch mehr heulen.«

»Heilige Scheiße«, sagte Satan.

»Du sagst es. Aber richtig Gänsehaut bekam ich erst, als ich zum Namensschild kam.«

»Und wer war es?«

»Ramses der Zweite. Nofretetes Mann.«

»Aber … war er ihr Mann *und* ihr Papa? Das hätte ich nicht gedacht.«
»Ich habe später den Führer gefragt, er sagte, dass es ein korrekter Ausdruck sei. Der Pharao wurde als Vater des ganzen Landes angesehen, es war also nicht ungewöhnlich, ihn mit ›Vater und Geliebter‹ anzureden.«
»Heilige Scheiße«, wiederholte Satan aufrichtig beeindruckt. Konnte es sein, dass Gottes Schöpfung Geheimnisse barg, die die Engel nicht kannten? Frau Bengtssons Geschichte hörte sich jedenfalls so an. Er war etwas beunruhigt.
»Ja, wenn du wüsstest, wie peinlich das war, in aller Öffentlichkeit im Museum zu heulen, aber ich konnte nicht anders, ich war einfach entsetzt. Man hatte meinen Geliebten und Vater ausgegraben und zur Schau gestellt. Und ich fühlte leidenschaftliche Liebe, durch und durch, für den verdorrten Menschenrest, der da mit einem ewigen Grinsen auf den Lippen lag. Ich wollte die Vitrine einschlagen und ihn umarmen, zu seinen Füßen trauern und die steifen Hände küssen. Es war total verrückt. Mein Mann musste mich aus dem Raum schleppen, meine Beine zitterten, ich konnte kaum laufen.«
»Wie wunderbar verwunderlich«, rief der Teufel. Selbst für ihn und seinesgleichen gab das Leben noch Rätsel auf.
»Ja, verwunderlich und verrückt. Ich kriege Gänsehaut, wenn ich nur darüber rede, schau!« Sie hob den Unterarm und deutete auf die zarten Härchen, die sich sträubten. »Sogar jetzt spüre ich diese Trauer und diese Liebe. Sie ruht unter der Oberfläche und wartet darauf, dass ich ihr freien Lauf lasse. Das ist total unheimlich, aber irgendwie auch klar. Aus diesem Grund habe ich mich für Bastet entschieden.«
Rakelsatan lachte. »Ja, jetzt verstehe ich, es war eine natür-

liche Wahl. Bist du der Sache nie näher auf den Grund gegangen?«

»Nein, ich habe mich nicht getraut. Aus verschiedenen Gründen. Erstens fand mein Mann – und, ich denke mal, die meisten anderen auch –, dass ich völlig durchgeknallt war, und zweitens habe ich so meine Probleme mit der Reinkarnation. Nicht mit dem Phänomen an sich, aber ich ärgere mich über Leute, die behaupten, sie seien die Reinkarnation irgendwelcher berühmten Personen. Wenn die alle recht hätten, wie viele Marie-Antoinettes hätte es dann gegeben? Glaubt man dann selbst, man sei Nofretete gewesen, ist das irgendwie lächerlich. Plötzlich war ich selbst so ein Narr, den alle auslachten. Außerdem weiß ich nicht, ob ich noch einmal solche Trauer ertragen kann, und dazu könnte es ja kommen, wenn ich tiefer grabe.«

»Ja, das könnte stressig werden«, stimmte Satan zu.

»Aber Bastet kommt mir richtig vor«, freute sich die Hausfrau und drückte ihre Zigarette aus. »Und weißt du was, ich hab noch einen mehr!«

»Einen was?«

»Einen Götzen«, kicherte sie schelmisch.

»Noch einen?«

»Ja, ich hab mich sozusagen doppelt abgesichert. Mein Mann hat sich zwar über die Verschwendung beklagt, aber damit muss er leben. Ich hab ein paar Hunderter eingerahmt und an jeder Wand einen aufgehängt.«

»Ah, Mammon«, sagte der Böse und grinste zufrieden.

»Ja, genau. Wer betet ihn nicht an?«

Perfekt, dachte Satan. »Tja, man kann wohl sagen, dass du das erste Gebot erfolgreich gebrochen hast«, sagte er und setzte Rakel einen besorgten Gesichtsausdruck auf.

»Ja, und das zweite auch. Es sollte wohl reichen, den Namen des Herrn einen ganzen Tag lang zu missbrauchen?«

»Das will ich meinen. Gebrochen ist gebrochen, vor allem wenn man hinterher nicht um Verzeihung bittet. Aber wenn du ganz sicher sein willst, solltest du es ab und zu wiederholen. So schwer ist das ja nicht.« Er sah die Hausfrau an. »Aber sei so nett und lass es bleiben, wenn ich in der Nähe bin«, fügte er hinzu und war sehr zufrieden mit sich.

Frau Bengtsson lachte. »Natürlich, Rakel. Du sollst nicht leiden, bloß weil ich Gott lästern will.«

Der Teufel stimmte ein. »Danke, das ist lieb von dir.«

An diesem Freitag ließ Frau Bengtsson pflichtschuldig ein paar »Herrgott« oder »Jesus« fallen, und beim Aufstehen sowie vorm Schlafengehen zündete sie Räucherstäbchen vor ihren Bastetstatuetten an und betete die Katze von ganzem Herzen wie einen Gott an – zu Yersinias größter Begeisterung.

Aber Liebling, du siehst wunderbar aus.« Herr Bengtssons Versuch, seine Frau aufzumuntern, hätte vielleicht funktioniert, wenn seine Schultern nicht gleichzeitig vor Lachen gebebt hätten. Er kicherte zwar nur durch die Nase, aber das machte es auch nicht besser.

Und sie war wirklich hübsch, Frau Bengtsson. Mit ihrem rotbraunen Haar und ihrem noch röteren, langen Kleid aus Kunstseide (wer sie fragte, bekam natürlich die Auskunft, es sei echte Seide und nichts anderes) und einem passenden Schal über den Schultern.

Herr Bengtsson sah etwas anderes und ging kurz fort.

Doch, schön war sie immer. Als er zurückkam, setzte er ihr einen dreieckigen, feuerroten Papphut auf, und hätte Frau Bengtsson nicht auch Haut gezeigt, sie wäre rundum knallrot gewesen.

»So, jetzt bist du fertig«, sagte er und kicherte ungeniert. Der Gastgeber kam, um sie zu begrüßen.

»Verdammt, wie konnte ich bloß vergessen, dass es ein Krebsfest ist!«, sagte sie verkniffen. »Ich seh ja selbst wie ein Krebs aus … Hej, Ove!« Sie gab dem Geburtstagskind links und rechts einen Wangenkuss. Beide Male trafen ihre Lippen nur Luft, und sie fühlte sich äußerst weltgewandt. Bis Ove ihrem Mann die Hand gab und sagte: »Willkommen! Ich muss schon sagen, die leckersten Krebse liegen nicht auf dem Teller heute Abend.« Er zwinkerte ihr zu, und sie wollte sofort nach Hause, sich umziehen. Von wegen weltgewandt. Gehe zurück auf Los.

»Ach, stell dich nicht so an, du siehst wunderbar aus«, sagte Herr Bengtsson, als der Gastgeber seine Begrüßungsrunde fortsetzte. »Ove ist nun mal ein bisschen … ja, du weißt ja, wie er ist. Kümmer dich nicht drum.« Dieses Mal unterdrückte er das Kichern erfolgreich, und Frau Bengtsson beruhigte sich und begrüßte die anderen Frauen.

Das rote Kleid gehörte zum Plan, denn heute stand Hochmut auf dem Programm. Eigentlich fand sie, dass ihr neues Projekt an sich schon genug von dieser Todsünde beinhaltete, aber eine Extraportion Eitelkeit konnte ja nicht schaden. Auf ihr Aussehen war sie gern stolz, äh, hochmütig.

Nun konnte man fast sagen, dass ihr Plan fürs Erste fehlgeschlagen war. Dank Oves Kommentar bemerkten auch die anderen gewisse Parallelen zwischen ihrem Outfit und einem gekochten chinesischen Flusskrebs. Wie konnte sie nur so dumm sein, es hatte in der Einladung gestanden, dass es eine Krebsparty war und dass die Gastgeber für alles sorgen würden, was dazugehörte: Erfrischungen, Lätzchen, Papphüte und andere Scherzartikel.

Frau Bengtsson hatte nichts dagegen, ein wenig albern auszusehen, es gehörte ja dazu. Ein lustiger Hut, ein Lätzchen mit einem witzigen Bild, vielleicht sogar eine Pappnase. Aber das hier war etwas ganz anderes. Bodenlanges, knallrotes Kleid. Roter Schal. Und rotes Haar. Auf einem Krebsfest.

Sie versuchte, das Unbehagen abzuschütteln, indem sie den Begrüßungstrunk, den man ihr unter die Nase hielt, in einem Zug hinunterstürzte und sich gleich einen neuen nahm. Sofort fühlte sie sich besser und richtete keck den

Hut. Na gut, dann war sie eben ein Krebs. Aber ein sexy Krebs! Als sie losgefahren waren, hatte ihr Mann gesagt, sie sehe wie Jessica Rabbit aus.

Bitte schön. Jessica Flusskrebs, zu Ihren Diensten, dachte sie, feixte und setzte ihre Begrüßungsrunde selbstsicher fort.

Die anderen Frauen waren wohlerzogen genug, um Frau Bengtssons Ähnlichkeit mit einem Schalentier nicht zu kommentieren. Mit herzlicher Routine erwiderten sie die Luftküsse. Um ehrlich zu sein, waren sie alle ein wenig zu fein gekleidet für ein Krebsfest – in bester Vorstadtmanier –, und vielleicht waren ihre Farbkombinationen auch nicht glücklicher. Sie standen in Reih und Glied unter den bunten Lampions im Garten, und als Ove an sein Glas klopfte und alle willkommen hieß, hielt Frau Bengtsson bereits den dritten Willkommenstrunk in der Hand und fühlte sich entsprechend willkommen.

Herr Bengtsson stand am anderen Ende des Gartens und probierte ein Ding aus, das die Männer Trainingsgerät und die Frauen Spielzeug nannten – ein tragbares Putting Green –, und schwatzte mit jemandem, den sie vage als Verkäufer aus der Autofirma wiedererkannte. Als er sich konzentriert vorbeugte und den Schläger neben dem Ball pendeln ließ, kam eine kleine Speckfalte über dem Gürtel zum Vorschein, als wolle sie neugierig die Welt betrachten. Ein Wohlstandsröllchen, gut versteckt unter dem Hemdzipfel, aber trotzdem. Sie trank noch einen Schluck und begann sich zu ärgern. Wie konnte er sich erlauben, sich über ihr Aussehen lustig zu machen? Er wusste doch wohl, dass er nach oben geheiratet hatte, was das Aussehen anging, und nicht sie? Dass seine liebe Frau immer noch der Kategorie »Schöner Mensch« angehörte, während er mit den Jahren vom hübschen Kerl zum ordinären Bauchträger geworden war? Fast schon zum alten Mann. Sie machte einen unfreiwilligen Knicks, weil ihr Absatz im weichen Gras einsank. Doch, das musste er zugeben, dachte sie. Aber der Zorn, der sich angekündigt hatte, blieb aus, und ihr war seltsam zumute. Eigentlich machte Herr Bengtsson ihr oft Komplimente, und im Gegensatz zu ihr war er nie eitel. Wahrscheinlich lag er über dem Durchschnitt, was die verbale Wertschätzung ihres Aussehens anging, auch wenn seine Worte nie besonders lang oder besonders poetisch waren. Manchmal machte er ihr auch wortlose Komplimente, die aus Grunzen, Pfeifen oder einer Hand auf ihrem Hintern bestanden. Aber übersetzt bedeuteten sie alle dasselbe. Warum war sie sauer auf ihn und sein Speckröllchen?

Das hat etwas mit Abstand zu tun, hörte sie sich selbst denken, als sich Oves Willkommensrede dem Ende näherte. Du sollst nicht ehebrechen … wie soll ich das schaffen, wenn ich mich nicht von ihm distanziere? Wieder sah sie ihren Mann an, dessen Ball gehorsam in das kleine Loch rollte. Ein grünes Lämpchen leuchtete als Bestätigung seines Erfolges auf, er streckte die Faust in die Höhe, dann klatschten er und der Autoverkäufer die Hände in der Luft zusammen. Er ließ den Blick durch die Menge wandern und suchte seine Frau, küsste den Golfschläger und blies den Kuss in ihre Richtung. Er freute sich wie ein Höhlenmensch: Er, Herr Bengtsson, hatte den kleinen, weißen Plastikball bezwungen und in seine Höhle verwiesen, und seine Frau hatte ihm dabei zugesehen. Er grinste breit und prostete ihr zu. Sie prostete zurück und lachte.

Aber wie kann ich mich von ihm distanzieren?

»… Und nun, meine Damen und Herren, Applaus für die Ehrengäste des Abends!« Ove beendete seine Rede mit einer großen Geste in Richtung der riesigen Platte, die auf sein Kommando herausgetragen und aufgetischt wurde.

Es war eine gigantische Silberschüssel voller Krebse. Zehn Kilo, schätzte Frau Bengtsson, und das schätzten auch die zwei armen Kerle, die das Ganze trugen. Frau Ove, die unserer Frau in puncto Hausfrauentum in nichts nachstand, hatte darauf geachtet, dass die untere Schicht Krebse symmetrisch verteilt war und die Scheren wie ein festlicher Volant über die Kante hingen. Ein Volant aus totem Fleisch. Ob die Krebse dies festlich fanden, fragte keiner.

Die Gäste stießen laute »Ooohs« und »Aaahs« aus, als die Platte abgestellt wurde.

»Ja, gebt ihnen ein warmes Willkommen, lasst es euch schmecken und seht zu, dass sie sich im Magen mit ihrem speziellen Freund vereinen. Krebse lieben Schnaps!« Ove lachte über sich selbst, hieß die Gäste noch einmal willkommen und brachte einen Toast auf alle Anwesenden aus. Frau Bengtsson toastete artig zurück. Unter Oves Partyhut rann ein Schweißtropfen hervor. Er wischte ihn mit der Krawatte ab und zwinkerte Jessica Krebs zu.

Das fiel ihr natürlich auf.

Warum sollte sie sich von Herrn Bengtsson distanzieren? Das hatte er wirklich nicht verdient. Sie wollte es nicht und bezweifelte, dass sie es je tun könnte.

Warum soll ich es mir schwerer machen, als es schon ist?, dachte sie und sah ein, dass ihr Kalkül nicht aufging. Ehebruch ist es wohl trotzdem, auch wenn man den verachtet, mit dem man … es tut? Auch wenn man nur fickt, ohne es wirklich zu wollen? Jedenfalls akzeptiert keiner die Entschuldigung, dass es nichts bedeutet. Dann ist es auch nicht die Voraussetzung dafür, dass es als Ehebruch zählt? Sie entschied, dass dem so war, und prostete dem frischgebackenen Vierzigjährigen zu.

Nein, untreu wollte sie nicht sein. In ihrer Welt war dies kompliziert und gefühlsbeladen, eine Bedrohung der eigenen Verhältnisse. Aber nun war ihr der Trick eingefallen, der es viel leichter machte: Bloß, weil es Gott so viel bedeutet, muss es mir ja nichts bedeuten. Augen zu und durch, ohne jedes Lustgefühl, ohne Engagement. Ja, so werde ich es tun.

Sie folgte dem Strom zu Tisch und bemerkte zufrieden, dass Herr und Frau Ove das Ehepaar Bengtsson in nächster Nähe plaziert hatten. Das bekräftigte ihren Status, und die Anordnung würde ihren Plan erleichtern. Oder …? Zumindest wollte sie die Lage peilen. Tief im Bauch spürte sie ein erwartungsvolles Kitzeln, aber sie machte sich keine Vorwürfe – Abenteuer war Abenteuer.

Beim Essen entdeckte sie zwischen Krebssuppe und Schnaps die kleinen Tricks wieder, die eine Frau in ihrer Flirtschublade hat. Tricks, die sie lange nicht mehr angewendet hatte. Jedenfalls nicht die lustigsten. Freilich führte unser Hausbesitzerpaar eine gute Ehe – besser als der Durchschnitt, wie beide noch dachten. Und dass sie so dachten, zählte viel mehr als die tatsächlichen Verhältnisse. Nach neunzehn Jahren Ehe wusste Herr Bengtsson, wann seine Frau Interesse hatte, zumindest sollte man dies annehmen. Die Trickkiste war also ein wenig eingerostet. Außerdem erschwerte der Anlass die einschlägigen Gesten. Jedes Mal wenn sie sich durch die Haare fahren oder verführerisch mit einer Locke spielen wollte, musste sie sich beherrschen. Krebsfest gleich Krebssaft gleich stinkende, aufgedunsene Finger. Ein paarmal fiel ihr dies zu spät ein, und sie fühlte sich fischig. Wie auch immer, es schien trotz allem noch zu funktionieren. Frau Ove, die ihr gegenübersaß, schien nichts zu bemerken, vielleicht weil sie selbst eine Art Paarungstanz mit ihrem Tischkavalier vollführte. Es war fast wie Stille Post, allerdings mit schlüpfrigen Absichten. Ich beuge mich etwas tiefer vor, damit mein Ausschnitt zur Geltung kommt – weitersagen. Frau Bengtsson kicherte bei dem Gedanken.

»Was ist denn so lustig?«

Sie zuckte zusammen und drehte sich zu ihrem Mann um, der überhaupt nicht aussah, wie sie erwartet hatte. Er sah aus wie ein Mann, der genau wusste, was seine Frau vorhatte.

»Was meinst du?«, antwortete sie.

»Was tust du da eigentlich?« Er sah sie mürrisch an, und für Sekundenbruchteile schämte Frau Bengtsson sich. Aber dann wurde sie rasch sauer. ›Was tust du da eigentlich?‹

»Hör auf. Ich bin doch bloß nett. Wie alt bist du, siebzehn?«

»Nein, aber man sollte meinen, du wärst es, wie du dich benimmst.«

»Benimmst! Jetzt reicht's mir aber.« Die Köpfe in Frau Bengtssons Nähe wandten sich ihr zu, und sie senkte die Stimme. »Benimmst. Du benimmst dich. Man wird ja wohl noch nett sein dürfen?« Sie streckte die Hand nach einem weiteren Krebs aus und griff zu, ohne nachzusehen. »Da gehen wir ein einziges Mal aus und wollen uns ein bisschen amüsieren. Nach neunzehn Jahren solltest du in Gottes Namen wissen, dass … Auaaa!« Sie schüttelte heftig die Hand – es war der Augenblick, da sie Gottes Namen in den Mund nahm – und schrie so laut, dass sämtliche Tischgespräche verstummten und jeder erstaunt zu ihr herüberstarrte. Alle schwiegen. Alle außer Frau Bengtsson, die weiterschrie und versuchte, den Krebs abzuschütteln, der sich an ihrem Daumen festgebissen hatte, und außer Ove, der in Gelächter ausbrach: »Hihi, so ein Spaß!« Seine Speckfalten schwabbelten vor Lachen. Er stand auf, nahm Frau Bengtssons Hand und öffnete mühsam die Krebsschere. Frau Bengtsson war ebenfalls aufgestanden und sah ihm mit glasigem Blick dabei zu.

»Tadaa!«, rief Ove stolz, als er den Krebs losbekommen hatte. Er hielt ihn in die Luft und winkte triumphierend mit dem armen, schwarzäugigen Tierchen, das nicht wusste, wie ihm geschah. »Mann, war das lustig. Das hab ich im Internet gefunden. Man malt einfach einen lebendigen Krebs mit Nagellack an und legt ihn mit auf die Platte.« Er klopfte sich auf den Schenkel und lachte, und viele stimmten ein. »Du hättest mal dein Gesicht sehen sollen. Herrgott, sah das komisch aus. Es hat doch nicht weh getan?«

Frau Bengtsson massierte sich den Daumen. »Ne ... war halb so schlimm. Aber ich habe mich zu Tode erschrocken. Er sah ja gekocht aus.«

»Ja, genau.« Ove begann wieder zu kichern. Dann hob er sein Schnapsglas: »Auf Frau Bengtsson, ein Prachtkerl – oder soll ich Prachtkerlin sagen? Und auf den Krebs. Prost!« Alle prosteten ihr zu, also nahm sie ihr Schnapsglas und trank mit.

Den Krebs hatte Ove auf den Tisch gesetzt, und er begann eine mühsame Reise. Zuerst krabbelte er bis zur Tischkante, sah in den Abgrund, hielt die Luft an und stürzte sich hinab. Nach einer geglückten Landung streckte er seine empfindlichen Fühler in alle Richtungen aus, bis er einen Teich mit einem kleinen Wasserfall witterte – ein Koi-Teich sogar –, der nur wenige hundert Meter entfernt lag. Zwei ganze Tage lang krabbelte er, bis er endlich ins Wasser glitt.

Die Koi hielten das wunderschöne, knallrote Tier für ein übernatürliches Wesen aus einer anderen Welt, riefen ihn einstimmig zum König des Koi-Teiches aus und teilten großzügig ihr Futter mit ihm. Dort verlebte er den Rest seiner Tage in majestätischem Glanz und klapperte fröhlich mit seinen leuchtend roten Scheren, wenn die Koi ihn darum baten, und nur selten vermisste er seine eigene Art.

Auf der Krebsparty sah Frau Bengtsson ihren Mann an, der prostete und lachte, und als sie sich setzte, sagte er vergnügt: »Siehst du, manche Sünden straft Gott sofort.«
Frau Bengtsson zweifelte keine Sekunde daran, dass er recht hatte. Ihr Daumen war geschwollen. Sie musste einen neuen Plan schmieden. Und wenn es um ihr Leben ginge, niemals würde sie mit Ove schlafen.
Gegen Mitternacht kam ihr Gastgeber angeschlendert (die Schnapsfahne war ihm vorausgeeilt) und stülpte ihr ein Paar rote Grillhandschuhe über die Hände. Er wollte ein Foto machen, um es als Dankeskarte an alle Gäste zu verschicken. Da hatte sie die Nase voll, sagte Herrn Bengtsson, dass sie Kopfschmerzen habe, und bat ihn, ein Taxi zu rufen. Sie schlief während der kurzen Fahrt im Auto ein, und im Traum entschied sie, dass Beggo die weitaus bessere Wahl für einen Ehebruch war.

Am Sonntag, dem heiligsten aller Tage, wachte Herr Bengtsson auf und bemerkte verdutzt, dass seine Frau nicht neben ihm lag. Er horchte, aber das Haus war still. Kein rauschendes Wasser im Badezimmer, keine raschelnde Zeitung in der Küche, kein murmelnder Fernseher im Erdgeschoss. Seltsam. Laut Radiowecker war es zwanzig nach zehn, er hatte also allen Grund, sich zu wundern.

Er setzte sich auf. Die Kleider vom vorangegangenen Abend lagen im Wäschekorb oder waren zum Lüften vor das gekippte Fenster gehängt.

Er hatte es anders in Erinnerung.

Soweit er sich erinnerte, waren die Kleider in einer langen Spur von der Haustür bis zum Bett liegen geblieben. Sie hatten wohl …? Oder etwa nicht? Er betastete sein Geschlechtsteil. Doch, sie hatten. Sex im Suff. Eine lustige Variante, die leider immer seltener vorkam, seit das Erwachsensein sie im Griff hatte. Aber. Sie war also schon aufgestanden und hatte aufgeräumt. Er murmelte etwas Unverständliches, kroch langsam aus dem Bett und schlurfte ins Bad. Wenn er sich vorsichtig bewegte, würde er vielleicht die Kopfschmerzen überlisten, die hinter seiner Stirn lauerten.

Aber als er sich schwerfällig aufs Klo plumpsen ließ, schlugen sie zu, und der Durst begann zu brennen. Es war also wieder so weit. Herr Bengtsson fühlte sich alt. So einen Kater hätte ich früher höchstens nach einer Woche Mallorca bekommen. Als er spülte, bemerkte er, dass es nach frischem Reinigungsmittel roch. Hatte sie sich übergeben? Warum sonst sollte sie am frühen Sonntagmorgen die Toilette putzen?

Er zog den Morgenrock an und rief: »Liebling!«

Stille.

War sie am Ende immer noch sauer, weil er sich über ihren Flirt mit Ove aufgeregt hatte? Frau Bengtsson schmollte selten mehrere Tage am Stück, aber wenn sie es tat, dann war es kaum auszuhalten. Sie konnte so verdammt unfreundlich und kühl sein, und dann war er immer an allem schuld, egal worum es ursprünglich gegangen war. Als hätte sie automatisch recht, wenn sie schmollte. Es endete immer damit, dass er einen Blumenstrauß kaufte und sie um Verzeihung bat. Er seufzte und wünschte, er wäre eine Frau.

Aber sie hatten Sex gehabt, und wenn sie ihm eine Lektion erteilen wollte, war sie in der Regel konsequent.

Er ging in die Küche, um seinen Durst zu stillen, und wäre beinahe über das Staubsaugerkabel gestolpert. Der Wasserhahn blitzte, und die Spüle roch nach frischer Zitrusfrucht. Sie hatte also am frühen Morgen das ganze Haus sauber gemacht. Warum? Statistisch betrachtet bedeutete dies, dass sie sauer war.

Er schleppte sich durchs Haus und fand ein frisch geputztes Zimmer nach dem anderen vor, bis er in den Korridor kam. Dort lag ein Zettel auf der Kommode. Herr Bengtsson sendete ein Stoßgebet gen Himmel und las: »Guten Morgen, mein liebster Schatz! Danke für letzte Nacht, du bist wirklich siebzehn (Smiley). Im Ofen sind belegte Toasts. Stell ihn einfach auf 200 Grad und warte zehn Minuten, dann

sind sie wie frisch vom Bäcker. Krümel nicht so. Ich bin im ICA und suche Arbeit. Kuss!«
Er lachte erleichtert und schaute in den Ofen. Dort lagen sechs Scheiben, bereit zum Aufwärmen. Wie er seine Frau in diesem Moment liebte, und wie sicher er war, dass sie ihn ebenfalls liebte! Er schämte sich ein wenig für den vergangenen Abend. Sie hatte ein bisschen geflirtet, na und! Sie liebte ihn und hatte ihn immer geliebt, das war doch klar. Er schenkte sich ein Glas Saft ein und trank gierig, aber plötzlich prustete er. Er ging noch einmal zu dem Zettel und las entgeistert: »IchbinimICAundsucheArbeitKuss!«
Zuerst hatte er gelesen: »Ich bin im ICA einkaufen.« Aus reiner Gewohnheit.
»Suche Arbeit?«, fragte er das Saftglas, das natürlich nicht antwortete. Es war in Spanien hergestellt und verstand kein Schwedisch. »Was hat sie denn nun vor?« Weiterhin nur Schweigen als Antwort, also beschloss er, den Zettel zu ignorieren, und schaltete den Fernseher ein. Er würde früh genug erfahren, was seine Frau vorhatte. Arbeit im ICA suchen. An einem Sonntag. Belegte Toastbrote. Er kicherte, und gleichzeitig knurrte sein Magen – ein hörbares Zeichen dafür, dass seine liebe Frau ins Schwarze getroffen hatte.
Während er auf sein Essen wartete, schweifte sein Blick zwischen dem Fernseher und dem eingerahmten Hunderter an der Wand hin und her. »Verrücktes Huhn«, konstatierte er, setzte sich und vertiefte sich in die Sonntagszeitung.

Draußen schien die Herbstsonne, und Rakelsatan wendete ihr das Gesicht zu, als er aus der Tür trat. Rakel wärmte sich in den Strahlen und lächelte kurz in den Himmel, ehe Satan sie zurückpfiff. Er runzelte ihre Stirn, und um zu zeigen, dass es nur ein kleiner Ausrutscher war, sich im Glanz der Schöpfung zu sonnen, ballte er ihre Faust und hob sie gegen

die Sonne. Gott sah von seinem Thron herab und lachte. Dieser Teufel konnte richtig unterhaltsam sein.
Rakelsatan wollte einkaufen. Nicht dass er etwas Bestimmtes gebraucht hätte, aber der Wanderer wollte an diesem Sonntag unbedingt zu den Sünden der Bengtsson beitragen, wenn auch so unauffällig wie möglich.
Wenige Minuten zuvor war Yersinia auf leichten Pfoten angeschlichen, hatte den Schwanz in die Höhe gereckt und berichtet, dass Frau Bengtsson früh aufgestanden war und Räucherstäbchen vor ihren Bastetstatuetten angezündet hatte. Dann hatte sie das ganze Haus geputzt, war in den lokalen Supermarkt gegangen, um nach Arbeit zu fragen, und nun saß sie dort an der Kasse und arbeitete.
»Ach, natürlich. Du sollst den Feiertag heiligen. Das dritte Gebot. Sie ist gut bei der Sache, muss ich sagen. Und du auch, mein kleines Pelzknäuel. Unter der Balkontreppe sitzt eine Maus in der Falle. Bedien dich, ich geh nur schnell einkaufen.«
Yersinia strahlte, bedankte sich und ging mit erhobenem Schwanz auf den Balkon. In der Tür drehte sie sich noch einmal um, zwinkerte Satan zu und schlich sich an die Maus heran. Dass die in der Falle saß und vermutlich mausetot war, bedeutete nicht, dass man nicht seine Katzenhaftigkeit etwas üben durfte. Satan zwinkerte zurück, lachte erneut und setzte Rakels Körper in Bewegung.

Im Supermarkt schlenderte Rakelmirakel zwischen den Regalen herum, untersuchte Konserven, roch an Fleischbällchen und las die Aufschriften von Tetrapaks, während sie heimlich Frau Bengtsson belauschte, die tatsächlich an der Kasse saß, wie Yersinia berichtet hatte. Nur jemand wie Frau Bengtsson ging direkt zu einem Geschäft und saß noch am selben Tag bei der Arbeit.

»… wie ich schon sagte. Meine Mutter war eine elende Köchin. Mit der Hälfte dieser Dinge hätte sie nichts anfangen können, ich schwör's Ihnen. Eine schlimmere Mutter kann man sich kaum vorstellen. Ganz zu schweigen von meinem Vater. Er trank, wissen Sie. Macht dreihundertsechzehn fünfzig, Frau Hansson. Vielen Dank und auf Wiedersehen.«

»Keine Rast, keine Ruhe?«, fragte Satan, der gewartet hatte, bis sie unter sich waren.

»Ach, hallo! Stimmt genau. Es ist ja Sonntag, also meine einzige Chance, das dritte Gebot zu brechen. Ich wollte ein bisschen Dampf machen. Warum bist du nicht in der Kirche?« Sie lachte.

»Ach so. Und wie ich höre, kombinierst du es mit Gebot Nr. 4?« Er ignorierte ihre Frage und hoffte, sie würde sie vergessen.

»Ja. Ich hab lange überlegt, wie ich das tun soll. Du sollst deinen Vater und deine Mutter ehren. Sie leben nicht mehr, also kann ich höchstens schlecht über sie reden. Zuerst wollte ich einen Leserbrief an irgendeine Kummerspalte schreiben, aber das wäre irgendwie zu langlebig. Stell dir vor, ich würde es in ein paar Jahren bereuen.«

Offenbar trug Frau Bengtsson immer noch Scheuklappen im Hinblick auf die unwiderruflichen Konsequenzen ihres Projektes. Anders könnte sie es kaum zu Ende bringen, dachte der Teufel und sagte nur: »Klug. Aber wie in aller Welt hast du es fertiggebracht, hier hereinzuschneien und sofort einen Job zu kriegen?«

Frau Bengtsson lachte. »Ja, schlau muss man sein. Ich habe mich nicht umständlich beworben, sondern bin direkt zum Chef gegangen. Ich kenne ihn seit Jahren und habe ihm erzählt, dass ich von nun an jeden Sonntag ohne Lohn arbeiten wolle. Ich habe ihm weisgemacht, dass es zu einem Wohltätigkeitsprojekt gehört: Wenn der ICA-Håkan – so

heißt der Chef hier, weißt du – wöchentlich einen Hunderter ans Rote Kreuz spendet, sitze ich im Gegenzug jeden Sonntag kostenlos an der Kasse. Er wäre ja dumm, wenn er nicht darauf eingegangen wäre, so viel Geld, wie er damit spart. Er konnte Ida, die Kassiererin, zum Warenstapeln aufs Lager schicken, und ich habe gleich angefangen.«
Der Böse grinste. »Was hat die arme Ida gesagt?«
»Weiß ich nicht, und ist mir ehrlich gesagt auch egal. Hauptsache, ich arbeite am Sonntag und ziehe über meine Eltern her. Macht nichts, wenn ich den Gerechtigkeitssinn von irgendeinem jungen Ding verletzt habe, oder? Fies sein ist doch unchristlich?«
»Ja, sicher«, gluckste Satan. »Ich nehme die hier.« Er legte ein Päckchen Einwegrasierer auf das Band.
»Zeit, die Körperbehaarung unter Kontrolle zu bringen?«
»Ja, du sagst es.«
»Igitt, meine Mama hat sich nie die Beine rasiert. Haarig wie eine ostdeutsche Gewichtheberin war sie. Wenn sie Nylonstrümpfe trug, stachen die Haare durch. Und was nicht durchstach, wurde zu dunklen Kringeln platt gedrückt. Am Ende hatte sie sogar einen Bart. Und mein Vater! Der hat seine Rasierklingen immer geklaut. Fand sie zu teuer, sagte er. Tatsächlich war er der Anführer einer Bande, die jedes Jahr Rasierklingen im Wert von etlichen Millionen stahl.«
Rakel sah sie verwundert an. »Wirklich?«
»Nein, aber was soll's. Meine Mama war auch nicht haarig. Das spielt doch in diesem Zusammenhang keine Rolle, oder?«
»Da hast du natürlich recht«, lachte Satan, bezahlte und ging, bevor sie sich an die Frage nach dem Gottesdienst erinnern würde.
Auf halbem Weg nach Hause traf er Yersinia, die sich schmatzend für die Mahlzeit bedankte. Sie genoss die Son-

ne, die auf ganz andere Art wärmte als der Wanderer. Voller Neid fuhr der Teufel mit einem Teil von sich in die Miezekatze, um ebenfalls heimlich die Sonnenstrahlen zu genießen.
Um ein Uhr klingelte Frau Bengtssons Handy. Herr Bengtsson fragte, wo seine Frau bliebe. Als sie erklärte, dass es nur noch eine Stunde dauern würde – der Supermarkt schloss um zwei – und dass sie an einem Wohltätigkeitsprojekt teilnehme, eine Hausfrauensache, für die er sicher Verständnis habe, und dass sie dies ein paar Sonntage lang tun werde, legte er zufrieden den Hörer auf. Er fegte sogar die Krümel seines Frühstücks zusammen und spülte den Teller, so dass die Küche wieder so sauber blitzte wie am Morgen. Wohltätigkeit. Wie dumm von ihm, dass er eifersüchtig gewesen war. Sie war phantastisch, seine Frau. Er konnte sich wirklich glücklich schätzen.

Hast du schon mal jemanden getötet, Liebling?« Die Frage kam plötzlich, mitten im sonntagabendlichen Frieden auf der Polstergarnitur. Obwohl Herr Bengtsson, wie wir inzwischen wissen, als direkte Folge seiner Ehe mit unserer Hausfrau allerhand Einfälle und Merkwürdigkeiten gewohnt war, zuckte er zusammen. Er sah nicht nur von seiner Sonntagszeitung auf, sondern hopste sichtlich ein Stück vom Sessel auf.

»Wie? Was? Wen soll ich getötet haben?«

»Na irgendjemanden.«

»Aber Kleines. Wen sollte ich denn töten und warum?«

»Du bist doch ein Mann.«

»Äh, ja?«

»Na ja, ihr macht doch Wehrdienst und so …«

Herr Bengtsson unterbrach sie lachend. »Man läuft beim Wehrdienst nicht herum und bringt wahllos Leute um, ach Liebling!«

»Woher soll ich das denn wissen?«, sagte sie sauer.

»Ich muss zugeben, es würde die ganzen Anekdoten interessanter machen oder jedenfalls spannender.«

»Igitt, ja. Geschichten vom Bund. Jetzt, wo du es sagst … Es ist immer dasselbe: wie sie Steine im Rucksack tragen und meilenweit marschieren müssen. Dann kommen sie irgendwo an und kriegen doch kein Essen in ihrem Dings da … Primus, sondern müssen weiterlaufen.«

»Primus! Das ist lange her. Aber du hast recht. Hast du je eine Geschichte gehört, in der jemand getötet wird?«

»Nein.« Sie dachte nach. »Aber!«

»Was?«

»Hast du nur Wehrdienst gemacht?«

»Was soll das heißen, *nur*? Das ist alles andere als *nur*, das kann ich dir sagen.«

»Haben sie dich denn nie in irgendeinen Krieg geschickt?«

»Nein, da bin ich zum Glück drum herumgekommen. Ich war elf Monate beim Heer –, kurz bevor wir uns kennenlernten – und das war wirklich kein Zuckerschlecken. Fast ein ganzes Jahr lang schleppen, marschieren, Liegestütze. Und pampiges Essen aus dem Primus.«

»Bäh.« Sie rümpfte die Nase. »Wie schrecklich.«

»Na ja, der größte Spaß war es nicht, aber man hat auch viele nützliche Dinge fürs Leben gelernt. Zum Beispiel, wie man an eine Tanne gelehnt im Stehen schläft.« Er kicherte.

»An eine Tanne?«

»Ja. So müde wird man nur beim Heer. Man nutzt jede Gelegenheit zum Schlafen. Aber ich habe noch viel mehr gelernt. Man wird nicht über Nacht Feldwebel, weißt du.«

»Du bist Feldwebel?«

»Ja, wusstest du das nicht? Du hast wohl meinen Soldatengeschichten nicht richtig zugehört?«

»Ehrlich gesagt nein, Liebling. Entschuldige, ich finde sie nicht besonders interessant. Du hörst mir auch nicht richtig zu, wenn ich über Gardinensäume rede. Oder über Bücher, wenn wir schon dabei sind.«

»Ja, ja, schon gut. Aber jetzt weißt du es jedenfalls: Man tötet beim Wehrdienst niemanden, und ich bin Feldwebel.«

»Überhaupt nicht sexy.«

»Findest du?« Er schielte über die Zeitung hinweg.

»Ist das ein hoher Titel?«

Herr Bengtsson war klug genug zu antworten: »Ja, das ist es.«

»Cool«, sagte sie und betrachtete ihren Mann mit anderen Augen. Nach einer kurzen Pause fuhr sie fort: »Du weißt doch, dass man nicht töten soll, oder? Ich meine das fünfte Gebot in der Bibel.«

»Ja.«

»Dort steht: ›Du sollst nicht töten.‹ Einfach so. Wen oder was, steht nicht dabei. Wie soll man da wissen, ob man etwas falsch gemacht hat?«

Herr Bengtsson, der den Ernst ihrer Frage nicht ganz verstanden hatte, lachte und antwortete leichtfertig: »Man weiß doch wohl, ob man jemanden getötet hat, oder?«

»Ja, natürlich. Aber da steht nicht: ›Du sollst *niemanden* töten.‹« Sie sah ihn herausfordernd an, aber er verstand noch immer nicht.

»Wie soll man jemanden töten, der nicht jemand ist?«

»So gesehen hast du auf jeden Fall getötet.«

»Wie denn?«

»Denk nur an all die armen Spinnen, die du für mich plattgemacht hast. Oder das arme Wühlmäuschen, das du heldenhaft beseitigt hast. Das süße Ding.« Sie spitzte den Mund.

»Fängst du etwa schon wieder mit dieser verdammten Wühlmaus an? Das ist doch Jahre her. Ich dachte, wir wären uns einig gewesen, dass wir unseren schönen Rasen behalten wollten?«

»Ich finde immer noch, du hättest sie auf einem Acker aussetzen können. Es war schließlich eine Feldwühlmaus.«

Herr Bengtsson seufzte. »Warum müssen wir ausgerechnet jetzt wieder über dieses Vieh reden?«

»Vergiss es, du Mäusemörder, es geht doch um etwas ganz anderes: Du hast oft getötet, ohne *jemanden* zu töten. So muss es in der Bibel gemeint sein. Nicht wie im … äh, war das im Hinduismus, wo man nicht mal auf eine Ameise treten darf?«
»Keine Ahnung. Hinduismus oder Buddhismus, glaube ich. Aber das Gebot gilt ganz klar nur für Menschen. Man wird nicht wegen Mordes verurteilt, wenn man seinen Hund einschläfern lässt, oder?«
»Was hat denn das damit zu tun?«
»Weiß ich nicht. Ich dachte einfach an Menschen und Tiere. Irgendwo in der Bibel steht doch, dass der Mensch die Macht über alle Tiere und Fische und Vögel bekommt, nicht wahr?«
Frau Bengtsson war beeindruckt. »Ja, das stimmt. Ich dachte, du hättest sie nicht gelesen?«
»Ich lebe schließlich nicht ganz hinterm Mond. In vierzig Jahren bekommt man so einiges mit. Und erst recht in zwanzig Jahren mit einem Besserwisser wie du.«
»Wie dir.«
Herr Bengtsson sah verwundert drein. »Wie ich?«
»Nein, es heißt *wie dir.* Mit einem Besserwisser wie dir.«
Plötzlich wurde ihr klar, was sie gesagt hatte, und Herr Bengtsson brach in schallendes Gelächter aus. »Siehst du, ich hab's doch gesagt.«
Frau Bengtsson konnte nicht anders und stimmte in das Gelächter ihres Mannes ein, der sagte, dass sie ein verrücktes Huhn sei.

Somit hatten sie über das fünfte Gebot geredet und waren zu dem Schluss gekommen, dass Frau Bengtsson wohl gezwungen war, einen Menschen zu töten.

Der Teufel balancierte auf der obersten Stufe einer wackligen, hölzernen Stehleiter, die Hände in viel zu großen Gartenhandschuhen mit knallblauem Blumenmuster, und versuchte, Zweige abzuschneiden – und nicht Rakels Finger. Es tat auch so schon weh genug.

Verbittert sah er die moosbewachsene, knorrige Rinde des alten Baumes an und spürte großen Schmerz angesichts dessen Schönheit. Unter ihm stand Frau Bengtsson und legte die Zweige in eine Schubkarre.

»Ich dachte, dass man Obstbäume erst im September oder Oktober beschneidet?«, rief sie in den Baum hinauf.

Rakelsatan sah auf sie hinab; sein Blick verriet Zufriedenheit. »Das kommt aufs Wetter und die Temperatur an. Und für August ist es ja tierisch kalt.«

»Ja, aber …«

»Was, aber?« Satan wischte den Schweiß von Rakels Stirn.

»Aber an deinem Baum hängen ja noch reife Früchte!«

»Äh. Willst du sie haben?«

»Nein, so war das nicht gemeint …«

»Achtung!«

Ein Vogelnest fiel in Frau Bengtssons Arme. Es war voller bunter Federn, ein farbenprächtiger Vogel musste darin gebrütet haben.

»Hoppla. Das wollte ich nicht«, sagte Satan und beschnitt den armen Baum weiter aufs Geratewohl. Der Saft stand noch so hoch, dass ihm diese Behandlung unmöglich guttun konnte. »Schade, schade, aber jetzt ist es zu spät. Sie kommen nie in ein Nest zurück, das nach Menschen riecht. Und das kann ich gut verstehen, muss ich sagen.«

»Ach, die Armen! Meinst du nicht, wir sollten es versuchen und das Nest zurücklegen? Dann wissen sie wenigstens, was los ist, auch wenn es ihnen stinkt. Sonst denken sie vielleicht, dass sie sich verirrt haben, und suchen und suchen, bis sie nicht mehr fliegen können, und dann sterben sie!«

»Glaubst du?«, fragte der Wanderer voller Hoffnung. Aber als er sah, dass Frau Bengtsson ihn misstrauisch beäugte, fügte er schnell hinzu: »Ich habe noch ein altes Vogelhäuschen in der Garage. Wir können es aufhängen, wenn wir fertig sind.« Yersinia übte derweil das Anschleichen an das kleine Nest, das Frau Bengtsson vorsichtig auf den Boden gelegt hatte. Sie sprang den Federn hinterher, die im Wind flatterten.

»Oh, wie schön. Wir hängen es da auf, wo das Nest war.« Die Bengtsson verschwendete keinen Gedanken daran, warum Vögel in einem von Menschenhand gefertigten Nistkasten wohnen sollten, nicht aber in einem Nest, das ein Mensch berührt hatte. Sie war einfach nur erleichtert. Und Satan ärgerte sich, weil seine Sabotage damit sabotiert war. Jetzt sollte er auch noch ein Häuschen für diese elenden Kreaturen aufhängen? Er fluchte und schlug die Astschere in den Stamm.

»Ja. Super.«

Der Pflaumenbaum hatte die gnadenlose Behandlung langsam satt. Er hatte genau gesehen, wie die Gestalt auf der Leiter das Nest entdeckt, gegrinst und sich extra lang gestreckt hatte, um es zu erreichen. Er überlegte, ob er einen

Ast auf ihren Kopf fallen lassen sollte, aber letztendlich war er doch nur ein Pflaumenbaum und als solcher träge und harmlos. Er konzentrierte sich darauf, heilende Säfte über die vielen Wunden strömen zu lassen, und träumte, wie so oft, von besseren Standorten. Von der anderen Seite des Hauses zum Beispiel, einem mystischen Ort der Sehnsucht. Der Südseite. Der Baum zog sich in seine Träume zurück.

»Aber Rakel, um noch einmal auf unser Gespräch zurückzukommen«, sagte Frau Bengtsson. »Das ist doch in Ordnung, was ich mir ausgedacht habe?«

»Wie war das noch mal?«

»Du sollst nicht töten. Es muss schon ein gewisses Kaliber haben, meine ich, man tötet nicht einfach irgendwas. Yersinia, zum Beispiel, hätte die ideale Größe.«

Yersinia schaute erschrocken von ihrem Spiel auf. An ihren Schnurrhaaren hingen Daunen. »Mich?«, fragte sie verärgert, aber das hörte Frau Bengtsson natürlich nicht.

»Das kann unmöglich ausreichen. Dann wäre ja jeder Tierarzt ein Riesensünder, ganz zu schweigen von Metzgern. Oder Fischern, Herrgott, Massenmörder!« Satan kicherte. »Achtung!« Ein ganzer Ast rauschte zu Boden.

»Du, ich glaube, der war etwas zu groß, du schadest dem Baum mehr, als du ihm nutzt. Außerdem brauche ich eine Zigarette.« Bingo, dachte Satan. Aber um nicht noch mehr Misstrauen zu erwecken, fügte er sich. »Okay, okay. Halt die Leiter fest, dann komm ich runter. Das hier ist noch ein ganzes Tagwerk.«

Der Pflaumenbaum atmete auf und dankte Frau Bengtsson im Stillen. Aber er konnte nicht umhin, Rakelmirakel eine kleine Lektion zu erteilen, und ließ eine halb verfaulte Frucht auf ihre Schulter fallen. Satan verstand den Wink, er kicherte und schnipste das stinkende Fruchtfleisch von der Schulter. Na so was, eine faule Frucht. Hilfe.

»Also, erstens glaube ich, dass Yersinia stinksauer ist, und zweitens hat dein Mann völlig recht.«
Frau Bengtsson sah das Kätzchen an, das in der Sonne saß und sie anglotzte. Yersinia sah ganz gewöhnlich dabei aus.
»Stell dich nicht so an. Komm, Mieze, ich kraule dich hinter den Ohren, und dann sind wir wieder Freunde.« Yersinia verfluchte ihre Bestechlichkeit, sprang auf die Bengtsson zu und fing sofort an zu schnurren. »Siehst du! Und dass mein Mann recht hat, habe ich auch gesagt. Spinnen, Hunde oder andere Tiere sind nicht genug.«
»Genau. Gott hat die Menschen über die Tiere gestellt und so weiter. Erstes Buch Mose 1,28: ›Und Gott segnete sie und sprach zu ihnen: Seid fruchtbar und mehret euch und füllt die Erde und macht sie euch untertan und herrscht über die Fische im Meer und über die Vögel unter dem Himmel und über alles Getier, das auf Erden kriecht.‹ Ein Tier zu töten verstößt also nicht gegen die Gebote. Gott sei Dank, oder, Yersinia?«
Das Kätzchen schnurrte und glotzte weiter und schien nichts anderes im Sinn zu haben, als hinter den Ohren gekrault zu werden.
Frau Bengtsson brummte. Seid fruchtbar. »Dann sorg gefälligst auch dafür, dass alle fruchtbar sind.«
»Was hast du gesagt?«
»Ach, nichts. Dann muss es also ein Mensch sein.« Sie dachte kurz nach. »Kann ich das selbst sein?«
»Selbstmord, meinst du?«
»Ja. Früher durften Selbstmörder doch nicht auf dem Kirchhof begraben werden, oder? Wie sieht das denn heute aus?«
Satan dachte nach. So gerne er auch gesehen hätte, wie dieses Hausfrauengeschöpf sich selbst umbrachte – am liebsten auf ungeschickte, schmierige Weise –, in Gottes Augen würde es sie nicht zur Sünderin machen. Deshalb sagte er

die Wahrheit: »Im Neuen Testament steht nichts über Selbstmord, und die Schwedische Kirche betrachtet ihn keineswegs als schändlicher als andere Todesarten. Und die Bestattung in geweihter Erde spielt heute keine Rolle mehr.«

»Das soll also heißen ...«

»... dass du einen anderen Menschen töten musst. Wie du schon geahnt hast.«

»Teufel auch«, sagte Frau Bengtsson.

»Ja, der auch«, kicherte der Teufel und schob eine Karre viel zu frischer Äste zum Komposthaufen. Dort nahm er einen Armvoll heraus, betrachtete den fruchtbaren Humus und kippte seine ganze Last daneben auf dem Boden aus.

»Sollte man das nicht den Katholiken sagen?«, fragte die Hausfrau.

»Ach, diese Katholiken sind so was von seltsam, das würde keinen Unterschied machen.«

Frau Bengtsson lachte. »Ja, ich weiß. In der Schule hatte ich mal eine katholische Freundin. An Ostern ging ihre ganze Familie in die Kirche, mit einem Korb voll Brot, gekochter und geschälter Eier und einem Zuckerlamm. Sie hatten ihre feinsten Kleider an, und der Priester hielt die Messe. Und weißt du, wie sie endete?«

»Wie denn?«, fragte der Teufel.

»Der Priester segnete eine Menge Wasser, und dann machte er die Runde und spritzte alle Leute und ihre Körbe damit nass. Daheim gab es die Ostermahlzeit mit dem geweihten Brot und den Eiern. Einmal war ich eingeladen. Ich sag dir, ein geschältes Ei, das den halben Tag in einer warmen Kirche voller Leute verbracht hat und mit Weihwasser bespritzt wurde, ist kein Hochgenuss.«

»Nein, hört sich nicht sehr lecker an.« Satan schüttelte sich. Geweihte Eier. Bäh.

»Aber das Zuckerlamm war gut. Jedes Kind bekam eins.«

»Die spinnen, die Katholiken.«
»Ja.« Ohne nachzudenken, half Frau Bengtsson dem Bösen, die restlichen Zweige und Blätter auf dem Boden zu verteilen.
Gott, der dem Gespräch interessiert zugehört hatte, stutzte, als die Katholiken zum zweiten Mal erwähnt wurden.
Ja, genau! Plötzlich fiel ihm wieder ein, was er schon die ganze Woche hatte tun wollen. Kein Wunder, dass er nicht dazu gekommen war. Gottes Taten waren viele. Er wendete sich von Satan und Frau Bengtsson ab.
In dem französischen Städtchen Lourdes stieg ein Mann mit multipler Sklerose in eine Quelle, deren Wasser angeblich wundersame Heilkräfte besaß. Ungefähr hunderttausend hoffnungsvolle Kranke badeten jährlich darin, und es war lange her, seit zum letzten Mal einer geheilt worden war.
Der MS-Patient da. Warum nicht?, sagte Gott und hauchte ein »Werde gesund« in die Glieder des Mannes. Es war der sechsundsechzigste Mensch, der in Lourdes geheilt wurde, und sogar der Vatikan würde das Wunder anerkennen.
Eigentlich hatte Gott schon Tausende von Menschen geheilt, und manchmal ärgerte er sich, wie wenige davon anerkannt wurden. Aber die menschliche Skepsis war ja trotz allem seine Erfindung, also begnügte er sich damit, dass dieser Fall deutlich genug war, um die offizielle Nr. 66 zu werden.
Im Himmel applaudierten die Engel, in Lourdes weinten die Menschen vor Freude über die Kraft ihres von neuem bekräftigten Glaubens und zückten die Handykameras, als der Patient mit MS im fortgeschrittenen Stadium wie ein Jüngling aus dem Wasser stieg, und in Jämnviken ging das Gespräch ohne Gott weiter, denn der saß auf seinem Thron und nickte im Takt, während die Engel einen Lobeshymnus sangen.

»Wen willst du töten?«
»Ach, ich weiß nicht. Es muss doch jemanden geben, der es verdient? Ich muss mir nur überlegen, wer. Irgendeiner, bei dem es mir nichts ausmacht, falls das möglich ist.«
»Aber dann ist es nicht Acedia, oder? Ultimativ unchristlich.«
Frau Bengtsson wühlte in ihren Taschen, zog eine Zigarette heraus und zündete sie an. »Da hast du natürlich recht. Darüber muss ich erst mal ein paar Zigaretten rauchen. Lass uns inzwischen schon mal aufs nächste Gebot kommen. Die Reihenfolge ist doch wohl egal? Welches war noch mal das nächste?«
Der Teufel grinste, so breit Rakel es konnte. »Du sollst nicht ehebrechen.«
»Pfui Teufel«, sagte Frau Bengtsson und trat wütend gegen den Haufen Äste. »Gott ist wirklich ein Drecksack!«
»Ja, wirklich«, antwortete Satan im Brustton der Überzeugung.

Dienstag. August. Fröjdgata.

Barfuß, mit einem rosa Pantoffel in jeder Hand und hochroten Wangen, sah man Frau Bengtsson kurz nach Mittag durch ihren Vorgarten laufen. Sie lief geduckt, ja schlich fast über den Rasen, über den Plattenweg zur Haustür und um die Hausecke herum. Hinter sich auf der Straße ließ sie unwiderruflich einen Teil ihrer Tugend und die halboffene Beifahrertür der Gelben Gefahr.

Es war so gut wie alles andere. Den Stier bei den Hörnern und den Briefträger beim Schoß. Was du heute kannst besorgen, und so weiter, Amen.

Als sie den abgeschirmten Garten erreicht hatte, trugen sie ihre Beine nicht mehr, und sie ließ sich zwischen blühenden Büschen ins Blumenbeet sinken. Wie gut, dass sie hoch genug waren. Sie zündete sich eine Zigarette an, lehnte den Rücken an die warme Hauswand und kicherte. Sie stellte fest, dass sie Unkraut jäten musste, aber heute freute sie sich über jedes höhere Gewächs, hinter dem sie ihre Schamgefühle verstecken konnte. Und ihre Lust.

Ein Lachen blubberte aus ihrem Bauch, sie konnte sich nicht beherrschen. Frau Bengtsson nahm mehrere tiefe Züge und befahl ihrem Körper, sich zu entspannen. Nach einer Weile hörte er auf sie, und das, was geschehen war,

wurde mehr und mehr zur Erinnerung. So war es leichter. Eine Erinnerung.
»Herrgott, was ist eigentlich mit mir los?«, fragte sie einen Käfer, der mühsam über Erdklumpen und kleine Steine kroch. Und wenn es nur eine Erinnerung bleiben sollte, sie war intensiv und voller Verlockung.
Beschlagene Scheiben und schneller Atem, klebrige Hände und Beggos Lustschreie, als er sah, dass sie keinen Slip trug. Der Schaltknüppel im Weg, ein Ellbogen, der aus Versehen auf die Hupe drückte, und ihr Körper, der sich trotz allem lustvoll öffnete, als sein schwarzes Glied näher kam. Mehr Feuchtigkeit, ein verlorener Pantoffel und Beggo, der stöhnte, zuckte und … sang?
Streif die Fesseln ab, es ist vorbei. Nur ein kleiner Schritt, und wir sind frei. Freier Fall, niemand hält uns auf.
O doch. Er flüsterte ihr die Worte ins Ohr, während seine starken Arme sie wie lustgetriebene Kolben immer schneller auf und ab hoben.
Frau Bengtsson kicherte wieder, aber das änderte nichts daran, dass ihr Körper nach einem Orgasmus schrie. War sie etwa nicht an der Reihe? Im Auto war sie viel zu angespannt gewesen.
Niemand hält uns auf. Beggos Stöhnen, das immer lauter wurde. Niemand hält uns auf, niemand hält uns auf. Niemand. Als seine Tonart gefährlich hoch wurde, hatte er sie ungalant von seinem Geschlechtsteil gehoben und seine Hand schützend darüber gehalten. Frau Bengtsson saß breitbeinig auf seinem Schoß und sah zu, wie er nach Luft schnappte und ejakulierte.
Als er eine halbe Minute später die Augen öffnete, stand die Beifahrertür offen, und Frau Bengtsson war verschwunden. »Frei wie der Wind«, flüsterte er dem Beifahrersitz zu. Dann fiel ihm auf, dass der ganze Zauber keine drei

Minuten gedauert hatte. Ein Schlager. Und dann schämte er sich.

Niemand hält uns auf. Im Blumenbeet glitt Frau Bengtsson tiefer, und zwischen Lilien und Nachtkerzen ließ sie sich zur Erinnerung an das kurze Schäferstündchen gehen und kommen. Der Käfer grub sich verschämt in die Erde und traute sich tagelang nicht mehr hervor.

Danach schämte sich sogar Frau Bengtsson. Sie sah sich erschrocken um. Hatte jemand sie beobachtet? Nachdem sie sich versichert hatte, dass niemand sie sah, zumindest nicht in diesem Moment, stand sie hastig auf, klopfte die Erde vom Hintern und ging durch den Hintereingang ins Haus, um ausgiebig zu duschen. Nie wieder würde sie die Post persönlich entgegennehmen.

Beggo stieg aus, wischte die Hände im Gras ab und starrte eine Weile auf ihr Haus, bevor er sich fröhlich lachend auf den Weg machte. Freier Fall, niemand hält uns auf.

Auf der anderen Straßenseite stand Rakelmirakel und schaute durchs Küchenfenster. Sie hatte die Hupe gehört und das unzüchtige Schauspiel beobachtet. Sie lachte: »Was soll man dazu sagen, Yersinia?« Sie hatte große Lust, laut zu applaudieren.

Das Kätzchen schien überhaupt nicht überrascht. Es sagte nur, dass es höchste Zeit gewesen sei, und kümmerte sich nicht weiter darum.

»Darauf gönnen wir uns einen Kaffee. Nachmittagskaffee und Ehebruch. Davon verstehst du nichts, du kleines Würmchen.« Sie streichelte Yersinia, lachte wieder und wendete der Szene den Rücken zu, um Kaffee zu kochen.

Unter der Dusche entschied Frau Bengtsson zwei Dinge. Sie würde ihrem Mann an diesem Dienstag Braten kochen, und dann würde sie diese Geschichte so schnell wie möglich vergessen. Sie wollte sich auf die Freude konzentrieren, auf das Ich-habe-es-geschafft-Gefühl, und nicht auf ihr schlechtes Gewissen. Leider musste sie die ganze Zeit an jenen Tag vor neunzehn Jahren denken und an die glanzlackierte Jesusstatue in der Kirche.

Verdammter Gott, dachte sie und schrubbte sich gründlich. Wenn er ihr nur entgegengekommen wäre, dann wäre sie nicht gezwungen, solche Dinge zu tun, und hätte das Gelübde gegenüber ihrem Mann nicht gebrochen.

Idiot!

Alles war sein Fehler, von Anfang an. Er hatte sie wieder zum Leben erweckt, ohne die geringste Erklärung. Er hatte sich durch die gesamte Weltgeschichte hindurch wie ein mundtotes Arschloch benommen, und auch in ihrer persönlichen Geschichte hatte er nur geschwiegen. Nein, sie würde sich nicht dafür schämen, dass sie ein Versprechen gebrochen hatte, das sie vor Gott und der versammelten Gemeinde abgelegt hatte.

Aber sie schämte sich, weil das Versprechen auch ihrem Mann galt, weshalb sie diesen noch am selben Abend verführte, indem sie, nur mit den Dessous, die sie in der Hochzeitsnacht getragen hatte, und dem Brautschleier bekleidet, das Schlafzimmer betrat. Zufrieden, dass sie die Heirat noch immer nicht bereute, schlief sie mit ihrem Mann, wobei sie sowohl an ihn als auch an ihren Briefträger als auch an Gott dachte. Als sie gemeinsam den Höhepunkt erreichten, dachte sie nur noch an ihn und vergab sich selbst.

Lieber Gott, vielen Dank für die »So würzen Sie Ihr Sexleben«-Artikel in den Frauenzeitschriften, dachte Herr Bengtsson, bevor er wie ein Stein einschlief.

Am Mittwochmorgen war es, als hätte der Sex mit Beggo nie stattgefunden, also kann man auch nicht behaupten, dass Frau Bengtsson Reue fühlte.

Acedia intakt.

Vergnügt deckte sie den Frühstückstisch ab. Dass es gerade erst zwölf Uhr war, als sie einen Tetrapak Wein öffnete, und sie den ganzen Tag wie eine Verrückte trank und putzte, fiel ihr gar nicht auf. Die Post holte sie erst gegen halb vier, ermutigt von etlichen Gläsern Wein.

Als sie die Briefe später sortierte, fand sie einen handgeschriebenen Zettel.

O du, ich weiß, ich muss dich wiedersehn. Du, denn sonst hab ich ein Problem. Du bist alles, was ich will.

Wütend verbrannte sie den Wisch im Aschenbecher und rauchte eine Zigarette nach der anderen. »Du bist alles, was ich will« – wenn das mal kein Problem war. In der Auffahrt hörte sie das Auto ihres Mannes. Sie leerte den Aschenbecher. Beggo würde schon einsehen, dass es ein einmaliges Abenteuer gewesen war, wenn sie sich eine Zeitlang von ihm fernhielt.

»Wie schön es hier aussieht«, sagte Herr Bengtsson, als er hereinkam.

»Danke«, antwortete sie und gab ihm einen Kuss.

»Aber was hast du denn getrunken?« Er roch demonstrativ an ihrem Mund und sah fragend auf die Uhr, die auf kurz nach sechs stand.

Frau Bengtsson kicherte wie ein kleines Mädchen. »Ach, ich wollte nur ein Gläschen Wein in der Sonne auf dem Balkon trinken, als ich mit dem Putzen fertig war. Bald wird es zu kalt, um gemütlich draußen zu sitzen. Aber dann habe ich es wohl ein bisschen übertrieben.«

»Ein bisschen?« Sein Grinsen verriet, dass der barsche Ton nur gespielt war. »Du schwankst ja!«

»Ja, hab ich doch gesagt. Ich glaube, ich muss mich hinlegen.«
Herr Bengtsson lachte. »Du bist wirklich nicht wie die anderen, meine Liebe. Aber pass auf, dass das nicht zur Gewohnheit wird.«
»Natürlich.« Mit einer Geste bedeutete sie ihm, dass das Essen auf dem Tisch stand. »Ich habe schon gegessen. Gute Nacht, Liebling.«
»Ja, ja. Gute Nacht, du verrücktes Huhn.«
Auf dem Weg ins Schlafzimmer blieb sie vor dem Kühlschrank stehen und las:

7. Du sollst nicht stehlen.

Endlich ein leichtes Gebot, Gott sei Dank. Sie würde stehlen wie eine Elster.

Herzklopfen bekommt man aus verschiedenen Gründen, und genau das hatte Frau Bengtsson am Donnerstag.

Sie saß im Bus Richtung Jämnviken Zentrum. Ihr Gesicht hatte sie hinter einer gigantischen, schwarzen Sonnenbrille versteckt, das Haar unter einem Kopftuch. Sie trug ein weites Kleid, darüber ein noch weiteres Hemd und eine ausgebeulte Jacke. So, glaubte sie, sah man aus, wenn man stehlen wollte. Dass sie mit ebendieser Absicht auf dem Weg ins Einkaufszentrum war, war nur einer der Gründe, warum ihr Herz klopfte. Sie zog die Nikotinkaugummis aus einer der überdimensionalen Jackentaschen. Die Dragees raschelten in der Packung, und sie musste sie mehrmals schütteln, bis eines in ihre Hand fiel. Ein älterer Herr, der ein paar Sitze weiter vorn saß, drehte sich um und sah sie missbilligend an.

Verzeihung, dass es mich gibt, dachte sie und starrte zurück.

Der Zettel, den sie am Vormittag im Briefkasten gefunden hatte, ging ihr nicht aus dem Kopf.

Wie der Sturm auch tost, ich lass dich nicht los!

»In Jesu Namen, Beggo!«, war ihre erste Reaktion gewesen. »Beherrsch dich!«, hatte sie gesagt, den Zettel zusammengeknüllt und in die Mülltonne der Nachbarn geworfen.

Daraufhin hatte sie alle Briefkästen in der Straße abgeklappert, sämtliche Post mitgenommen und auf dem Küchentisch verteilt. Der Tag war dem Diebstahl gewidmet, und in ihrem Eigenheimviertel waren die Möglichkeiten begrenzt. Mit Genugtuung stellte sie fest, dass das Paar an der Ecke, bei dem immer das Außenlicht brannte, einen Brief von einem Inkassobüro bekommen hatte. Allein das zu wissen war die Sache wert. Hinter der reichen Fassade lauerte also der Gerichtsvollzieher? Sie kicherte hohl.

Aber trotz allem überkam sie bald ein schlechtes Gefühl. Sie saß vor Stromrechnungen, Fachzeitschriften und Mahnungen und sah ein, dass sie großen Schaden anrichten konnte. Und der größte Schaden würde höchstwahrscheinlich Beggo treffen. Zwar hatte der sich mit seinen liebeskranken Zetteln als Tölpel erwiesen – und zu allem Überfluss bekam sie diesen infernalischen Schlager nicht mehr aus dem Kopf –, aber seinen Job sollte er wegen ihr nicht verlieren. Ihr Projekt betraf nur sie selbst, und nur sie sollte dafür einstecken, wenn es so weit kam. Das hier würde sie sicher bereuen, und Reue wollte sie vermeiden.

Also schlich sie noch einmal durch das Viertel und verteilte die Post wieder. Sie war sich nicht zu hundert Prozent sicher, ob alles am richtigen Ort gelandet war, aber das konnte ja jedem passieren. Erst als sie eine Reklamebroschüre in den Briefkasten des neu zugezogenen jungen Paares steckte – Swärdh hießen sie, hihi –, kam sie auf die Idee, ins Einkaufszentrum zu fahren und zu klauen, was immer sich anbot.

Ladendiebstahl. Ein frisches Nikotinkaugummi wanderte in ihren Mund. Sie kaute zu schnell, und es brannte leicht am Zahnfleisch.

Der Alte drehte sich wieder um und glotzte.

Manche Menschen haben einfach kein Benehmen, dachte

sie, streckte ihm die Zunge heraus und zog eine Grimasse, während sie den Halteknopf drückte. Der Bus blieb quietschend am Straßenrand stehen. Der alte Glotzer sah sie verdutzt an, zischend öffnete sich die Tür und ließ sie hinaus.

Als sie ausgestiegen war, sah sie plötzlich ein, wie bescheuert sie war. Riesige Sonnenbrille und Kopftuch. Weil Ladendiebe so aussahen. Das war wohl das Letzte, wonach sie aussehen sollte, wenn sie Ladendiebstahl beging. Sie zog das Kopftuch ab, stopfte es in die Handtasche, schob die Sonnenbrille auf die Stirn und zog ein paar Haarsträhnen unter ihr hervor. So. Nun würde sie keine Detektive auf sich aufmerksam machen. Resolut marschierte sie in das cremefarbene Gebäude und war dankbar, dass die Kaufhausmusik endlich den grässlichen Schlager aus ihrem Bewusstsein verdrängte.

Fuck Lasse Holm, diesen Schlagerheini.

Sie lief eine Viertelstunde planlos umher und hatte beinahe vergessen, wozu sie gekommen war, als sie zur Parfümtheke kam. Perfekt. Kleine, aber teure Sachen, und keine Magnetschranke in Sicht. Sie ging zur Theke, und die Verkäuferin sah sie freundlich an.

»Haben Sie vielleicht …«, begann sie und suchte die Regale nach etwas Bekanntem ab, das möglichst weit weg und hoch oben stand.

»Ja?«

Sie fand, was sie suchte, und trat unauffällig ein Stück nach links, wo ein ganzer Stapel teurer Gesichtscremes von Clinique auf dem Ladentisch stand. »… Boucheron?«

»Selbstverständlich«, antwortete die dick geschminkte Tante und drehte sich um.

Frau Bengtsson hob die Hand, um ein paar Dosen Creme einzustecken, aber als die Hand gerade an der richtigen Stel-

le lag, war die Verkäuferin zurück. Offenbar hatte sie einen Vorrat direkt hinter sich im Schrank. »Hier.«
»Nein«, sagte Frau Bengtsson, »ich glaube, ich habe mich geirrt.« Sie untersuchte die dunkelblaue Schachtel. »Ich muss wohl ein anderes meinen«, sagte sie bittend und ließ die Hand so natürlich wie möglich auf die Theke fallen.
»Ein anderes?« Die Parfümtante runzelte die Stirn und klopfte mit ihren französisch manikürten Acrylnägeln auf die Glastheke. »Ach so! Sie meinen bestimmt das andere Boucheron. Das ist ja auch dumm, dass die den gleichen Namen haben. Aber meistens meinen die Leute dieses hier.« Sie hob die Schachtel an. »Es ist nicht so teuer wie das andere. Warten Sie, ich werde es suchen«, sagte sie fröhlich. Offenbar freute sie sich über den Irrtum. Klar, je teurer, desto besser.
Während die Parfümtante sich umdrehte, die Brille abnahm und den Blick über die Regale schweifen ließ, nutzte Frau Bengtsson die Chance und griff zu. Zwei, drei, vier – fünf kleine, schweineteure Cremedosen stopfte sie in die Jackentasche. Ihr Herz klopfte wie wild, und ihr Gesicht war heiß. Sie hoffte, dass sie keinen Fehler gemacht hatte, und grinste angestrengt die Verkäuferin an, die mit einer klitzekleinen Flasche zurückkam.
»Das ist die kleine Flasche Eau de Parfum. Aber sie hält sehr lang. Bitte schön.« Frau Bengtsson streckte gehorsam ihr Handgelenk aus und bekam eine kleine Dusche. Ja, genau dasselbe wie daheim in ihrem Badezimmerschrank.
»Hmm, das duftet wunderbar«, sagte sie und lächelte. »Was kostet so eine Flasche?«
»Die kleine kostet neunhundertfünfundvierzig Kronen. Wir haben auch eine große, aber ich müsste nachschauen, wie viel sie kostet.«
»Oh, mein Gott, so viel!« Frau Bengtsson tat entsetzt. »Eine

Freundin hat es mir empfohlen, sie hat es von ihrem Mann geschenkt bekommen. Aber tausend Kronen …«

Die Verkäuferin lächelte freundlich. »Ja, das ist wie gesagt ein ziemlich teures Parfüm. Ihre Freundin hat einen guten Geschmack.«

»Ja, oder ihr Mann. Ich fürchte, ich muss mir den Namen aufschreiben und mir das für den nächsten Geburtstag aufheben. Das kann ich mir leider nicht leisten. Aber vielen herzlichen Dank. Entschuldigen Sie, dass ich Ihre Zeit verschwendet habe.« Ihre Hände waren schweißnass, als sie sich umdrehte, um zu gehen.

»Halt, warten Sie!«, rief die Verkäuferin ihr hinterher.

Scheiße. Jetzt ist es aus. Ich hätte nicht so viele nehmen sollen. Sie sieht ja, dass auf der Theke Dosen fehlen. Scheiße, scheiße, scheiße!

Mit rotem Gesicht drehte sie sich um. »Ja?«

»Hier habe ich etwas für Sie«, sagte die Verkäuferin und drückte ihr ein kleines Glasröhrchen in die feuchte Hand. »Eigentlich darf ich keine Proben von so teuren Parfüms verteilen, wenn jemand nichts kauft, aber Sie sahen so entsetzt aus. Ganz rot im Gesicht. Man braucht sich doch nicht zu schämen, wenn man tausend Kronen nicht einfach hinblättern kann. Nehmen Sie, dann kann Ihr Mann sich in den Duft verlieben.« Sie drückte Frau Bengtsson die Hand und lächelte mütterlich.

»Aber, aber. Das kann ich nicht …«

»Nehmen Sie es und gehen Sie, bevor es jemand sieht und alle das Gleiche haben wollen.« Immer noch lächelnd, winkte sie Frau Bengtsson davon, die mit dem Glasröhrchen in der Hand, fünf gestohlenen Cremes in der Tasche und noch röteren Wangen den Laden verließ.

Jetzt würde sie sicher in der Hölle landen.

Mitten im Einkaufszentrum lag ein Espresso House. Sie schwankte hinein und bestellte einen Milchkaffee mit Haselnusssirup. Ihr Herz pochte noch immer, sie wartete auf die schwere Hand, die sich auf ihre Schulter legte, und die Stimme, die sie bat, mitzukommen. Wie würde sie sich schämen, wenn der Kaufhausdetektiv sie zur Parfümtheke führen und sie zwingen würde, ihre Taschen vor der großzügigen Verkäuferin auszuleeren. Mein Gott.
Sie nahm eine Gratiszeitung, setzte sich an einen abgeschirmten Tisch und trank den Kaffee in großen Schlucken. Es war geschehen, nun war sie für immer als Ladendiebin abgestempelt. Sie versuchte sich an den Gedanken zu gewöhnen, um jede Reue zu vermeiden, und blätterte in der Zeitung, ohne zu lesen.
Reicht das denn?
Wieder eine dieser ärgerlichen inneren Stimmen.
»Ob was reicht?«, fragte sie verärgert in ihre Kaffeetasse, fischte etwas Schaum mit dem Finger heraus und leckte ihn ab.
Klauen. In der Bibel steht nicht »Du sollst nicht klauen«. Stehlen steht dort. Die Obergrenze eines Kleindiebstahls liegt ungefähr bei einem Tausender, nicht wahr? So war das jedenfalls früher.
Hatte sie nicht sogar irgendwo die Summe von achtzehnhundert gelesen? Vielleicht in einem Krimi? Alles unter achtzehnhundert zählte als Kleindiebstahl, alles darüber als Diebstahl.
»Bin ich Jurist, oder was?«, murmelte sie. Wütend rechnete sie aus, dass ihr Streich an der Parfümtheke einen knappen Tausender ausmachte. Es fehlten also achthundert, wenn sie ganz sicher sein wollte. Was konnte sie für achthundert Kronen klauen? Noch einmal zur Parfümtheke kam nicht in Frage. Nicht für alle Clinique-Cremes in ganz Schweden.

»Bengtsson?«
O nein, dachte Frau Bengtsson, noch bevor sie wusste, warum.
»Bengtsson!«
Sie sank so tief wie möglich in den Stuhl, zog die Schultern ein, senkte den Blick und tat, als wäre die Gratiszeitung unerhört interessant. Doch was sollte das schon helfen? Der Mann, der auf sie zukam, setzte sich wie selbstverständlich an ihren Tisch. Eine Papiertüte mit einem Sandwich landete frech auf der Zeitung und machte es unmöglich, nicht aufzuschauen, direkt in Beggos Augen.
»Hej, Beggo«, sagte sie resigniert.
»Bengtsson.« Er sagte es melodisch, fast genüsslich. Frau Bengtsson wurde übel. »Ich bin verliebt bis über beide Ohren. Ich hab mein Herz an dich verloren!«
»Könntest du bitte etwas leiser reden, oder muss es gleich die ganze Welt wissen?«
Er dämpfte die Stimme. »Träume werden manchmal wahr, du bist so nah, du bist so nah.«
»Reiß dich zusammen!«, sagte Frau Bengtsson verzweifelt und spielte nervös mit dem Glasröhrchen in ihrer Tasche. »Ich bin verheiratet, das weißt du genau. Was zwischen uns geschehen ist, war nur eine Dummheit. Es wird nie wieder vorkommen!«
»Sag doch nicht nein, sag vielleicht morgen«, probierte Beggo und nahm ihre Hand. Frau Bengtsson zog sie zurück, als hätte er eine ansteckende Krankheit.
»Zum Teufel. Ich habe kein Interesse«, zischte sie. »Begreif das endlich. Ich habe meinen Mann, und das soll auch so bleiben. Das in deinem Auto war nur ein Ausrutscher.« Sie dachte nach. »Aber es gibt jede Menge Mädchen da draußen, Beggo, du findest bestimmt eine zum Verlieben. Alle außer mir.« Da haben wir's. Jetzt rede ich auch schon in

Schlagertexten. Frau Bengtsson stand kurz vor einem Nervenzusammenbruch. Oder zumindest einem Tobsuchtsanfall.
»Aber dich gibt's nur einmal für mich, Bengtsson. Nur meine Gitarre und ich und ein Liebeslied für dich.«
»Zum Teufel, Beggo, du hast nicht einmal eine verdammte Gitarre und erst recht kein Liebeslied. Wenn du nicht sofort aufhörst, in Schlagertexten zu reden, hau ich dir eine rein. Kapierst du? So kannst du nicht weitermachen. Lass mich in Ruhe. Und halt die Schnauze mit deinen Schlagern. Lerne, wie ein normaler Mensch zu reden, es ist verdammt noch mal Zeit.« Sie sprang auf, zum zweiten Mal an diesem Mittwoch hochrot im Gesicht.
»Nennst du das Liebe?«, stammelte Beggo und sah sie flehentlich an.
Da ging es mit unserer Hausfrau durch. Sie nahm die Tüte mit Beggos Baguette und schlug sie mit jedem Wort auf den Tisch.
»Nein. Das. Ist. Es. Nicht. Halt. Den. Schnabel. Verdammter. Idiot. Und. Lass. Mich. In. Frieden!« Beim letzten Wort knallte sie ihm die lädierte Tüte an die Brust. Die Tüte platzte und verteilte Salatstreifen und Remoulade über seinen Schoß. »Begreif das endlich!«
Dann eilte sie davon. Klappte die Sonnenbrille herunter und schlug den Kragen hoch.
Was war das für eine Fehlschaltung bei den Menschen? Liebe. Offenbar war ihr Briefträger total durchgedreht. Sie hoffte, dass keiner ihrer Bekannten die Szene beobachtet hatte, und verließ das Einkaufszentrum.
Beggo blieb wie versteinert sitzen und starrte apathisch auf die Schweinerei in seinem Schoß. Ein junges Mädchen mit Pferdeschwanz kam hinter der Theke hervor und fragte, ob er in Ordnung sei. Er blickte auf und las ihr Namensschild.

»Nein, Tina, das bin ich nicht.« Es fiel ihm kein passender Text ein, und es war ihm auch egal, und während Tina den Tisch und ihn mit einem feuchten Lappen abwischte, brach er in Tränen aus.

Und was nun?
Frau Bengtsson wollte sich ihren Plan nicht von Beggo und seinem Geschwafel vermasseln lassen. Sie stand vor dem Einkaufszentrum und sah sich um. Ein Möbelgeschäft. Nun ja, es gab Leichteres, oder sollte sie etwa ein Sofa stehlen? Sie kicherte hysterisch bei dem Gedanken. Ein Hamburgerrestaurant. Auch nicht. Autozubehör? Dort würde sie als Frau zu viel Aufmerksamkeit erregen. Sie durchsuchte ihre Taschen nach Zigaretten, als sich die Gelegenheit offenbarte. Die Gelegenheit, die Diebe macht.
Vor einem Elektromarkt stand eine ältere Dame und wartete. Auf ein Taxi vielleicht, oder auf jemanden, der sie abholen würde. Sie war mindestens achtzig, bucklig und trug einen Schal, den sie wahrscheinlich selbst gehäkelt hatte. Nicht dass er schlecht gewesen wäre, sie sah einfach aus wie jemand, der viel häkelte. Und sie sah sehr nett aus, wie eine liebe Oma. Eine Häkeloma.
Einen halben Meter hinter der Häkeloma stand ein Karton, auf dem mit großen Buchstaben DELL stand. Die Oma hatte sich einen Laptop gekauft. Frau Bengtsson war nur noch wenige Meter entfernt und sah sich gezwungen, schnell zu handeln. Vor dem Hamburgerrestaurant spielten ein paar Kleinkinder, aber ihre Mütter oder Väter waren nirgends zu sehen. Sonst war niemand in der Nähe.
Drei Meter.
Die Oma schaute Frau Bengtsson freundlich mit geneigtem Kopf an.
Zwei Meter.

Einer.
Jetzt oder nie.
Als sie ganz nah war, nickte die Oma und grüßte: »Hej.«
»Hej, hej«, sagte Frau Bengtsson, bückte sich, packte den Karton und begann zu rennen.
Die Häkeloma schnappte entsetzt nach Luft, und kurz darauf hörte Frau Bengtsson ihre dünne Stimme: »Hallo? Hallo! Was tun Sie da? Mein Textverarbeiter. Kommen Sie zurück! Haltet den Dieb!«
Frau Bengtsson drehte sich nicht um. Sie rannte so schnell sie konnte, mit klopfendem Herzen und schlimmen Gedanken an die Rente der Häkeloma. Vielleicht hatte sie viele Monate auf diesen »Textverarbeiter« gespart?
Aber solche Gedanken waren gefährlich, sie konnten geradewegs zur Reue führen, und dann wäre alle Mühe vergeblich gewesen. Sie entschied, dass die Oma in Wirklichkeit eine reiche Dame war, die in einer Villa wohnte und auf ihren Privatchauffeur wartete. Wer sagt heutzutage schon »Textverarbeiter«? Nur Snobs, entschied sie und fühlte sich gleich besser.
Frau Bengtsson rannte und rannte. Sie rannte in die falsche Richtung, an zwei Bushaltestellen vorbei, und erst an der dritten traute sie sich stehen zu bleiben. Als der Bus endlich kam und am Einkaufszentrum vorbeifuhr, schaute sie verstohlen durchs Fenster, aber die Oma, (die Dame!) war verschwunden, und Frau Bengtsson entschied, dass sie mit größter Wahrscheinlichkeit ins Geschäft zurückgegangen war und sich dasselbe Modell noch einmal gekauft hatte. Für die Häkeldame waren zwanzigtausend nämlich Peanuts.

Als sie in die Fröjdgata zurückkam, hatte sie plötzlich eine Offenbarung. Ein genialer Plan war ihr eingefallen. Sie schlich in Herrn Rubins Garten und öffnete die Tür zu seinem Schuppen, die wie erwartet unverschlossen war. Dort stellte sie den Karton ab und leerte ihre Taschen. In letzter Sekunde änderte sie ihre Meinung und stopfte eine Cremedose zurück in die Jacke. Es war immerhin Clinique. Nachdem sie sich vergewissert hatte, dass niemand auf der Straße war, schlich sie wieder hinaus und ging nach Hause, in ihren eigenen Schuppen. Dort holte sie ihr Fahrrad, das sie ebenfalls heimlich in Herrn Rubins Schuppen abstellte.

Der Polizist, der ihren Anruf entgegennahm, bedauerte den Fahrraddiebstahl, doch könne er dafür keine Streife vorbeischicken. Was ausgezeichnet in Frau Bengtssons Plan passte.

Hallo?«, flüsterte sie in den dicken schwarzen Bakelithörer. »Ist dort die Polizei?«

»Ja. Mit wem spreche ich?«

»Ich möchte anonym bleiben«, flüsterte sie.

»Worum geht es?«

»Hören Sie zu.« Sie machte eine bedeutungsvolle Pause.

»Ja? Hallo, sind Sie noch dran?«

»Seien Sie still und hören Sie zu.« Das Spiel gefiel ihr. »Ich weiß, wer gestern Nachmittag die alte Dame im Einkaufszentrum von Jämnviken beraubt hat.«

»Aha, und woher …?«

»Pssst! Nur zuhören! Der Name des Mannes, der hinter allem steckt, ist Rubin, und er wohnt in der Fröjdgata Nummer 7, in Jämnviken.« Sie holte tief Luft. Beinahe hätte sie »hier in Jämnviken« gesagt. Aber wahrscheinlich konnte die Polizei sowieso feststellen, aus welcher Telefonzelle sie anrief. Nach einer Sekunde fügte sie hinzu: »Er steckt hinter vielen Diebstählen und Schiebereien und hortet jede Menge Diebesgut. Fröjdgata 7. Jämnviken. Bitte schön.« Sie legte den Hörer auf. Die Straße war menschenleer, und sie entfernte sich rasch von der Telefonzelle. Nach Hause. Dort setzte sie sich mit einer großen Tasse Kaffee ans Küchenfenster – natürlich hinter der Gardine – und wartete.

Als Erstes kam Rakel zur Tür heraus, überquerte die Straße und klingelte bei Frau Bengtsson.
Frau Bengtsson klopfte ans Fenster und bedeutete ihr, dass die Tür offen war und sie eintreten sollte.
»Was tust du da?«, fragte Rakelsatan schon im Flur. »Du sitzt schon seit einer halben Stunde hier und starrst zum Fenster hinaus. Und ich saß an meinem Fenster, seit ich dich entdeckt hatte, und fragte mich, was du vorhast. Aber was immer es ist, es ist bestimmt lustiger zu zweit. Mit einer Tasse Kaffee natürlich. Also: Was hast du vor?«
»In der Thermoskanne auf dem Tisch ist warmer Kaffee, bedien dich. Ich habe falsch Zeugnis geredet wider meinen Nächsten.«
»Oh! Erzähl!«, sagte der Teufel verzückt.
»Ich habe ein paar Sachen gestohlen – du weißt schon, das siebte Gebot – und sie bei Herrn Rubin abgestellt. Auch mein Fahrrad, das ich gestern als gestohlen gemeldet habe. Und vorhin habe ich die Polizei angerufen, anonym natürlich.« Frau Bengtsson klang stolz und zeigte keine Spur von Scham.
»Wie listig!«
Ja, das fand sie auch.
Satan nahm einen Stuhl und setzte sich neben sie ans Fenster. »Alle Achtung. Das darf ich nicht verpassen.«
Frau Bengtsson sah ihre Nachbarin leicht verwundert an, aber in letzter Zeit waren so viele seltsame Dinge geschehen, dass sie nicht weiter darüber nachdachte. »Wenn ich jetzt nicht in der Hölle lande!«
Satan kicherte. »Definitiv.«
Nach einer weiteren halben Stunde kam ein Polizeiauto langsam um die Ecke, und beide lehnten sich neugierig nach vorn.
»Verdammte Scheiße!«, sagte Frau Bengtsson. Direkt hinter

dem Streifenwagen fuhr, ebenso langsam, die Gelbe Gefahr. Rakelsatan schwieg und schaute erwartungsvoll zu. Draußen hielt die Polizei auf der einen und die Gelbe Gefahr auf der anderen Straßenseite an. Genau gleichzeitig stiegen zwei Polizistinnen und Beggo aus ihren Autos. Er hielt eine Rose in der Hand und nickte artig den Polizistinnen zu, die den Gruß erwiderten.

»Pass auf, dass er dich nicht sieht«, zischte Frau Bengtsson und rückte einen halben Meter vom Fenster weg. Rakel tat es ihr nach, und fünf Sekunden später klingelte es an der Tür. Sie rührten sich nicht vom Fleck, saßen mucksmäuschenstill.

Es klingelte wieder.

Rakel unterdrückte ein Kichern, und Frau Bengtsson vermied ihren Blick, um nicht selbst in Gelächter auszubrechen.

Ding, dong!

Er klingelte noch ein paarmal, bevor er mit hängendem Kopf ins Auto stieg. Ohne Rose. Er startete den Motor. Auf der anderen Straßenseite hatte Herr Rubin die Tür geöffnet und die beiden Polizistinnen hereingelassen.

Rakelsatan sprang auf. »Ich hole sie!«

Wenige Sekunden später hielt Frau Bengtsson die Rose in der einen und die Karte in der anderen Hand.

»Mach sie auf. Ich platze vor Neugier!«

Frau Bengtsson schaute aus dem Fenster und sah, wie die Gelbe Gefahr noch einmal vorbeifuhr.

»Scheiße. Wir hätten warten sollen. Jetzt weiß er, dass ich daheim bin. Was denkt der sich eigentlich? Mein Mann hätte daheim sein können! Was hätte er dann gemacht, ihm die Rose gegeben?«

Der Teufel lachte. »Vielleicht denkt er, dass es keinen Unterschied mehr macht, wo ihr es doch neulich in aller Öffentlichkeit getrieben habt.«

»Hast du uns etwa gesehen?«
»Na klar«, antwortete Satan, als wäre es das Natürlichste der Welt. »Du bist nicht die Einzige, die regelmäßig aus dem Fenster glotzt, weißt du. Yersinia hat es auch gesehen. Ich soll dir ausrichten, dass es höchste Zeit war.«
»Yersinia lässt mir ausrichten«, lachte Frau Bengtsson ironisch und öffnete die Karte. Prompt verging ihr das Lachen. »Mein Gott.«
»Was? Was steht da?«
Sie reichte Rakel die Karte.
Reden mit Herr Bengtsson. Er muss wissen.
Entzückt schrie Rakelsatan auf. »Leck mich am Arsch!«
Da klopfte es an der Tür, und nun schrie Frau Bengtsson auf. Rakel hob die Gardine an und schielte hinaus. »Das ist nur die Polizei. Mach auf, ich warte hier.«

»Guten Tag, gnädige Frau. Ich hoffe, wir stören nicht?«, sagte die Polizistin, die mit Frau Bengtssons Fahrrad vor der Tür stand.
»Guten Tag, Frau Wachtmeister. Nein, überhaupt nicht. Aber das ist ja mein Fahrrad! Das ging schnell, ich habe den Diebstahl erst gestern gemeldet. Wo haben Sie es gefunden?« Sie tat ihr Bestes, um überrascht auszusehen. »Möchten Sie eine Tasse Kaffee?«, fügte sie hinzu, bereute es aber sofort.
»Nein, vielen Dank. Wir haben einen anonymen Hinweis auf einen Ihrer Nachbarn bezüglich eines Überfalls bekommen, und als wir sein Grundstück durchsuchten, fanden wir das Fahrrad. Komischerweise hat der Alte selbst gesagt, es sei Ihres.«
»Welcher Alte?«, fragte Frau Bengtsson und kam sich sehr schlau vor. Die Polizistin zeigte auf die andere Straßenseite und sagte: »Ein gewisser Herr Rubin.«

»Ach so. Ja, er hat sich in letzter Zeit etwas seltsam benommen.«

Die Polizistin zückte sofort ihren Notizblock.

»Können Sie das etwas genauer schildern?«

»Ja, also … Ein bisschen zwielichtig.« Frau Bengtsson wurde nervös, trat von einem Bein auf das andere und spielte mit ihren Haaren. »Ich weiß nicht, wie ich es sagen soll, aber wenn man so dicht nebeneinander wohnt, in einem Viertel wie diesem, dann merkt man, wenn jemand …«

»Wenn jemand …«, half die Polizistin nach.

»Wenn jemand irgendwelche Dummheiten macht. Ein anonymer Hinweis, sagen Sie? Von wem?«

Die Polizistin musterte Frau Bengtsson. »Wenn wir das wüssten, wäre es nicht anonym.«

»Natürlich, wie dumm von mir«, kicherte sie. »Würde mich nicht wundern, wenn es einer der Nachbarn war. Wie gesagt, er hat sich in letzter Zeit seltsam benommen.«

Rakel steckte den Kopf aus der Küchentür und sagte: »Guten Tag. Ich bin Herrn Rubins Nachbarin aus der Nummer 9, und er war wirklich seltsam in letzter Zeit. Es ist wahrscheinlich das Alter, wie schade.«

»Guten Tag, guten Tag. Auf welche Art seltsam?«

»Zum Beispiel ist er mit einem Kescher im Garten herumgelaufen und hat laut über die armen, kleinen Vögel geschimpft. Einmal hat er vor ein paar Kohlmeisen das Vaterunser aufgesagt. Na ja, vielleicht waren es auch Blaumeisen. Jedenfalls ist er wohl ein bisschen durchgedreht, Sie wissen schon.« Sie tippte mit dem Zeigefinger an die Stirn.

»Interessant. Kohlmeisen, sagen Sie?«

»Ja, oder irgendwelche andere kleine …«, Satan beherrschte sich im letzten Moment, bevor das Wort »Mistviecher« über Rakels Lippen kam, »… Piepmätze.«

»Okay. Haben Sie vielen Dank, Frau?«

»Karlsson. Fräulein.«

»Vielen Dank, Fräulein Karlsson. Es sieht tatsächlich so aus, als wäre der Alte schlicht und einfach durchgedreht. Wollen Sie den Fahrraddiebstahl anzeigen?«

Frau Bengtsson dachte nach. »Nein, nein. Jetzt habe ich es ja wieder, und es sieht unversehrt aus. Wozu das System unnötig belasten?«

»Da haben Sie recht. Unter uns gesagt: Es wäre sowieso nichts dabei herausgekommen«, sagte die Polizistin.

»Wieso denn?«, fragte Rakelmirakel interessiert aus der Küche.

»Er hatte merkwürdiges Diebesgut im Schuppen. Teure Cremes. Clinique-Augencreme. Was soll ein alter Knacker damit anfangen? Und dann das mit den Vögeln.« Es war unklar, ob die Polizistin sich schüttelte oder mit den Schultern zuckte. »Das mit den Vögeln ist interessant. Wir haben nämlich jede Menge tote Vögel in seinem Haus gefunden.«

»Was?«, riefen Frau Bengtsson und Rakel gleichzeitig.

»Ja, der Kescher, den Sie erwähnten, stand auf dem Balkon. Sieht aus, als hätte er damit Vögel gefangen und sie dann totgeschlagen. Meisen, Rotkehlchen, Dompfaffen und Amseln. Als wir ihn fragten, behauptete er, dass der Teufel in den Singvögeln stecke. Er sei vor kurzem von einem Vogel attackiert worden, der vom Teufel besessen war. Ein Kanarienvogel, ausgerechnet, und er habe die *Carmina Burana* gezwitschert. Sie sehen selbst. Der Alte hat nicht mehr alle Tassen im Schrank.«

»Was wird nun geschehen?«, fragte Frau Bengtsson mit einem Anflug schlechten Gewissens. Offenbar war Herr Rubin wirklich krank im Kopf. Satan lachte sich in Rakels Fäustchen.

»Wir fahren ihn in die Psychiatrie, die können das besser beurteilen. Für mich sieht es aus, als müsse er in ein Heim.

Wer tote Singvögel in seinem Wohnzimmer sammelt, sollte besser nicht allein wohnen.«
»Nein«, sagte Frau Bengtsson, »wirklich nicht.«
»Es ist tragisch, wenn alte Menschen den Verstand verlieren. Vielen Dank, dass Sie sich die Zeit genommen haben«, sagte die Polizistin und steckte ihren Notizblock ein. Das Einzige, was sie notiert hatte, war: »Merkwürdiges Benehmen«.
»Das ist doch selbstverständlich. Kommen Sie ruhig wieder, wenn noch etwas sein sollte. Und vielen Dank für das Fahrrad!«
»Ich danke auch. Einen schönen Tag!«
»Danke, gleichfalls«, sagte Frau Bengtsson, schloss die Tür und ging in die Küche.
»Shit«, sagte Rakelsatan. »Tote Singvögel im Wohnzimmer, stell dir mal vor!«
Frau Bengtsson lächelte unfreiwillig. »Nein, das ist total verrückt. Ein Glück, dass ich die Polizei auf ihn gehetzt habe. Wer weiß, was noch alles passiert wäre?« Sie schüttelte sich.
»Ja«, sagte Satan. »Es war gut so. Wo waren wir stehengeblieben?« Er trank einen Schluck Kaffee. *»Reden mit Herr Bengtsson. Er muss wissen.* Was wirst du dagegen tun?«
Frau Bengtsson starrte Fräulein Karlsson verständnislos an. Erst jetzt fiel ihr auf, dass die immer noch die Karte in der Hand hielt.
»Ich weiß es nicht.«
»Irgendwas musst du tun. Aber, aber …« Rakelmirakel trank nonchalant einen Schluck Kaffee. »Noch drei Gebote übrig?«
»Eins«, sagte Frau Bengtsson und starrte fassungslos auf die Karte.
»Nur eins? Und was ist mit dem neunten und dem zehnten?

›Du sollst nicht begehren deines Nächsten Haus‹ und ›Du sollst nicht begehren deines Nächsten Weib, Knecht, Magd, Vieh noch alles, was sein ist‹?«

Sie lachte bitter. »Ich wohne in Jämnviken, Rakel, und außerdem bin ich ein Mensch. Diese zwei Gebote habe ich mein Leben lang gebrochen, und zwar jeden Tag. Ich hätte ums Verrecken nicht anders gekonnt.«

»So, so«, antwortete der Wanderer. »Dann wäre wirklich nur noch ein Gebot übrig. Hast du schon entschieden, wen du töten wirst?«

»Ja«, antwortete Frau Bengtsson, den Blick fest auf die Karte gerichtet. Ohne ein Wort ging sie zum Kühlschrank, schenkte ein großes Wasserglas voll Weißwein und trank es auf einen Zug aus.

»Ja, das habe ich.«

Beggo also«, sagte Rakelsatan ernst und sah Frau Bengtsson an, die nervös mit dem Saum der Küchengardine spielte.

»Mm. Ich weiß es nicht. Oder doch.« Jetzt sah sie Rakel in die Augen. »Doch, Beggo.«

»Das klingt nicht gerade überzeugt.«

»Aber es liegt auf der Hand. Ganz egal wen ich aussuche, schwer ist es auf jeden Fall.«

»Natürlich.«

»Andererseits ist das der Endspurt, sozusagen.« Sie streckte sich. »Wenn ich das hinter mir habe, kann ich zu meinem alten Leben zurückkehren und auf Gott und den Teufel und seine Großmutter scheißen. Dann habe ich wirklich alles getan, um nicht bei Ihm zu landen.« Sie zeigte auf die Decke. »Oder etwa nicht?«

Satan grinste. »Ja. Mehr, als ich dir zugetraut hätte.« Und während er dies sagte, hatte er einen Geistesblitz. »Du!«

»Ja?«

Er musste sich beherrschen, nicht zu lachen und nicht allzu fröhlich zu klingen. »Als guter Christ kann ich nicht einfach zusehen, wie du einen unschuldigen Menschen umbringst.«

Frau Bengtsson wurde hochrot. »Was? Was willst du damit

sagen, Rakel? Willst du mich etwa daran hindern? Komm bloß nicht auf die Idee, sonst ... Sonst!«

»Nein, beruhig dich«, antwortete Satan. »Wie gesagt, ich bin ein guter Christ. Und wenn es eine Sache gibt, die wir guten Christen beherrschen, dann ist es die Selbstaufopferung. Das ist fast wie eine Schnellspur in den Himmel, weißt du.«

»Und?«

»Tja. Mein ganzes geistiges Leben, meine Suche, alles ist letztendlich darauf ausgerichtet, die Ewigkeit bei Gott verbringen zu dürfen. In seiner Herrlichkeit, im Paradies.«

Langsam dämmerte Frau Bengtsson, was Rakel sagen wollte. »Äh, du meinst ...«

»Ja.« Rakelsatan sah sie ernst an. »Ich meine, dass du mich an Beggos Stelle töten sollst.« Im Stillen setzte er den Satz fort: Dann wird die Welt um ein Theologenaas erleichtert! Er legte den Kopf schräg, um so fromm wie möglich auszusehen.

»Nein, Rakel.«

»Nein?«

»Nein.«

»Aber es wäre doch perfekt! Du würdest das letzte Gebot brechen, und Beggo müsste nicht sterben. Er ist doch trotz allem nur ein verliebter Trottel. Und ich bekäme einen Einzelfahrschein ins Himmelreich. Wie kannst du dazu nein sagen, wenn die einzige Alternative ist, einen Unschuldigen zu töten? Das passt doch nicht zu dir?« Der Teufel sah Frau Bengtsson tief in die Augen. »Du bist doch keine Mörderin?«

Ein kaltes Lachen entfuhr Frau Bengtsson. Sie ließ die Gardine los und sah dem Teufel in die Augen. »Weißt du, das hätte ich bis jetzt selbst nicht gedacht.«

Satan sah sie ein paar Sekunden erstaunt an, und Frau

Bengtsson wich seinem Blick nicht aus. Schließlich stimmte er in ihr Lachen ein. »Okay, zum Teufel, hier kommst du.«

»Ja, hier komme ich.«

Mit der Freitagspost kamen eine weitere Rose und Karte.

»Ich hol dir vom Himmel die Sterne, und du, was gibst du mir dafür? Dein Herz, nur das möcht ich so gerne, damit ich dich nie mehr verlier. Bleib bei mir. Bleib bei mir.«

»Glaubst du eigentlich wirklich, das funktioniert?«, fragte Frau Bengtsson wütend den Zettel. Glaubte Beggo tatsächlich, dass sie seinen Wisch lesen und plötzlich zur Einsicht kommen würde, dass sie schon immer für ihn bestimmt war? Sie schnaubte und trank einen großen Schluck Wein. Da entdeckte sie das gefaltete Blatt, das zwischen einer Reklamebroschüre für Gartenpools und der Speisekarte einer Pizzeria lag. »An Herrn Bengtsson« stand in Beggos krakeliger Handschrift darauf.

»Blöder Idiot«, sagte Frau Bengtsson, entfaltete das Blatt und schüttete sich aus vor Lachen. Er hatte geschrieben: »Frau Bengtsson und ich. Nichts kann uns trennen, egal was geschieht.«

»Oh, du armer, kleiner, verwirrter, afrikanischer Dummkopf«, sagte Frau Bengtsson. »Du willst sterben, nicht wahr?« Sie trank mehr Wein. War es vielleicht eine Alternative, Herrn Bengtsson die Sache erledigen zu lassen? Sie würde ihm schon weismachen, dass Beggo der Schuldige war. Dass er sie einfach nicht in Frieden gelassen hatte. Sie bräuchte ihm nur Beggos Zettel zu zeigen und ein paar Tränen verdrücken. Das Stalking-Opfer spielen. Herr Bengtsson würde wahnsinnig werden.

Aber trotz allem würde er Beggo kaum töten. Vielleicht würde er ihn krankenhausreif schlagen, aber ein Mörder war ihr Mann nicht. Es war allein ihr Problem, ihr Projekt. Und ihr Mord. Sie las den Zettel noch einmal und lachte bitter.

Am Freitagabend, als Herr Bengtsson laut schnarchte, schlich sie sich nach draußen und klebte eine Nachricht unter den Briefkastendeckel. »Hol mich am Sonntag um neun Uhr ab. Morgens. Keiner hält uns auf.«

Am Samstagmorgen war ihre Nachricht verschwunden. Sie schüttelte sich vor Grauen. Er war in der Nacht da gewesen. Als sie entdeckte, dass der Weinvorrat aufgebraucht und der Monopolladen schon geschlossen war, ging sie in die Garage und bediente sich an dem deutschen Bier, das ihr Mann dort hortete. Herr Bengtsson trank selbst Bier und fand ihr Benehmen völlig normal. Es war schließlich Samstag.

Am Sonntagmorgen um fünf vor neun hörte Rakelsatan die Hupe. Der Mädchenteufel sah nicht einmal zum Fenster hinaus. Er wusste, dass es Beggo war und dass er gekommen war, um Frau Bengtsson zu holen.

Freilich, er hatte ihnen ein wenig auf die Sprünge geholfen, aber sein Einsatz war minimal gewesen. Er hatte beobachtet, wie Frau Bengtsson am Freitagabend die Nachricht am Briefkasten befestigt hatte. Offenbar bildete die Hausfrau sich ein, dass Beggo ihr sogar nachts hinterherschlich. Sicher würde dies ihr Vorhaben erleichtern, also ließ er sie in dem Glauben. In Wirklichkeit saß Beggo brav zu Hause, weshalb Satan etwas nachhalf. Spät in der Nacht schlich er hinaus und riss den Zettel vorsichtig ab. Dann ging er zu Beggo, klebte ihn an dessen Haustür, klingelte und versteckte sich schnell hinter dem Haus des Nachbarn.

Wäre er nicht der Teufel gewesen, hätte ihm Beggo sicher leidgetan, als der schlaftrunken die Tür öffnete. Der junge Tunesier las die Nachricht und sprang mit beiden Füßen dreimal in die Luft. »Ja! Yes! Bengtsson!«, schrie er, bevor er sich zusammenriss und erschrocken umschaute, immer noch mit einem breiten Grinsen im Gesicht. Satan bezweifelte, dass Beggo in dieser Nacht noch viel Schlaf bekommen würde, und schlich lachend nach Hause zu Rakel.

Nun wusste er, dass es so weit war. Er rief Yersinia und nahm sie auf den Arm. Draußen wurde eine Autotür geöffnet und gleich wieder zugeknallt, dann fuhr die Gelbe Gefahr leise davon. Kein Blitzstart, keine quietschenden Reifen. Er freute sich viel zu sehr, dass Frau Bengtsson bei ihm im Auto saß, der Arme. Satan sah Yersinia an.

»So, du kleines Biest. Ich werde dich vermissen. Du bist eine echt kuschelige Mieze.« Er drückte einen Kuss zwischen ihre Ohren und atmete ihren Duft ein.

»Miau«, sagte Yersinia traurig.

»Ja, miau. Aber du musst hierbleiben.« Er setzte sie vorsichtig ab.

Dann schloss er Rakels Augen und neigte ihren Kopf nach hinten. In einem einzigen Strom überließ der Teufel die kleine Theologiestudentin ihrem Schicksal und flog durchs Dach hinaus und höher, bis er einen kleinen, gelben Punkt auf der Straße sah. Die Gelbe Gefahr. Er lachte so bitterböse, dass er sich schüttelte und beinahe mit einer Ente zusammengestoßen wäre.

»Pass doch auf!«, quakte die Ente sauer.

»Halt's Maul«, antwortete Satan und folgte Frau Bengtsson und Beggo in ausreichendem Abstand.

In der Küche der Fröjdgata Nummer 9 fiel Rakel ohnmächtig zu Boden. Yersinia betrachtete sie überrascht, dann ging sie zu ihr, rollte sich dicht neben ihr zusammen und begann zu schnurren.

»Das glaubst du doch selber nicht!«

Der Teufel zuckte im Flug zusammen. Neben ihm flog Gott und folgte ebenfalls dem gelben Auto. Gott lachte. Verdammt!

»Du!«

»M-m«, antwortete Gott und lachte wieder.

»Ich habe nichts getan, du kannst die Schuld nicht auf mich schieben. Es war einzig und allein Frau Bengtssons Idee – alles. Sie hat selbst entschieden, dir zu trotzen, und sie hat selbst entschieden, wie. Ich habe ihr nur die Wahrheit über ein paar Dinge gesagt. Nichts als die Wahrheit!«

Gott sah ihn mit traurigen Augen an. »Ach, mein lieber Wanderer. Die Wahrheit und du, ihr seid schon so lange voneinander geschieden, dass du sie nicht mehr erkennst.«

»Ach was, alles Wortklauberei. Frau Bengtsson ist selbst darauf gekommen, dass sie dich hasst.« Siegessicher und hochnäsig sah er seinem Schöpfer in die Augen.

»Ich weiß«, antwortete Gott, und sein trauriger Blick versetzte trotz allem Satans Engelsherz einen Stich. »Aber …« Gott wurde sichtbar heiterer. »Sie hasst nicht mich.« Wieder lachte er, und der Teufel erinnerte sich, wie sehr er dieses Lachen einmal geliebt hatte.

»Wen denn sonst?«

»Sie hasst mein Bild. Das Bild, das die Bibel von mir zeichnet. Und du. Dabei weißt du ebenso gut wie ich, dass dieses Buch zu neunzig Prozent aus Gewäsch besteht.«

»Aber nicht die Gebote! Du hast sie ihnen gegeben, damit sie danach leben. Und du weißt genau, was sie getan hat und was sie jetzt vorhat!«

»Ja, ich weiß«, sagte Gott. »Ich habe ziemlich viel darüber nachgedacht.«

»Und du hast es gesehen! Sie hat gelogen, begehrt, den Feiertag nicht geheiligt und …«

»Ja«, kicherte Gott. »Sie ist ein unterhaltsames kleines Geschöpf, diese Frau Bengtsson. Aber ziemlich harmlos, findest du nicht auch?« Er warf Satan einen Seitenblick zu, der ihn schlucken ließ.

»Harmlos? Wie kannst du das sagen? Du, der alles gesehen hat. Okay, bloß weil sie flucht oder erzählt, dass ihre Mama haarige Beine hatte, landet sie noch nicht in meinem Feuersee. Aber sie hat Ehebruch begangen!« Herausfordernd sah er den Ewigen an.

»Ja, aber …«

»Was, aber?«

»Sie bereut es. Es ist die einzige dieser ganzen Dummheiten, die sie wirklich bereut. Sie gibt es zwar nicht zu, aber sieh nur, wie sie all ihre Selbstverachtung auf den armen Briefträger projiziert. Sie bereut es zutiefst. Aufrichtige Reue führt sofort zu meiner Vergebung, lieber Wanderer. Wenn einer das wissen müsste, dann du.« Gott lächelte ihn an, und Satan geriet außer sich vor Wut.

»Wenn einer das wissen müsste. Ich weiß es sehr wohl, aber wenn du glaubst, ich hätte mich verändert, dann irrst du dich. Ich bereue nicht eine Sekunde, dass ich mich geweigert habe, tagaus, tagein langweilige Lobeshymnen auf dich zu singen. Ich bereue nicht eine Sekunde, dass ich mich von deinen Regeln befreit habe. Ja, ich bin frei, egal wie sehr ich dich vermisse. Frei!«

»Ja, ja, ich weiß«, antwortete Gott. »Du bereust nichts. Noch nicht.«

»Halt's Maul«, murmelte Satan. Er hasste es, wenn Gott mit seiner Allwissenheit prahlte. »Okay, sie bereut den Ehebruch. Wenn du meinst. Aber was ist mit Herrn Rubin? Ich wette, dass sie keinen einzigen Gedanken an ihn verschwendet hat, seit die Polizei ihn abgeholt hat. Du weißt doch, was sie mit dem armen Alten gemacht hat?«

»Tu nicht so«, sagte Gott. »Du weißt genau, dass ich es weiß.«

»Und?«

»Sie hat dem alten Narren damit einen Dienst erwiesen. Durch deine Nummer mit dem Kanarienvogel ist er endgültig durchgedreht. Und dann der Stress mit der Polizei und das Diebesgut in seinem Schuppen, das war einfach zu viel. Er starb drei Stunden nachdem sie ihn in der Psychiatrie eingeliefert hatten. Er ist jetzt bei mir.« Gott lachte. »Er hat es gut, und er freut sich sehr, dass es wirklich so war, wie er dachte – dass ihn ein Teufelsvogel besucht hat. Dass er nicht verrückt war. Jedenfalls nicht am Anfang.«

»Pfui Teufel«, brummelte Satan.

»Ja?« Gott sah ihn an.

»Aber! Wir fliegen hier schließlich nicht ohne Grund. Du bist hier, weil du weißt, was sie vorhat. Sie will einen unschuldigen Menschen töten. Sie will das wichtigste aller Gebote brechen.«

Gott kicherte. »Aber mein geliebter Wanderer.« Satan wurden die Augen feucht, wenn Gott ihn seinen Geliebten nannte. »Seit wann zählt schon der Gedanke?«

Erst als sie auf die Landstraße einbogen, die aus Jämnviken herausführte, fiel ihr ein, dass sie keine Waffe mitgenommen hatte. Kein Messer, kein … Schraubenzieher, kein Gift.

Spinn nicht rum, du dummes Huhn. Wie hättest du ihn denn vergiften wollen? Mit Suppe aus der Thermoskanne?

Eigentlich keine dumme Idee. Sie könnte sagen, dass sie für ihn gekocht hatte, weil sie ihn so liebte, und ihm eine Thermoskanne mit Pilz- und Rattengiftsuppe mitgeben. Warum war ihr das nicht früher eingefallen! Eine brillante Idee.

»Bengtsson, Bengtsson!« Er hatte sich in eine Art euphorisches Mantra hineingesteigert, der Verrückte, das er sogar in seine grässliche Schlager-CD zu integrieren verstand. Gerade war *Zehntausend rote Rosen* an der Reihe, und jedes Mal wenn der Refrain vorbei war, fügte er ein »Bengtsson, Bengtsson!« hinzu, bevor er mit der CD um die Wette weitersang.

»Zum Teufel, Beggo, sag wenigstens *Frau* Bengtsson. Wir sind doch nicht beim Militär.«

Er sah sie ekstatisch an. »Nicht Frau! Nicht Frau und Bengtsson. Frau Beggo!«

Sie musste sich zusammenreißen. Es tat weh, ihn anzu-

lächeln, wenn er so etwas sagte. »Natürlich. Frau Beggo.«
Sie wollte kotzen.
»Zehntausend rote Rosen auf einmaaaaal!«, grölte Beggo fröhlich und legte eine Hand auf ihr Bein.
Ich werde verrückt, ich spüre es. Gleich drehe ich durch. Und jetzt fasst er mich auch noch an. Ich … ich …
Etwas piepste laut. Es war das eingebaute GPS, das den Fahrer warnte, dass er mit dreiundneunzig Stundenkilometern über eine Straße düste, auf der Tempo siebzig galt. Beggo schien es nicht zu kümmern, er grölte weiter.
»Zehntausend rote Rosen und ein Liiiiied – Bengtsson! Bengtsson! Frau Beggo!«
Das war der Tropfen, der das Fass zum Überlaufen brachte. Frau Bengtsson hörte, wie es in ihrem Schädel klickte, und ohne nachzudenken, griff sie Beggo ins Lenkrad und zog.

Dass allein der Gedanke zählt, ist ein äußerst seltsamer menschlicher Einfall, das weißt du ebenso gut wie ich. Was wirklich zählt, ist die Tat. In die Gedanken eines Menschen mische ich mich nicht ein. Kannst du dir vorstellen, wie nervig das wäre?«

Satan wollte gerade antworten, als Gott heftig nach Luft schnappte.

Unten auf der Straße sahen sie, wie das gelbe Auto plötzlich scharf nach rechts ausscherte und direkt gegen eine alte Kiefer prallte. Sie mussten mit mindestens neunzig Stundenkilometern unterwegs gewesen sein. Frau Bengtsson wurde durch die Windschutzscheibe geschleudert und flog circa zwanzig Meter durch die Luft. Von oben sah sie aus wie eine Stoffpuppe. Sie prallte mehrmals auf dem Boden auf und hinterließ blutige Abdrücke, bis ihr Körper schließlich an einem Baumstamm liegen blieb. Es bestand keinerlei Zweifel, dass unsere Hausfrau tot war, und seltsamerweise stimmte dies Satan traurig. Er hatte sie offenbar lieber gewonnen, als er dachte.

Auf Beggos Seite war der Airbag aufgegangen, und Satan nahm eine Bewegung wahr.

War es wirklich möglich? Plötzlich begann die Hupe der Gelben Gefahr aus vollem Hals zu tuten. Als hätte das Auto

den ersten Schock überwunden und wollte nun so laut wie möglich sein Unglück klagen, heulte es auf, und ebenso überraschend hörte es wieder auf.
Hinter der Gelben Gefahr blieb ein dunkelgrüner Jeep stehen. Eine Frau sprang heraus, lief zu dem Postauto und rief: »Herrgott, Herrgott, Herrgott!« Sie legte die Hand auf den Türgriff der Fahrerseite. Die Tür fiel aus den Angeln, und sie sprang zurück. Und dann hörte Satan, was er befürchtet hatte.
»Bleiben Sie still sitzen, ich rufe einen Krankenwagen!«
Der Teufel stieß ein abgrundtiefes Gebrüll aus, so dass die Frau aus dem Jeep verwundert in den Himmel guckte. Wie konnte es donnern, wenn keine Wolke am Himmel war?
Dieser elende, aufsässige Wurm von einem Briefträger hatte überlebt.
Frau Bengtsson hatte nicht getötet.
Rasend vor Wut fuhr er zur Hölle.
Er hatte verloren. Wieder.

Frau Bengtsson spürte, wie ihr Körper im Gras herumrollte. Sie konnte nichts dagegen tun; zu groß war die Wucht, die sie aus dem Auto katapultiert hatte. Sie überschlug sich mehrmals, bis sie endlich liegen blieb und ihren Körper nicht mehr spürte.

Wenn ich einfach still liegen bleibe, ist das alles vielleicht gar nicht geschehen, dachte sie und kniff die Augen so fest wie möglich zu.
Moment … Liege? Hier?
Wie war das passiert? Sie hatte gespürt, wie ihr Schädel die Scheibe durchbrach, und sie hatte ihre Knochen beim Aufprall brechen hören.
Und hier liege ich und denke? Sie horchte in sich hinein. Und es tut nicht einmal weh … Liegt das vielleicht am Schock? Am Adrenalin?
Lebe ich?
Sie öffnete sehr vorsichtig die Augen.
Als Erstes fiel ihr auf, dass alles weiß war. Weiß und silbrig. Das Gras, auf dem sie lag, war wie silbrig gesponnener Zucker, bloß nicht klebrig. Der Baumstamm, an dem sie lehnte, schien aus purem Silber zu sein. Er strahlte sie an, und über ihr, in der Baumkrone aus kristallweißen, zarten Blät-

tern, die musikalisch im Wind klimperten, saß ein weißes Kaninchen, hielt den Kopf schräg und lächelte sie an.
Okay, ich bin tot.
Sie strich mit der Hand über den Kopf, fühlte aber weder Wunden noch Blut noch Schmerz. Sie schaute in den Baum. Das weiße Kaninchen lächelte noch breiter und entfaltete ein paar enorme, engelsgleiche Flügel. Mit einer Bewegung, die alle Schönheit der Schöpfung bündelte, flog es von seinem Ast und landete vor Frau Bengtsson auf dem weichen Boden.
Gott schüttelte seinen kleinen Körper und sah sie mit strahlenden Augen an.
»Endlich sehen wir uns, mein armes, geliebtes Geschöpf! Willkommen im Paradies! Wir haben viel zu reden.«
»Oh, zum Teufel!«, sagte Frau Bengtsson und fiel in Ohnmacht.

Epilog

Als der Krankenwagen kam, stellten die Sanitäter schnell fest, dass man Beggo aus dem Wrack herausschneiden musste, und riefen die Feuerwehr. Beggo hatte sein Bewusstsein wiedergewonnen, und die Frau aus dem Jeep weinte mit ihm, als er leise wimmerte: »Bengtsson. Bengtsson …«

Sie verstand, dass er die tote Frau unter dem Baum meinte und dass er sie geliebt hatte. Sie tröstete ihn so gut sie konnte: »Sie ist jetzt an einem besseren Ort.« Aber Beggo war untröstlich. Deshalb war er dankbar, als dem Feuerwehrmann, der ihn aus seinem geliebten Auto befreien sollte, die Kreissäge ausrutschte. Ja, als das Sägeblatt wie ein glänzendes Pferd auf ihn zukam, seufzte er vor Erleichterung, und im nächsten Moment wurde er geköpft.

Herr Bengtsson, der einer aufgelösten, ja völlig hysterischen Rakel die Tür geöffnet hatte, sprach nach dem Unglück ein ganzes Jahr lang kein Wort.

Seine Frau hatte eine Verhältnis gehabt. Mit dem Briefträger.

Er versank in eine so tiefe Depression, dass er ins Krankenhaus musste. Rakel, die eine gute Christin war, brachte es nicht über sich, ihm zu sagen, was seine liebe Ehefrau in den letzten Tagen ihres Lebens vorgehabt hatte. Sie erkannte, wie sehr er sie geliebt hatte und wie groß seine Trauer war. Kurze Zeit später brach sie ihr Theologiestudium ab, denn nach allem, was sie erlebt hatte (leider erinnerte sie sich an jedes Detail), konnte ihr kein Mensch mehr etwas über Religion und Christentum erzählen. Stattdessen widmete sie sich der Aufgabe, den armen Herrn Bengtsson zu pflegen. Zuerst im Krankenhaus, wo sie ihn jeden Tag besuchte, und dann zu Hause. Sie kochte und putzte für ihn, machte den Abwasch und kümmerte sich um das Haus, während er apathisch im Bett lag und sie betrachtete.

Jeden Tag.

Nach einem Jahr sagte er seine ersten Worte.

»Rakel, ich glaube, ich liebe dich.«

Ein Jahr später war Rakels Haus verkauft, und die Fröjdgata hatte wieder einen Herrn und eine Frau Bengtsson. Gott hatte ihre Ehe gesegnet, und sie warteten ungeduldig auf einen Mini-Bengtsson.

Ja, sie waren ein glückliches Paar.

Frau Bengtsson schaute vom Himmel auf sie herab und gönnte ihnen von ganzem Herzen ihr Glück.

»Du bist vielleicht ein Strolch«, sagte sie und kitzelte Gott im Nacken. »Wenn die da unten nur die geringste Ahnung hätten, wie Gott wirklich ist!«

Der Herr neigte sich zu ihr, damit sie ihn besser kraulen konnte.

»Aber du hast recht, so ist es besser. Sie werden es noch früh genug erfahren.«

Gott nickte, lachte und drehte sich um, so dass Frau Bengtsson leichter an seinen wuscheligen Bauch kam.